I0764868

AU DIABLE,
PAYS DES MERVEILLES !

Texte : Dimitri Dequidt
Illustration de couverture : Dimitri Dequidt
ISBN : 978-2-9604206-0-9
Dépôt légal : avril 2026

DIMITRI DEQUIDT

AU DIABLE
PAYS DES MERVEILLES !

Pour Charlotte, ma compagne-complice,
sœur d'âme et cinquième « Beatles »,
dont je suis heureux d'accréditer enfin
le soutien patient et inconditionnel.

À la mémoire de mon père,
frère de rêves éveillés
qu'a distrait la lumière des étoiles,
mais dont le rire pur résonne encore.

Table des matières

AVANT-PROPOS

AU DIABLE, PAYS DES MERVEILLES !

ANNEXE

AVANT-PROPOS

Alice, mythe de tous les malentendus

Avec *Alice*[1], Lewis Carroll a créé un mythe culturel. Mythe de son temps, d'abord, où la fillette incarna le visage d'un renouveau de la littérature enfantine, ainsi que d'un succès commercial fulgurant. Mythe de la « pop culture » contemporaine, ensuite, où le personnage et son univers, « émancipés » des droits les liant à leur créateur, purent être déclinés sur tous les supports et dans toutes les coutures par des repreneurs plus ou moins « respectueux » de l'œuvre originale.

Je ne crois pas excessif de dire qu'aujourd'hui, nous avons tous rencontré Alice à un endroit différent – et le plus rarement dans les contes d'origine. Les portes d'entrée au pays des merveilles sont virtuellement devenues « infinies ». Outre le dessin animé de Walt Disney, les films de Tim Burton et les nombreuses adaptations cinématographiques existantes, on s'échinerait en vain à recenser les références faites à son univers, tous médias confondus. Alice est en quelque sorte devenue un personnage sous-jacent de toute la pop culture, apparaissant à des détours parfois inattendus de notre itinéraire de spectateurs / consommateurs. Pour parler d'expérience, par exemple, l'univers d'Alice me renvoie directement au premier niveau du jeu *World of Illusion Starring: Mickey Mouse and Donald Duck*, à la chanson *I am the Walrus* des Beatles, au personnage du chapelier dans *Batman la série animée* ou encore à la référence faite au lapin blanc dans *Matrix*.

---

[1] Je désigne sous ce nom les deux contes publiés par Lewis Caroll, *Les aventures d'Alice au pays des merveilles* et *De l'autre côté du miroir*.

***

Un aspect décevant de cette ubiquité acquise par Alice en tant qu'icône de la pop culture est la perte d'essence qui l'a accompagnée. Si l'esthétique onirico-cauchemardesque désormais attachée au personnage apparaît dans ses différentes déclinaisons, indéfiniment étirée, amplifiée et déformée, on ne peut en dire autant de la logique du nonsense carrollien qui l'a enfanté.

C'est particulièrement flagrant dans les revisites des contes mettant en scène Alice, où le pays des merveilles s'apparente soit à un chaos psychédélique, soit à un univers gratuitement absurde, soit au contraire à un royaume de fantasy comme les autres, peuplé de personnages bien définis aux intentions bien définies. En termes d'appropriation, tout est envisageable : c'est l'apanage de la liberté créative. Mais force est de constater que dans ces productions, le « mythe » d'Alice n'est exploité qu'en surface, pour sa dimension esthétique.

Corollaire de cet état de fait : des malentendus tenaces poursuivent désormais le « wonderland » de Lewis Carroll. Parce qu'il paraît étrange et par bien des aspects, vaguement glauque, le pays des merveilles est soupçonné par beaucoup de ne se résumer soit qu'à un « exutoire fictionnel », qui aurait été rédigé sous l'influence de psychotropes ; soit à un récit faussement candide émaillé de références ésotériques, qui renverraient à des sociétés secrètes aux pratiques inavouables ; ou encore aux tours de prestidigitation sémantiques d'un vieux garçon qui, par ce biais, voudrait maintenir son empire sur la fille du doyen de son université (Henry Liddell).

Il suffit pourtant de revenir au texte original pour constater que toutes les incongruités d'Alice trouvent leur explication soit dans la langue anglaise ; soit dans des jeux de logique ; soit dans des références culturelles ou biographiques adressées par Lewis Carroll tantôt à la société de son époque, tantôt aux petites filles Liddell, pour lesquelles il improvisa d'abord son histoire lors d'une promenade en barque, le 4 juillet 1862.

***

S'agissant de ce qui a été « perdu dans la traduction », la perte est inestimable. En dépit des acrobaties linguistiques réalisées par ses traducteurs pour rendre la sonorité et le sens de ses jeux de mots, le pays des merveilles, dès lors qu'on le traduit, est comme privé de son personnage principal.

On touche ici à la plus grande innovation de Lewis Carroll, qui pourrait valoir à ses deux *Alice* la qualification de « renouveau du merveilleux ». Dans ces textes, Carroll ne traite pas le langage en « simple » véhicule, permettant d'exprimer telle action ou tel événement. Le langage y campe au contraire le rôle central, en tant que sève des pensées d'Alice, dont les ramifications altèrent le cours de son propre rêve. Sujet malléable, en proie aux polysémies et aux ambiguïtés logiques, c'est bel et bien le langage qui dans *Alice* fait se dérouler comme une pelote tout un monde et toute une galerie de personnages, de confusions en associations d'idées. Un bon moyen de se représenter les effets de sens de cette mécanique est de penser à la chanson *Trois petits chats*, dans le folklore français, qui donne lieu à des appareillements de mots satisfaisants sur un plan sonore, mais sémantiquement incongrus (faisant par exemple se succéder « marabout / bout de ficelle / selle de cheval »…ce qui donne en anglais *« marabout / bit of string / horse saddle »*, où l'on peut voir à quel point toute traduction littérale tombe à plat !).

L'homophonie magique et spontanée qui, dans une langue donnée, lie deux mots, apparentés par le son mais étrangers par le sens ; la familiarité instantanée qu'évoque l'audition de telle comptine ou telle expression, chez ceux dont elles chantent la langue maternelle…ces expériences ne sauraient traverser sans heurt le tamis de la traduction – y compris quand celle-ci serait excellente. Tout simplement parce qu'en tant que substitut, le mot traduit cède presque toujours un peu du son au profit du sens, ou un peu du sens au profit du son. Tout se passe en fait comme si, après avoir traversé le tamis de la traduction, les ingrédients les plus miscibles de la langue originale ne pouvaient plus se présenter que sous formes grumelées, entre lesquelles il faudrait choisir…

C'est le comble des malentendus ayant accompagné le mythe d'Alice dès son origine, pour les lecteurs non-anglophones. Pour ceux-ci, les malentendus n'ont pas commencé avec la « récupération esthétique » du pays des merveilles par la pop culture, dont j'ai expliqué la rupture avec l'essence « langagière » du conte original. Pour ceux-ci, le prime malentendu s'est opéré dès la lecture de la première traduction, faussant pour ainsi dire « dans l'œuf » leur rencontre originelle avec le personnage…

Sauf à retourner à l'œuvre originale, il n'est à mon sens pas possible d'éprouver authentiquement l'expérience du « wonderland » de Lewis Carroll. Car aucune autre « porte » n'y mène à coup sûr…

***

Pour témoigner de ces sonorités et significations perdues dans les versions traduites du livre, je voudrais rapidement « détricoter » trois célèbres passages [des] *Aventures d'Alice au pays des merveilles* à partir desquels ont pu être fondés quelques-uns malentendus cités plus haut[2].

Le chapitre 6, tout d'abord, remarquable pour la première apparition qu'y fait le chat du Cheshire, et le sentiment qu'il instille que le pays des merveilles est un asile à ciel ouvert. C'est le passage du livre par excellence où, en fait de délires hallucinogènes, ce sont des expressions anglaises qui s'incarnent en personnages.

Devenu icône culturelle en raison de son sourire inquiétant et de son étrange aptitude à apparaître et disparaître à loisir, le chat du Cheshire alimente aujourd'hui encore les théories les plus farfelues. Qui se souvient pourtant qu'il n'apparaît dans l'histoire qu'en tant que « gros chat » de la duchesse, dans la cuisine de cette dernière, et que tout son « mystère » naît simplement de l'étonnement d'Alice de lui voir un sourire ? Dès lors, l'aristocrate acariâtre justifie cette caractéristique de son animal de compagnie à partir d'une expression bizarre, attestée en Angleterre dès le 18ème siècle, « sourire comme un chat du Cheshire » (*« to grin like a cheshire cat »*), expliquant que c'est à sa provenance géographique que le félin doit son sourire. Ainsi est baptisé le personnage.

Dans ce même chapitre, on retrouve un peu plus tard le chat du Cheshire perché sur un arbre, qui lui-même « accouche » de deux célèbres personnages de « l'univers d'Alice » à partir d'expressions. Ce sont les expressions « fou comme un chapelier » (*« mad as a hatter »*) et « fou comme un lièvre de mars (*« mad as a March hare »*). Courantes du temps de Lewis Carroll, ces expressions font

---

[2] La traduction utilisée ici est celle de Jacques Papy.

respectivement référence aux maladies neurologiques que pouvaient autrefois contracter les chapeliers (à cause du mercure servant à feutrer les chapeaux) et au comportement fantasque des lièvres pendant la saison des amours (en mars, donc).

Dans le chapitre suivant, Alice prend part à un thé fou (*« A Mad Tea-Party »*). On y lui raconte l'histoire de trois petites filles vivant dans un puits de mélasse. Ce genre de passage laisse typiquement à penser qu'*Alice* est une histoire folle composée de véritables morceaux de n'importe quoi.

De prime abord, rien ne semble en effet plus arbitraire et absurde qu'une telle histoire. Pourtant les « trois petites filles » en question (*three little girls*) font référence, par jeu de mots, aux trois sœurs Liddell (*three* Liddell *girls*), auxquelles Carroll raconta pour la première fois l'histoire. Quant au puits de mélasse (*treacle well*), il fait référence à une source curative historique du même nom se situant à Binsey, près d'Oxford, que les jeunes auditrices de l'auteur ne pouvaient manquer de connaître.

Un peu plus loin dans le texte français, on peut lire que l'une des activités pratiquées dans ce puits par les trois sœurs est le « dessin », ce qui dans notre langue semble aussi fortuit que tout ce qui précède. Ce fait est en réalité imputable à un jeu de mots intraduisible, puisque dans le texte original, le dessin était une activité induite par le double sens du verbe « *to draw* », signifiant aussi bien « puiser » que « dessiner »…ce qui dans le contexte d'une vie dans un puits rendait admissible la confusion (orale !) entre ces deux activités.

Enfin, la reine invite Alice à rencontrer un personnage de « fausse tortue » ou « simili-tortue » (*« mock turtle »*), dans le chapitre

9, qu'elle lui présente comme la créature à partir de laquelle on fait le potage du même nom. Ladite « simili-tortue », faite être vivant à partir d'une recette, y devient sous la plume de Lewis Carroll un animal regrettant sa condition passée de véritable tortue, que l'illustrateur John Tenniel représente avec un corps et des pattes antérieures de tortue, mais une tête, des pattes postérieures et la queue d'un veau, pour rendre compte des ingrédients à réunir. On pourrait là encore penser à une divagation de l'auteur, s'il n'était fait référence en réalité à une recette de cuisine victorienne, la *mock turtle soup*, connue en Angleterre lors de la sortie du livre.

Par la suite, ce personnage éclopé devient prétexte à une discussion sur l'école ponctuée d'humour potache, qui en français tombe également comme un…cheveu sur la soupe, cette discussion trouvant son départ dans un jeu de mots intraduisible à propos d'une tortue enseignante, que, dit la simili-tortue, « on appelait tortue parce qu'elle nous enseignait » (*« We called him* Tortoise*, because he* taught us *»*).

***

Le conte entier peut faire l'objet de telles « explications de texte »…

Des explications de textes qui feraient figure de véritables démystifications pour tous ceux qui, aujourd'hui, ne connaîtraient Alice qu'à travers sa « récupération esthétique » par la pop culture. À vrai dire, d'aucuns, en prenant connaissance de ces explications, pourraient carrément se sentir déçus de découvrir quels secrets prosaïques se cachent derrière tout le psychédélisme, tout l'ésotérisme, tout le parfum de scandale prêtés à l'œuvre par des décennies de malentendus[3].

C'est pourquoi il me paraît salutaire d'avoir ces « articulations sémantiques » à l'esprit. Elles seules permettent de rendre justice à l'intelligibilité du texte, trop souvent livré au n'importe quoi d'interprétations totalement affranchies des réels mots de Lewis Carroll…ce qui, à proprement parler, n'en fait d'ailleurs pas des « interprétations ». (On pourrait mettre dans la bouche des auteurs de ces interprétations la tirade d'un des personnages de ma propre revisite : « *Je mets un point d'honneur*, dans ma conduite publique, *à m'abstenir de juger !* Je *condamne* parfois, mais c'est tout ».)

Lues en anglais, avec un tant soit peu de contexte, les *Alice* de Lewis Carroll apparaissent dans une nouvelle clarté, parfois confondante de simplicité, où l'on peut même trouver une forme de logique…Logique qui souvent -mais pas toujours- se confond avec un « humour absurde ».

***

L'étrangeté parfois incommodante [des] *Aventures d'Alice au pays des merveilles* serait déjà moins étourdissante si ne venait s'y mêler un élément protéiforme, scabreux à définir, qu'est le « nonsense » carrollien[4]. Pour appréhender ce dernier, il faut je crois revenir à la personnalité atypique de son auteur.

---

[3] Loin d'être seulement le fait de « revisites » du pays des merveilles par la pop culture, d'ailleurs, ces malentendus trouvent plus largement leur source dans toutes ces exégèses de l'œuvre prétendant l'interpréter sans se donner la peine de l'examiner de près, que ce soit pour la replacer dans le champ d'écoles artistiques, politiques ou psychologiques généralement postérieures à sa publication.

[4] Un « nonsense » réclamé dans le texte par l'alter ego d'une des sœurs Liddell, dès le poème ouvrant *Les aventures d'Alice au pays des merveilles.*

« Professeur Charles Dodgson » au civil, refusant toute association publique à Alice, au point de récuser tout lien aussi avec son propre pseudonyme, Lewis Carroll était un homme de contrastes, rétif à toute réduction « unidimensionnelle »…à l'instar de son œuvre. On peut en effet relever chez lui bon nombre d'apparentes « contradictions » qui, comme chez tout esprit complexe, manifestent simplement les multiples facettes d'une riche vie intérieure.

Carroll enseignait les maths et la logique, mais n'aimait rien tant depuis l'enfance que de raconter des histoires, écrire des poésies ou faire des farces. Maniaque, ponctuel, dresseur de listes obsessionnel, c'était un amoureux des jeux de toutes sortes (parmi lesquels les énigmes logiques et mathématiques, bien sûr), au point d'en créer lui-même. (On peut aussi faire remarquer rétrospectivement que, chrétien au point de réprouver les plaisanteries sur Dieu, il fut l'auteur d'une œuvre auxquels certains de ses interprètes ont prêté les sens les plus éloignés qu'on puisse imaginer de la foi chrétienne (anglicane).)

C'est cette cohabitation chez Carroll d'un goût prononcé pour la logique et d'un plaisir enfantin à défier les conventions qui fait, selon moi, le sel particulier du nonsense d'Alice, dont l'exacte définition paraît si malaisée…et peut-être si superflue. Ces deux aspects se complètent constamment dans le « wonderland », où la distorsion humoristique de la logique est comme en relai permanent avec cette tournure d'esprit particulière consistant à tout appréhender avec dérision.

Il faut ajouter que ces traits, pour « carrolliens » qu'ils soient, sont aussi et surtout très anglais, ce qui fit sans doute beaucoup pour le charme de l'ouvrage à l'international. En l'occurrence, si le sens de l'humour de Lewis Carroll était incontestablement « anglais », le sens de sa pensée n'était certainement pas étranger à la philosophie de son pays, puisque ses deux *Alice* accordaient aux mots un statut similaire à celui proposé par la doctrine nominaliste (qui tient les mots pour conventionnels) dont l'une des figures les plus éminentes au moyen-âge était Guillaume d'Ockham, qui étudia lui aussi à Oxford. Rappelons aussi, tout simplement, que Carroll marchait « poétiquement » sur les traces d'Edward Lear qui, en 1846, avait publié un recueil de poèmes intitulé *The Book of Nonsense*...

***

Pour exemplifier ces aspects, je propose de reprendre un instant le chapitre 6 où nous l'avions laissé, le chat du Cheshire s'y révélant un excellent professeur de « distorsions logiques ».

Celui-ci, après avoir informé Alice de la présence, alentours, de personnages « fous » (le *« mad hatter »* et le *« mad hare »*), y décrète un peu vite que « nous sommes tous fous, ici ». Alice, dès lors, doit se frayer un passage sur un terrain miné de nonsenses par son étrange interlocuteur...

Après qu'elle a protesté ne pas être folle, celui-ci lui rétorque que si elle était saine d'esprit, elle ne serait pas là. Un syllogisme faux se cache derrière ce raisonnement, qu'on peut formuler ainsi : « tout le monde est fou ici / tu es ici / donc tu es folle ».

Ne voulant pas débattre de ce point, Alice demande au chat du Cheshire comment lui-même se sait fou. Prenant le problème par un autre bout, ce dernier lui demande si elle lui accorde qu'un chien n'est pas fou, ce à quoi Alice consent. Cette prémisse « obtenue », le félin réduit le chien, devenu cet animal non-fou par excellence, à deux attributs qui sont de « [gronder] lorsqu'il est en colère » et « [remuer] la queue lorsqu'il est content ». Ne reste plus au chat du Cheshire qu'à tirer sa conclusion préétablie : puisque lui-même « gronde [miaule] lorsqu'il est content » et « remue la queue lorsqu'il est en colère », il ne peut être que fou. Un autre syllogisme faux…

Plus tard, une scène célèbre voit le chat du Cheshire disparaître de façon énigmatique, laissant son sourire suspendu dans les airs. C'est une occasion pour Lewis Carroll de reprendre sa plaisanterie sur l'existence hypothétique d'un sourire chez les chats originaires du Cheshire, puisqu'il en profite pour faire dire à Alice : « j'ai souvent vu un chat sans un sourire, mais jamais un sourire sans un chat ». Mais ce phénomène étrange est peut-être aussi un clin d'œil amusé au (fictif) « couteau de Lichtenberg » inventé par l'écrivain du même nom au 17ème siècle (« un couteau sans lame, auquel manque le manche »), qu'un Lewis Carroll féru de pirouettes logiques a pu connaître et apprécier, un tel objet ne pouvant exister qu'à travers les concepts abstraits du langage.

***

Ayant esquissé le genre de nonsense présent dans Les aventures *d'Alice au pays des merveilles*, je veux dire un mot de celui régissant *De l'autre côté du miroir,* où les jeux de logique tiennent une plus grande part. Cela me semble important dans la mesure où, dans cette suite, la « radicalisation » du nonsense carrollien laisse d'autant plus à penser, a priori, que le principe directeur des mondes d'Alice serait un « souriant n'importe quoi »…qui n'existe pas chez l'auteur.

Publié sept ans après « le premier *Alice* », mais aussi après la mort du père de l'auteur, *De l'autre côté du miroir* est un livre plus froidement élaboré, dans des circonstances moins gaies. Patiemment construit plutôt qu'improvisé, son récit, dont les étapes sont pensées pour être reproductibles sur un plateau d'échecs, est moins tributaire d'associations d'idées variées et de maladresses enfantines, mais apparaît plus systématiquement comme un prétexte à multiplier les démonstrations absurdes, paradoxes et autres quiproquos, avec des dialogues parfois compliqués à plaisir (comme ceux du Chevalier blanc puis des deux reines, dans les chapitres 8 et 9).

Le poème du *Jabberwocky* est un bon exemple de la « radicalisation logique » du nonsense carrollien à l'œuvre dans cette suite. Contrairement par exemple à la parodie *You Are Old, Father William* du premier conte, que la récitation confuse d'Alice rendait désastreusement hilarant, l'humour vient ici de l'exercice de style auquel se livre Lewis Carroll, qui produit un texte d'un non-sens total, truffé de mots-valises et de néologismes, dont on croit seulement deviner des bribes de sens mais qui demeure intrinsèquement « illisible ».

Aux yeux d'une personne non informée, ce poème pourrait paraître plus spectaculairement absurde et gratuit que tout ce qui est apparu précédemment dans *Alice.* En fait, il affirme et éclaire définitivement un trait commun à de très nombreuses scènes des deux contes, qui est d'avoir pour effet de *tourner en ridicule l'arbitraire du langage*, fût-ce sur la base de jeux de mots, références culturelles ou jeux de logique.

***

J'espère avoir éclairci dans cet avant-propos quelques dessous du nonsense carrollien.

On l'a vu : loin de se réduire à une « jubilation infantile à écrire n'importe quoi », il est la pièce maîtresse de l'appareil narratif de Lewis Carroll, tributaire d'une grande maîtrise de la langue et de la logique. C'est ce nonsense qui permet à un si intrigant et imprévisible « wonderland » de se déployer. C'est lui aussi qui, par sa mise en abîme de la structure du langage et de la logique, les met en question à des fins humoristiques...et peut-être même philosophiques (en mettant en scène les excès d'un nominalisme « réellement existant »).

***

Toutes les « explications de texte » au monde ne sauraient assécher les mystères d'*Alice*. Les exégètes trouveront toujours matière à discuter du sens de telle chose ; chercher l'origine de telle autre. À cet égard, un aspect du texte qui obscurcit considérablement une interprétation certaine de l'œuvre de Lewis Carroll réside dans les nombreuses références glissées par ce dernier à son propre environnement, culturel ou personnel. Pour beaucoup d'entre elles, on parlerait aujourd'hui de « privates jokes ».

C'est particulièrement vrai dans *Les aventures d'Alice au pays des merveilles*, dont de nombreux éléments paraissent « gratuits » en première lecture, tandis qu'ils étaient des clins d'œil adressés aux auditeurs de la première version de l'histoire. L'histoire cachée derrière certains de ces « clins d'œil » est connue.

Dans le chapitre 2, par exemple, la forme allongée du cou d'Alice, après qu'elle a mangé un gâteau, pourrait avoir été inspirée par des chenets de cheminée de la grande salle de Christ Church College. Dans le chapitre 3, plusieurs espèces animales auxquels appartiennent les personnages ont été choisies en correspondance avec les prénoms des participants à la promenade lors de laquelle Lewis Carroll récita pour la première fois son histoire (un lori pour Lorina Liddell ; un aiglon (« eaglet ») pour Edith Liddell ; un canard (« duck ») pour le révérend Duckworth). On peut également citer l'exemple de la boutique de la vieille brebis, dans *De l'autre côté du miroir*, qui fait écho à une véritable boutique située tout près de Christ Church College, où la jeune Alice Liddell allait s'acheter des bonbons et qui, aujourd'hui, est exclusivement dédiée à la vente d'articles liés au pays des merveilles, sous le nom d'Alice's shop.

Je ne me perdrai pas ici dans le jeu des mille références : ce n'est pas l'objet de cette introduction. Si le sujet vous intéresse, je vous invite vivement à consulter le website de Lenny de Rooy, alice-in-wonderland.net, qui est une mine d'informations extraordinaire tant sur le cœur des textes que sur leurs à-côtés. Je vous recommande également la lecture de son *Alice's Adventures under Water*, seul « pastiche total » des « contes » originaux, peut-être, puisque l'artiste néerlandaise y a poussé l'hommage jusqu'à inclure des parodies de poèmes, et même quarante-deux illustrations dans le style de John Tenniel, signées Robert Louis Black.

***

Que l'espèce de « farce virtuose » qu'est *Alice au pays des merveilles* ait pu devenir un classique de la littérature enfantine mondiale ne cesse de m'étonner, tant son caractère intraductible la fait paraître plus étrange que de raison hors des territoires anglophones. Mais qu'aucun français n'ait voulu « rendre aux anglais la monnaie de leur pièce » en écrivant à son tour une œuvre de nonsense intraduisible…cela me semble quasiment dénoter d'un manque d'humour. Je veux maintenant revenir sur les raisons qui m'ont poussé à réparer ce manque d'humour en me lançant dans cette « revisite »…

***

Comme celle de tout un chacun, ma perception d'Alice a longtemps été faussée par les éléments que je viens d'exposer (à savoir, l'intraductibilité relative de sa « logique » et la représentation de son « mythe » dans la pop culture).

Quand, pour me désembrumer l'esprit de « fausses » représentations, je décidai pour la première fois de lire *Alice au pays des merveilles,* vers l'âge de quinze ans…j'en ressortis avec des impressions ambivalentes. D'une part, je fus fasciné par l'invention littéraire de Lewis Carroll – tellement en fait que je me promis secrètement d'écrire un jour, moi aussi, une histoire qui reposerait sur ces étranges mécaniques mimant le rêve. D'autre part, je sentis qu'une grande partie de la logique propre au livre m'échappait, et que son contenu narratif, si court et si simple, me frustrait par son manque de « matière ». Il y « manquait », notamment, des éléments greffés au « wonderland » par des adaptations ultérieures…

***

Dépité, en 2019, par le non-accueil réservé à mon premier roman (non publié à ce jour) par les maisons d'édition « traditionnelles », je décidai de m'approprier à mon tour l'icône incomprise de la pop culture, enthousiasmé par la perspective d'écrire enfin ce « roman-rêve » longtemps fantasmé. La revisite de contes était alors en vogue, et je me félicitais de faire aussi, avec

Alice, le choix d'un projet commercialement crédible auprès de mes amis recruteurs de talents.

J'avais une idée claire de mes intentions : j'allais « réécrire » *Alice* telle que, dans mon esprit, elle « aurait dû être », en synthétisant tout à la fois les impressions que m'avaient laissé l'œuvre de Lewis Carroll ; le « mythe pop culturel » construit autour d'elle ; l'idée que je m'en étais toujours faite ; ou encore des choses ou des événements qui, au cours de ma propre vie, m'avaient paru proprement « wonderlandesques ».

Mais avant de me lancer dans l'écriture, il me fallait répondre à une question : qu'est-ce qu'une « revisite » d'*Alice*, exactement ?

Dans le domaine culinaire, le mot revient souvent. Il désigne la réinterprétation d'une recette classique, modernisée ou agrémentée de touches personnelles, sans pour autant dénaturer son « essence ». Je décidai d'appliquer un principe analogue à mon projet. À la recherche des « ingrédients essentiels » composant *Alice*, j'en décantai trois.

Premièrement : *l'histoire racontée devrait être explicitement un rêve, au terme duquel Alice se réveillerait.*

Pour tout autre projet littéraire, ce procédé et son inévitable dénouement seraient sacrilèges. « Finalement, c'était un rêve » est devenu un cliché ; une pirouette scénaristique éculée pour laquelle tout auteur se ferait taper sur les doigts, et même rire au nez. On ne peut pas faire monter des enjeux en neige et laisser le soufflé retomber au dernier moment en disant « ça n'existait pas ». C'est manquer de respect au lecteur ; à l'influx nerveux et au temps investis pour vous lire.

Mais je décidai que ce procédé et son dénouement, parce qu'ils ne peuvent plus exister que dans *Alice, devaient* justement apparaître dans mon *Alice.* Tout le défi, pour moi, consisterait dès lors à montrer en quoi ce rêve était transformateur et nécessaire pour l'héroïne, de sorte à rendre mon histoire plus conforme aux attentes des lecteurs d'aujourd'hui.

Deuxièmement : *un nonsense « carrollien » devrait gouverner l'aventure, qu'il s'agisse de l'apparition des personnages ; de l'enchaînement des scènes ; des quiproquos émaillant les dialogues*…Toutes spécificités d'*Alice* développées plus haut.

Cet ingrédient essentiel, qui va de pair avec le premier, faisait déjà apparaître une particularité inédite de ma revisite, qui serait d'être (à ma connaissance) la première réelle « retranscription francophone » du « wonderland ». Plus rien n'y serait perdu dans la traduction ; tout y serait instantanément « compréhensible ».

(Expatrié en Belgique, j'allais même renoncer, pendant la phase d'écriture, à employer des expressions wallonnes savoureuses telles que « être un oiseau pour le chat », ou encore ce plat qu'on appelle ici « oiseau sans tête » (qui eût connu une belle fortune au pays des merveilles !), afin de ne « perdre personne ». C'est peut-être un regret, car les nombreuses expressions francophones à travers le monde, tout en réenchantant le rapport à une langue qu'on croit trop bien connaître, eussent pu « fausser les pistes » de façon amusante dans le cadre d'un projet tel que celui-ci…)

Troisièmement : *des personnages iconiques du wonderland devraient apparaître.*

Cet ingrédient, moins « essentiel » qu'il n'y paraît, était à mon sens une concession incontournable à la perception publique que l'on a du « mythe ». Comment penser à *Alice au pays des merveilles* sans convoquer immédiatement dans son esprit l'image du lapin blanc, du chapelier fou, de la reine de cœur ? Ce parti-pris allait d'emblée apparenter ma revisite au premier conte de Lewis Carroll, davantage qu'à *De l'autre côté du miroir*, auquel mon texte ferait toutefois aussi de nombreuses allusions.

***

« L'essence » d'*Alice* posée, j'entamai le scénario de ma revisite.

Une importante difficulté allait consister à adapter les « contes » originaux en roman. Deux fois plus longue, destinée à un public d'au moins quinze ans, ma réinterprétation se devait de comporter un enjeu, sous peine de faire crouler mes lecteurs sous une accumulation indigeste de séquences absurdes. Un enjeu suppose une difficulté à surmonter...Dans le cas d'Alice, cette difficulté me parut toute désignée : ce serait le nonsense proprement dit, dont elle aurait à triompher au fur et à mesure de l'histoire. Mais cela n'avait-il pas déjà été fait par Lewis Carroll ?

Dans sa préface [aux] *aventures d'Alice au pays des merveilles* pour la collection folio classique, en 1990, Jean Gattégno écrivait que « Chacune des rencontres d'Alice avec l'un des personnages est un examen qu'elle passe et dont, pour avoir le droit de poursuivre, il faut qu'elle sorte victorieuse » (p.30). En outre, beaucoup d'auteurs s'accordent à dire que la parodie de poèmes destinés à l'éducation des enfants, dans l'œuvre de Lewis Carroll, était doublée chez lui d'une intention satirique, du temps où l'Angleterre victorienne traitait peu ou prou les enfants en « adultes comme les autres ».

Il faut reconnaître qu'au sein des deux *Alice*, l'attitude hautaine, autoritaire ou carrément despotique des personnages rencontrés reflète bien le sentiment de nonsense qu'éprouve tout enfant face à un « monde adulte » aux exigences parfois incompréhensibles, dont la discipline ou la morale de fer sont d'un ennui mortel (en particulier, je suppose, dans l'Angleterre victorienne). Les réponses d'Alice, dans ce contexte, expriment effectivement une forme d'impertinence rebelle.

Il n'en reste pas moins que dans ces livres, Alice reconnaît l'autorité de ces personnages, par sa participation à leurs « examens » absurdes, et qu'elle n'affirme jamais de claire aversion à l'égard de ce pays des merveilles psychologiquement maltraitant. Elle porte, après tout, la voix de Lewis Carroll…

Pour ma part, j'avoue avoir toujours éprouvé de l'agacement devant la « tolérance » dont fait preuve Alice dans certaines de ces situations, en dépit de toutes les absurdités qu'on lui fait dire et faire. Chacune de mes relectures m'a fait souhaiter, en un endroit ou un autre, qu'elle envoyât paître son interlocuteur pour se chercher une porte de sortie. Lorsqu'on patine dans une conversation où l'autre s'ingénie à jouer sur les mots, la fuite n'est-elle pas la seule forme de « victoire », cette victoire fût-elle uniquement préservation de sa santé psychologique ?

Tel serait donc l'enjeu, mieux défini, de ma propre Alice : préserver son intégrité dans un monde de…fous !

***

Tout le monde sait qu'il est possible d'écrire un texte correct mais (littéralement) insignifiant, pourvu de respecter les règles élémentaires de la syntaxe. Appliqué à une création littéraire, cela peut donner un résultat amusant. Appliqué à la politique, cela a des conséquences sociales, juridiques, économiques et géopolitiques désastreuses...

En l'occurrence, le (dys)fonctionnement du « pays des merveilles » est tellement compatible avec la dynamique d'une société dystopique que je m'étonne de n'avoir vu émerger aucune revisite science-fictionnelle d'*Alice*, ces dernières années. Le nonsense, lorsque sa logique régit tout, constitue en effet le terreau idéal à l'émergence d'une société totalitaire. Pour preuve : si le langage, noyé par les polysémies, homophonies, synonymies (etc.) ne peut plus désigner quoi que ce soit de commun au sein d'une société, les citoyens n'y ont plus d'autre choix que de se conformer au sens actuellement conféré aux mots par leurs gouvernants. C'est toute la question du nominalisme philosophique qui revient ici, et son questionnement théorique sur les « universaux » (c'est-à-dire, sur ce que notre langage, construit, conventionnel, pourrait ou non « réellement » désigner dans la réalité par le biais des mots).

À ma connaissance, Lewis Carroll ne s'est jamais exprimé publiquement quant à la signification politique qui pourrait être donnée à ses deux *Alice*. J'aime à croire qu'il tenait une position « nominaliste » modérée et que, comme je l'ai écrit plus haut, la drôlerie de son œuvre camouflait une critique de ce que serait un monde dominé par le primat de « l'arbitraire du langage ». Mais attribuer à un auteur des préventions contre un monde aussi radicalement absurde, avant même l'avènement du régime soviétique (et avant notre propre époque…) est sans doute anachronique.

Bien après Lewis Carroll, c'est évidemment George Orwell et son roman *1984* qui offrirent la meilleure mise en garde contre toute forme « d'arbitraire du langage appliqué au champ politique ». Dans *1984*, par exemple, la règle tacite voulant que les mots fissent référence à une réalité communément admise n'est plus de vigueur. Les journaux peuvent donc y « informer » la population que la production de chaussures est en hausse, quand bien même la majorité des gens serait va-nu-pieds. Surtout, il apparaît dans ce roman la notion de « double pensée », en tant que marque ultime d'assujettissement. Cette notion, particulièrement compatible avec le nonsense carrollien, met en exergue des individus rendus capables de croire simultanément en deux affirmations contradictoires…et par conséquent malléables à toute propagande.

Le nonsense du pays des merveilles induit souvent Alice à s'exprimer ou agir différemment, sinon contrairement à ce que lui dictent premièrement son instinct ou ses intentions. Très conscient de cette potentialité manipulatoire du nonsense « carrollien », je décidai, lors de la genèse de ce roman, d'attribuer une volonté et des intentions particulières à ce nonsense, qui n'apparaîtraient d'abord que fortuites à Alice, puis de plus en plus frontales…jusqu'à l'inévitable confrontation.

Je n'en dirai pas plus sur les entités ou concepts invoqués à cet effet, mais c'est ici qu'apparaît la plus nette subversion qu'opère ma revisite avec les « contes » de Lewis Carroll.

***

Du « conte pour enfant » originel, j'ai créé un roman initiatique ou, plus exactement, une « fable psychopolitique ». On y découvre une Alice prenant progressivement conscience qu'une rigoureuse logique libère, là où un confus n'importe quoi finit par vous aliéner. Une Alice qui, face à ses contradicteurs, finit par clamer haut et fort qu'il faut savoir oublier les jeux de langage et faire preuve d'une certaine bonne foi (ou d'un certain bon sens), dans « la vraie vie », pour vivre en bonne intelligence les uns avec les autres. Une Alice aussi qui, à dix ans seulement, laisse déjà entrevoir la « femme forte » qu'elle sera…tout en refusant qu'on lui en fasse porter « l'étiquette », ne voulant voir ses qualités définies par rien ni personne.

Mais le paradoxe que je préfère sans doute, chez ma propre Alice, c'est d'avoir compris que dans une société infantilisante, il faut cultiver une volonté farouche de grandir pour trouver la force de protéger son innocence.

Cette problématique d'une société infantilisante est certes un anachronisme, par rapport à Lewis Carroll. Mais un anachronisme *volontaire*, qui ancre mieux cette revisite dans des enjeux sociaux actuels. En effet : les « contes » de Lewis Carroll rappelaient la volonté des enfants de vivre une véritable enfance, à une époque où les élites sociales avaient le souci de produire des « enfants-adultes » (éventuellement aptes à travailler). J'estime qu'au contraire, les « élites » de la société contemporaine fabriquent tendancieusement des adultes-enfants, que la peur de vieillir et la volonté de continuer à s'amuser caractériserait davantage que la volonté de « grandir » (c'est-à-dire devenir véritablement libres, autonomes, responsables). C'est pour moi une tendance réelle, qui rejaillit sur l'ensemble de la société…et par conséquent sur l'image que se font les enfants d'un « monde adulte » troublé, au sein duquel une forme de nonsense leur fait parfois jouer le rôle de parents.

***

Le scénario de cette revisite fut terminé à la fin de l'été 2019 ; le manuscrit, au début de l'été 2020. Aucun éditeur, grand, petit, gros, maigre, n'en voulut au cours des deux années suivantes (mais bon… « Au diable votre pays des merveilles ! », comme dirait l'autre).

Par la suite, un enchaînement d'événements pénibles, tant sur le plan personnel que de la santé, me ralentit considérablement. À compter du 28 février 2022, je perdis toute aptitude et même toute appétence pour l'écriture. La marche, le repos et une meilleure alimentation furent mes meilleurs alliés au cours des mois suivants. En parallèle, je me familiarisai à l'utilisation d'une tablette graphique et d'un logiciel de digital painting, me préparant à gérer tous les aspects de ma carrière, visuels compris.

Le 3 juillet 2024, je rompais avec ma totale inexistence sur Internet via la création d'une chaîne YouTube, « Créations / Chroniques », vouée à partager mes coups de cœurs culturels (hors cinéma) et à communiquer sur mon activité créative.

Le 28 février 2026, je terminai la couverture définitive du livre que vous tenez entre vos mains. (Pour vivre pleinement l'émotion de ce paragraphe, bien évidemment, je vous conseille de racheter ledit livre au format broché le cas échéant ; sinon, l'effet tombera à plat.) Vous trouverez sans doute qu'Alice y paraît un peu « vieille », pour une fille de dix ans. Le fait est que cela fait presque *six ans*, que ce livre attend de « sortir ». Elle et moi avons vieilli, depuis…et même si j'en plaisante ici, ce n'est qu'à moitié une plaisanterie, car je n'ai cessé de penser à la publication de ce livre, depuis tout ce temps. Comme à tous mes autres personnages, en fait, qui bénéficieront prochainement des mêmes soins…

Au cours des dernières semaines, je corrigeai une énième fois ma copie ; relus les deux *Alice* de Lewis Carroll ; établis la liste des easters eggs glissés dans ma revisite (j'invite les « fans » à les débusquer chapitre après chapitre : les « réponses » figurent dans une section consacrée, en annexe). Enfin, je rédigeai cet avant-propos et…et nous y voici.

Tout cela pour dire que je vous souhaite une stimulante et agréable lecture de ce roman. Si certains passages vous paraissent vraiment l'exiger…n'hésitez pas à lâcher un petit rire. Je pense vraiment que vous pourriez rire.

Dimitri Dequidt, le 13 mars 2026

P.S. Je n'ai recouru à aucune intelligence artificielle dans le cadre de ce projet, à aucun moment et pour quoi que ce soit.

CHAPITRE I
Par la planche arrière de l'armoire

Alice attendait qu'on la recherchât, recroquevillée à l'intérieur de sa garde-robe, la tête fichue dans une forêt de vêtements suspendus. Seul dans l'obscurité, son sourire espiègle semblait luire au milieu de ces voiles, qui, autour de son corps immobile, faisaient comme une masse de « chevelure textile », censée la camoufler. D'un œil à demi-clos, elle gardait un contact avec l'extérieur par le fin filet d'or séparant les portes entrouvertes du meuble, où filtrait l'éclat tranquille d'une parfaite journée d'été…

C'était le jour de son anniversaire, et ses invités devaient arriver d'un instant à l'autre.

« La tête qu'ils feront en me trouvant ici ! » se dit Alice – et elle se surprit à pouffer de rire.

Elle était coutumière de ce genre de « farces ».

Plus souvent qu'à son tour au sein de la fratrie minuscule formée d'elle et de sa sœur aînée, elle sabotait allègrement les inamovibles rouages de l'agenda maternel. Au contraire de sa mère, il lui semblait que la simple programmation d'un moment heureux en diminuait de moitié la saveur. Le surgissement d'un incident imprévisible la remplissait toujours de quelque joie secrète et ineffable ; tout écart avec le protocole chantait la promesse frissonnante d'une libération. Ce caprice d'esthète : une disparition le jour de son anniversaire...comment le refuser à la belle Alice ?

« Oh...j'espère qu'ils ne m'oublieront pas ! » tressaillit-elle. « Quand les gens se retrouvent, ils ne se rendent pas compte de grand-chose, et je les imagine très bien fêter mon anniversaire sans moi… »

Elle voyait déjà la scène.

« Je les entendrai rire et parler, cachée dans mon armoire, comme une idiote...et plus le temps passera, plus j'oublierai ce que je fais ici. Au bout d'un certain temps (quand j'aurai trop honte pour oser me montrer) quelqu'un annoncera qu'il s'en va et toutes les chaises grinceront en même temps, parce qu'ils en profiteront tous pour partir. J'attendrai alors qu'il n'y ait plus aucun bruit, puis je descendrai me mettre à table, seule au milieu des chaises vides. Là, ma mère me dira qu'ils n'ont même pas pensé à me laisser une part de tarte, et…et je suppose que je fondrai en larmes. »

Ce récit lui parut si vivant qu'une larme bien réelle fendit son sourire.

« Papa et maman laisseront-ils vraiment faire ça ? ».

Elle en était d'ores et déjà indignée.

« Dans un cas comme dans l'autre, il ne faut plus bouger du tout » décida-t-elle, « ou je ne serai jamais sûre de rien ! ».

« Qui m'aime me suive », en somme ?...

Alice avait beau n'avoir rejoint sa cachette que depuis cinq minutes, elle en avait perdu la notion d'un temps devenu interminable. Engourdies par la chaleur, ses pensées ne parvenaient plus à se fixer que sur les rayons du soleil, et la cuisson que ceux-ci semblaient exercer sur tout.

« Comme j'aimerais que ce soleil soit un croissant ! », finit-elle par se dire en soupirant. « Je pourrai m'en arracher un bon gros morceau dans le ciel, bien tendre et bien doré, et n'en faire qu'une bouchée ! Oh...je crois bien qu'après ça, je n'aurai plus jamais faim ! ».

Cette pensée délirante la réconforta quelques secondes. Ce ne fut qu'au prix d'une volonté de fer qu'elle ne délogea pas de sa retraite, au terme des minutes suivantes, pour s'en aller chaparder un authentique casse-croûte au rez-de-chaussée. « Au prix d'une volonté de fer » …et à cause aussi d'une langueur plus profonde, qui lentement plombait son corps comme l'ancre d'un bateau. Bientôt, ses deux yeux furent tout à fait clos. N'eût été une inquiétude lancinante, Alice serait déjà endormie.

— *Meoww ?* fit un animal en grattant contre la porte.

C'était sa chatte, venue prendre de ses nouvelles.

— Dinah ?... *Ouste !* susurra Alice en se redressant d'un bond.

La chatte, visiblement froissée, s'éloigna d'un pas fier jusque dans un coin de la chambre où, après s'être étirée de la queue aux griffes, elle se roula en boule, bâilla ostensiblement...et ferma à son tour ses yeux d'opale.

« J'ai dû l'allécher en pensant à de la nourriture », se dit Alice, amusée (car, voyez-vous, notre jeune amie était convaincue que des dialogues télépathiques se nouaient constamment entre elle et cet être fantasque).

Il ne s'en fallut que de quelques minutes pour qu'Alice s'assoupît de nouveau, emportée par le confort nouveau de savoir Dinah près d'elle, et dans de jumelles dispositions.

La garde-robe n'était pas aussi incommode qu'on eût pu le penser ; elle offrait même un agréable bouclier aux assauts du soleil. Les yeux clos d'aise, se laissant entraîner par le mouvement de sa fatigue, Alice n'empêcha donc pas sa tête de basculer contre la planche du fond, d'où elle pouvait distinguer la ribambelle de cintres suspendant ses habits...ainsi parmi eux qu'un drôle d'oiseau, pareil à une croche noire sur une portée de solfège. Sentant peser sur lui le poids d'un regard, le volatile tourna vivement la tête et ouvrit grand sur Alice un œil rond et brillant ; au contact de ses yeux, déploya ses ailes…

— *Un corbeau !* sursauta Alice, qui fit plusieurs pirouettes en arrière à travers le meuble tout en dégringolant.

Quand elle eût fini sa cabriole, elle se retrouva dans le noir complet, parmi une forêt de lianes indistinctes, lui sembla-t-il, dont elle se dépêtra comme à coups de machettes en remuant les bras tout en avançant.

« Oh, c'est dégoûtant ! Si j'avais su que papa et maman cachaient un tel débarras dans un trou de ma garde-robe, je ne me serais pas risquée à y poser ma tête ! ».

Quand elle fut débarrassée de ces entraves, elle regarda alentour pour y retrouver trace de son épouvantail au plumage de jais. Las ! Dans le néant où elle se trouvait, on n'eût pas cherché un corbeau avec plus de succès qu'une ligne séparant ciel et terre, et c'est avec une infinie angoisse de tomber – *mais dans quoi ?* – qu'Alice, pas à pas, se risqua à avancer...

« Il doit bien exister une issue à ce débarras de cauchemar ! », songeait Alice, qui voulait continuer de se croire dans la maison parentale.

Pour augmenter son désarroi, constata-t-elle, les « lianes » elles-mêmes, derrière elle, avaient disparu. Rien qu'une sphère opaque d'espace vide, sans limite ni texture.

« Je sais ! » se dit-elle : « les invités sont tapis dans l'ombre, et rallumeront les lumières au son de « joyeux anniversaire » ! Ah ! On peut dire qu'ils m'auront bien eue ».

— *Le jeu est fini !* cria-t-elle dare-dare. J'ai deviné la surprise : *vous pouvez sortir !*

Mais aucune voix ne lui fit écho ; aucun corps ne se détacha pour donner un peu de volume à l'infini mur noir dans lequel elle s'enfonçait. « On me laissera ici à tout jamais...je suis perdue ! *Perdue ! »* se dit-elle – et elle sentait bien qu'il ne tarderait plus à lui poindre des larmes...

Cédant à un début de panique, elle se mit à courir, mais elle comprit très vite que cela ne servirait pas à grand-chose : aucun point de référence ne lui indiquant sa position relative, elle ne pouvait avoir aucune idée de la vitesse à laquelle elle se déplaçait – si tant est qu'elle se déplaçât tout court…

Ainsi dut-elle se contenter du sentiment diffus de flotter comme une bulle pendant quelques mètres encore – en tout cas pendant quelques secondes...jusqu'à ce qu'en fait, une lueur apparut en hauteur, à l'horizon, qui ranima son espoir.

La lueur était en forme de croissant de lune renversé, si bien qu'on ne savait dire si elle se trouvait dans l'horizon astronomique, ou dans l'horizon immédiat. En tout état de cause, Alice courut de plus belle en sa direction.

À sa grande surprise, elle découvrit qu'une masse touffue de poils (ou de plumes ?) entourait ce croissant de lune (ou cette portion de fromage ?) qui semblait bel et bien perchée sur un arbre dont la silhouette ombrageuse aurait été engloutie par les ténèbres. Avertie par ce coup d'œil, Alice tint ses distances d'avec l'être juché-là. Ne voulant plus avoir affaire au corbeau, elle recourut auprès de lui à une apostrophe subtile :

— Tenez-vous en votre bec un fromage, ou êtes-vous une personne normale ?

Deux yeux surnaturels s'ouvrirent sur Alice : des yeux obsédants, hypnotiques...des yeux de chat. Ouvrant grand la gueule, celui-ci découvrit en lieu et place d'un croissant de lune (...ou d'un fromage !) une formidable rangée de dents formant un sourire énigmatique.

— Je suis le chat du Cheshire, dit la créature. *Ne me reconnais-tu pas ?*

Il y avait dans cette voix une note d'égo froissé qu'il fallait de ce pas réparer.

« Sait-on jamais », pensa Alice : « c'est peut-être quelqu'un d'important, dans cette partie de la maison ? ».

Elle essaya de se souvenir des formules de politesse usitées par les grandes personnes dans ce genre de circonstances.

— *Je n'ai pas cet honneur*, dit-elle ; mais ma chatte, Dinah, vous connaît peut-être ? *Sachez en tout cas que je suis enchantée de faire votre connaissance !*

Alice était sincère ; si sincèrement enchantée de parler à qui que ce soit, en fait, que son bonheur lui en faisait occulter la nature animale de son interlocuteur. Ne seriez-vous pas heureux, dans sa situation, de trouver quelqu'un à qui parler ?

— Je ne vois pas ce qu'il y a d'enchanteur à parler à un chat perché ! répondit le chat du Cheshire en posant sur Alice un regard méprisant. Il y en a des tas, par ici...

— Oh...dit Alice en jouant avec les rebords de sa robe, en quête de contenance ; cela me va très bien, puisque j'adore les chats...

— Ce que je voulais dire, reprit le chat, c'est qu'il y a des tas de *gens* perchés, par ici.

Il fixa sur elle des yeux qui lui parurent chargés de menace. « Pourvu qu'il ne fasse pas allusion à cet horrible corbeau ! », pensa-t-elle. Elle saisit au vol, pour relancer la conversation, le premier sujet qui lui vint en tête.

— En tout cas, vous avez des yeux et un sourire drôlement impressionnants ! lui dit-elle.

— *Est-ce vraiment ce que j'ai de plus épatant ?* demanda le chat, mi-stupéfait, mi-curieux d'entendre les autres fleurs que la jeune fille aurait à lui jeter.

— Il y a aussi le fait que vous parliez, bien sûr ! Mais ça, ça ne m'étonne pas vraiment : je tiens souvent des conversations avec ma chatte, « Dinah » – *mais je viens de vous en parler, n'est-ce pas ?...* La seule différence d'avec vous, c'est que ma chatte ne me répond jamais !

— *Dans ce cas*, déclara doctement le chat du Cheshire, *ce ne sont pas des conversations normales.*

— Ah bon ? répondit Alice. Et pourquoi cela ?

— Parce que la règle observée, au cours d'une conversation normale, c'est que l'autre personne vous réponde – *même si c'est pour vous dire n'importe quoi...*

« Comme c'est absurde ! » se désespéra Alice. « Si ce chat dit vrai, j'espère bien ne plus *jamais* connaître de conversations normales ! ».

Elle avait cependant l'une d'entre elles sur le feu et, si elle ne voulait la voir partir en fumée, elle devait la relancer sans délai. (Quelque chose en effet lui disait que ce chat « lunatique » ne tarderait pas à prendre la poudre d'escampette ; or Alice n'avait aucune envie de se retrouver seule.)

« Ne tourne plus autour du pot, maintenant, et demande-lui ton chemin ! » se reprocha-t-elle. « Voyons voir : il doit bien exister une formule de politesse compliquée pour cela aussi... ».

Elle s'entortilla la tête dans des tournures de phrases byzantines, replaçant des briques de mots les unes à la place des autres sous l'œil blasé du chat qui, pour rendre son casse-tête plus stressant encore, passa plusieurs fois une langue râpeuse et lasse contre l'une de ses pattes, comme annonçant par-là un départ prochain. Empêtrée dans les affres de la syntaxe, elle le regarda bâiller avec une impuissance vaincue.

— Je serais bien en peine de te donner un quelconque chemin, dit finalement le chat d'un ton monotone, comme s'il avait depuis longtemps entendu la question. Et s'il s'agit du tien, il me faudrait d'abord te le dérober, ce qui poserait une difficulté supplémentaire. Mais si tu cherches un chemin, en voici un devant toi, et il ne manquera pas de te mener quelque part.

Alice regarda devant elle sans grand espoir quand, en lieu et place de rien, elle vit tout à coup apparaître une authentique bande de terre au beau milieu du vide, que jusqu'alors elle n'avait pas remarquée…. *Miracle des mots ? Simple inattention ?* Si elle ne savait à qui ou à quoi attribuer cette nouveauté, une chose était sûre : après que le chat eut parlé, sa queue avait disparu pour moitié, en quoi elle vit un indice de son influence.

— C'est exactement ce que vous venez de faire : *me donner un chemin !* lui dit-elle, éblouie.

De peur de tomber, elle s'assura d'être bel et bien alignée sur son tracé – ce qui était absurde, puisque jusqu'à présent, elle n'avait pas eu besoin d'un tel secours pour ne pas fendre l'espace…

— Mais...si je comprends bien, cela veut dire que je ne suis plus à la maison ?

— Ce n'est plus le Kansas, en tout cas ! À moins que vous n'habitiez Londres ?

Alice ne crut pas bon de mentionner « Oxford » à ce chat qui, sur le terrain géographique du moins, ne semblait pas plus avancé qu'elle.

— Sauriez-vous où nous sommes, ici ?

— *Voilà autre chose !* Tu pénètres en ce moment *La forêt du bois dépeint.*

— « La forêt du bois des pins » ? répéta Alice avec étonnement.

Le matou opina du chef.

— Dépeint, oui. *Sur la carte.*

Alice jeta un œil alentour. Mises à part quelques branches se tortillant à l'aveugle dans les airs, comme en croissance accélérée, rien ne lui donnait le sentiment d'être en forêt...quant à la présence d'une carte, Alice l'eût guettée en vain. « Il n'y a rien d'étonnant à cela », pensa-t-elle en haussant spontanément les épaules, « car il faudrait être drôlement doué pour tracer la carte d'une forêt qui n'est pas encore terminée ! ».

— Je vois bien quelques bouts de forêts par-ci par-là, dit-elle au chat pour ne pas le vexer, mais pour l'instant, je ne vois aucune carte…

— *Patience, patience !* dit le chat du Cheshire. Il faut regarder plus attentivement...

Alice, sans trop y croire, respecta cette recommandation. Dès qu'elle leva le nez, des végétaux en pleine efflorescence s'esquissèrent partout au gré de ses mouvements oculaires, en contours puis en couleurs, à mesure que les propres contours et couleurs du chat du Cheshire s'estompaient et pâlissaient dans l'atmosphère...

— *C'est magnifique !* s'exclama-t-elle devant le grandiose spectacle de cette nature en expansion. J'avais toujours cru que pour une promenade normale, la règle exigeait que la forêt soit déjà terminée, mais je trouve très bien aussi de la regarder pousser !... Par contre, je ne vois toujours pas de carte ? Y en aura-t-il bientôt, cher chat du Cheshire ?

— Oh ! Il y en aura, oui…proféra le chat perché, sur un ton de mystère. *Des tas !*

Son corps était à présent devenu aussi transparent qu'un nuage de fumée que, le temps d'un instant, un vent léger acheva de dissiper derrière des yeux et un sourire fixes, en suspens.

— Que vous arrive-t-il ? comprit enfin Alice. *Voulez-vous bien ne pas disparaître ?*

— Préfères-tu te terrer avec moi dans la nuit noire, ou t'aventurer seule vers la nature hostile ? lui demanda le spectre sans la quitter des yeux, tout en disparaissant. Te terrer avec moi dans la nuit noire, ou t'aventurer seule vers la nature hostile ? Te terrer avec moi dans la nuit noire ? T'aventurer vers la nature hostile ?…

Dans un premier temps son sourire et ses yeux brillèrent encore avec éclat, mais leur intensité ne cessa de décroître jusqu'à se consumer en une trop fine lueur, où l'apparence du chat du Cheshire s'évanouit complètement.

Du décor qu'avait connu Alice en tombant du placard, seule la nuit était restée nuit. Pour le reste, un chemin lui offrait désormais une perspective ; et *La forêt du bois dépeint*, un paysage.

« Profitons qu'il y ait un chemin avant qu'il ne change d'avis ! », se dit opportunément Alice. « Avec un peu de chance, je pourrai rejoindre ma garde-robe avant la fin de mon anniversaire ! ».

CHAPITRE II
« La forêt du bois des pins »

« *La forêt du bois des pins* ; *la forêt du bois des pins…* », se répétait Alice tout en marchant. « Je me demande ce que cela peut bien vouloir dire ! Je suppose que si je connaissais par cœur la différence entre un « bois » et une « forêt », la question ne se poserait pas, mais ça n'avait pas l'air d'avoir une si grande importance au moment où je l'ai apprise et, maintenant que je suis ici, je ne risque pas de voir traîner un dictionnaire pour me la rappeler…

Voyons voir », dit-elle en se grattant le menton. « La forêt comme le bois sont remplis d'arbres : on ne peut pas le nier ! *Mais quelle est leur différence ?* Je suis presque certaine qu'une forêt est plus grande qu'un bois, mais ça ne me dit pas comment cette « forêt » pourrait être contenue dans un « bois des pins »…à part bien sûr en tant que simple mot : un peu comme si je disais : « la poule de l'œuf de la basse-cour » ou « la fanfare de la trompette du village » ? ». Mais Alice n'en était pas sûre.

Quelques secondes encore s'enroulèrent autour de cogitations de cette sorte. Finalement, Alice décida que tout était de la faute des promeneurs qui, fatigués d'avoir à dire « *Le bois de la forêt des pins* », avaient inversé l'ordre des mots en faveur de « *La forêt du bois des pins* », bien plus facile à prononcer. Cette explication la remplit d'aise : il lui semblait que, rétablis dans cette généalogie, « les petits bois » étaient pour ainsi dire « remis dans les grands ».

« *...Reste à régler la question des pins !* », se souvint-elle avec abattement.

Ce fut un grand coup porté à son moral. Alice, en effet, n'avait aucune idée de ce qu'étaient exactement les « pins », ni ne savait si une syllabe surnuméraire suffirait à créer un fossé ontologique entre « pins » et « sapins ».

« J'espère qu'il n'y a pas autant de différence entre eux qu'entre « fléchir » et « réfléchir » ; sinon, ces deux mots-là n'ont pas grand-chose à se dire ! ».

Elle réalisa que des cailloux ne lui seraient d'aucun secours et, pour la première fois depuis quelques secondes, décrocha des yeux le sentier sur lequel ricochaient ses pensées. À l'instant même où son regard se souleva vers la cime des pins, un sanglier traversa le sentier de part en part, à quelques mètres de son corps à peine...

— *Enfin quelque chose de normal !* se réjouit elle, comme si elle ne venait pas de faillir se voir encorner (mais, sur le moment, des considérations telles que son propre « encornement » lui parurent tout à fait triviales).

Elle vit alors qu'autour d'elle ne se dressaient pas des conifères enguirlandés d'aiguilles, tels qu'elle en avait toujours connus, mais des pins d'une espèce tout à fait extravagante, comme elle n'en aurait jamais cru possibles. Pareils à des allumettes tendues vers le ciel, ces innombrables troncs s'empanachaient, à leur tête, de véritables houppiers pyrotechniques, où la moindre brindille de la moindre branche se hérissait de multiples, fines et longues fusées de feux d'artifices de toutes dimensions, orientées en tous sens, qui conféraient à ces gigantesques plantes de bois une angulosité d'architecture. À l'horizon, ces cimes explosives émaillées de pointes traçaient comme les lignes biscornues de cristaux baroques.

— ...*C'est magnifique*, laissa échapper Alice. *Je crois que c'est plus beau des gâteaux d'anniversaire que j'aie jamais vu !*

Sur le moment, elle ne comprit pas le sens de ces paroles. (Celui-ci lui apparaîtrait bien des années plus tard, lorsque, chantée par ses amis au cours d'un autre anniversaire, elle découvrirait une forêt noire empanachée de feux de Bengale – « La forêt du bois des pins » ! comprenez-vous...Mais le lecteur est dans la confidence).

— *Qu'est-ce que c'est encore ?* s'exclama-t-elle soudain, sentant quelque chose la frôler à tout allure.

Son cœur s'arrêta momentanément, le temps de lui laisser voir que ce n'était pas un autre de ces sangliers mais une porte vagabonde, battant dans son chambranle, qui filait ainsi à travers bois en zigzaguant à une vitesse étourdissante. La poitrine palpitante, se sentant graciée, elle demeura béate. Cet instant insolite ne pouvait se comparer qu'avec la rencontre miraculeuse d'une biche sauvage. Or à l'instar d'une biche, emportée par ses propres gambades fantasques, la porte bifurqua brutalement sur sa gauche et s'enfouit dans les sous-bois pour n'en plus reparaître.

« Je suis sûre que cette porte me ferait sortir d'ici ! », se dit Alice. « Autrement, quelle pourrait être son utilité ? ».

Elle n'eut pas digéré cette idée qu'un lapin accourut de l'autre côté du sentier – et un lapin de la plus étrange lignée, car il était revêtu d'une redingote rouge tomate sur un veston couleur cire, ainsi qu'un pantalon mauve en velours côtelé.

« Quel drôle de choix de couleurs ! », se dit-elle. (Et c'était en effet un peu criard ; mais enfin ! Alice aurait pu s'émouvoir d'abord de voir courir un lapin si couvert, plutôt que d'en blâmer les fautes de goût…)

Trapu autant qu'énergique, le lapin prit rapidement une dizaine de mètres d'avance sur elle.

« Mince ! » comprit-elle, « il pourrait pourtant m'aider à rattraper cette porte »…

— *Si vous êtes à la recherche d'une porte*, lui dit-elle en le poursuivant durant quelques foulées, *je l'ai vue s'enfuir par-là !*

Elle pointa du doigt l'endroit où ladite porte avait disparu, mais son intervention ne fit que l'effrayer. Le seul souci du lapin semblait se circonscrire dans le cadre de sa montre à gousset, qu'il ne cessait de tirer de son veston pour y lancer un œil effaré.

— *Hors de ma vue, créature du démon !* sursauta-t-il en fendant l'air de coups de pattes aveugles, sans cesser pourtant de courir.

— Mais enfin...*c'est vous qui me faîtes peur !* Où allez-vous d'un pas si pressé ? Êtes-vous en retard à un rendez-vous ?

Elle croisa enfin les yeux du lapin qui, porteurs d'une lueur rouge, entraient dans une harmonie surnaturelle avec l'obscure clarté vespérale...le contact ne dura guère plus d'une seconde.

— J'aimerais bien être ponctuel, lui répondit le lapin (sans franchement ralentir)...mais ce n'est pas moi qui fixe les heures !

Sa course obsessionnelle n'était pas faite pour s'arrêter ; hors d'haleine, Alice abandonna.

« Je me demande quand même où est cette fichue porte ? » se demanda-t-elle quelques secondes plus tard en tournant les yeux du côté de la forêt…

Tout y dormait en silence, entre les troncs immobiles.

« La prochaine fois, je dois être plus réactive ! ».

Convaincue qu'une énigme se cachait là-dessous, elle s'en retournait insensiblement à ses élucubrations quand, très nettement, deux voix non loin se firent entendre :

— Ah non, Cinq ! Je t'interdis de me regarder avec ces yeux-là !

— Mais enfin, Sept...je n'y peux rien si ton mélange de couleurs est bancal ! Avec quels yeux veux-tu donc que je te regarde ?

C'était deux cartes ; deux authentiques cartes de jeux affublées d'une tête et de membres d'hommes, qui, palettes de peinture en mains, se disputaient au pied d'immenses échelles adossées à des pins.

— Eh bien par exemple, tu pourrais me regarder avec ces yeux-là ! répondit la carte Sept, qui sortit de nulle part un crayon de maquillage dont elle fit des yeux de biche à son interlocuteur.

— Alors ? Qu'est-ce que ça donne ? lui demanda Cinq, les paupières closes, qui tendait la main comme pour y recevoir un miroir portatif.

— *Minute, papillon !* Tu regarderas le résultat plus tard, quand il sera sec – ou tu risques de tout ficher en l'air, avec tes horribles paluches velues !

« C'est fou » songea Alice : « j'étais justement entrain d'imaginer que je rencontrerais des cartes ! ».

Il n'y avait rien là-dedans que de très rationnel, puisque, comme elle s'en rendit compte, le chat du Cheshire venait de lui faire mention de « carte » et même, d'un « tas de cartes ». Alice se creusa la tête pour remonter le fil de leur conversation et ne tarda pas à retrouver les mots exacts que celui-ci avait employés, lorsqu'elle lui avait demandé où ils se trouvaient :

« Tu pénètres en ce moment *La forêt du bois des pins* », lui avait-il répondu – avant d'apporter ce correctif : « des pins, oui...*sur la carte* ».

Des mots de toute évidence insignifiants...mais seulement si on les laissait dans cet ordre. Or précisément, il parut évident à Alice que c'était un autre cas d'inversion et que, ce que le chat avait voulu dire, c'était l'avertir de *la présence de cartes sur les pins du bois de la forêt.* Fallait-il par conséquent garder ces distances d'avec ces nouvelles incongruités vivantes ?

« *Mais non* » décida Alice, « *je ne vois pas au nom de quoi je me détournerais de ces cartes alors que j'ai adressé la parole à ce Chat et à ce lapin !* ».

Elle s'approcha d'un pas décidé de la paire en chamaille. C'est seulement quand elle fut à portée des deux cartes, qui posèrent sur elle des regards ahuris, qu'Alice réalisa n'avoir rien à leur dire – ou rien décidé à ce sujet ce qui, sur l'instant, revint exactement au même.

Sentant bien qu'elle devait dire quelque chose, elle trouva pour eux une « question d'adulte » qui, espéra-t-elle, ne la ferait pas d'emblée paraître niaiseuse :

— *Pouvez-vous me dire quel genre de pins se trouve dans cette forêt ?* demanda-t-elle.

— *C'est évident !* répondit la carte affublée du cinq de trèfle, qui gardait ses yeux fermés. Ce sont des « pins d'artifices ».

— « Des pins d'artifices », répéta songeusement Alice. Nous sommes donc dans *La forêt du bois des pins d'artifices.*

— *Quelle manière réductrice de concevoir le monde !* se lamenta la carte flanquée du numéro sept, assise sur un tas de bûches, qui s'éventait avec un long pinceau.

— J'essaie seulement de comprendre où je me trouve...Et vous, que faîtes-vous ici ?

— Hélas nous grimpons sur ces vilaines échelles pour peindre les fusées des pins…

— *En vue des festivités de la reine*, ajouta Cinq avec componction, qui mettait un point d'honneur à ne plus décligner ses paupières. (Et qui, en raison de cela, était difficile à prendre au sérieux.) Si nous ne peignions plus ces fusées, qui donnerait ses couleurs au feu d'artifices ?

— Je ne sais pas, répondit Alice. J'ai toujours cru que c'était la poudre…

— Et de quelle couleur est-elle, ta poudre ? *As-tu déjà vu un feu d'artifices qui fût gris ?*

— Non, bien sûr — à moins évidemment qu'on en tire une photographie...

— *Ça n'existe pas*, dit Cinq. Pas plus que les jeunes filles sachant se tenir coites.

Alice le maudit entre ses dents. Elle était bien certaine que « Cinq » ne tenait pas là la véritable manière de créer des feux d'artifices, mais, comme lors de tant d'autres débats l'ayant opposée à des adultes, elle n'avait aucun argument à faire valoir à son contradicteur. Comme pour tout, il existait nécessairement en cette matière quelque explication incompréhensible qu'on lui fournirait plus tard...quand plus rien ne lui importerait vraiment.

— *Très bien*, se contenta-t-elle de dire d'une voix hypocrite, tournant ostensiblement les talons.

Mais ses velléités de départ furent interrompues par une voix venue des cimes.

— Hep ! Toi, là. Et si tu t'prenais une petite palette de couleurs, avant d'partir ?

C'était une carte juchée en haut d'une échelle, affublée du numéro Deux. Une autre parole du chat revint à Alice : « il y a des tas de gens perchés, par ici ».

— Une « palette de couleurs », répéta Alice. Pour quoi faire ?

— Peut-êt' pour te rendre *un p'tit peu plus présentable* aux yeux d'la reine ?

— *« Me rendre plus présentable aux yeux de la reine » ?*

— Oh ! Mais tu m'as bien compris…

— Doucement, l'ami, avec cette petite ! intervint Sept. Ce que Deux veut dire, ma fille, c'est que tu aurais peut-être quelque intérêt à te grimer un peu ; sophistiquer un peu ton apparence...

— Au cas où qu'la reine pass'rait dans l'coin...

Tout cela ne disait rien qui vaille à Alice. Se « grimer » ? *Avec une palette de couleurs ?*

— Qu'est-ce que ça implique exactement ? demanda-t-elle.

— Pas grand-chose ! s'exclama Sept. Un trait de crayon discret autour des yeux ; une dose raisonnée de fard à paupière ; ce qu'il faut de blush sur les joues ; ...*une tâche de gouache multicolore* élégamment étalée sur le contour d'une oreille...

Un grand « boum » retentit : c'était Cinq qui, occupé de s'orienter du bout de ses bras aveugles par-dessus les énormes yeux de biche dont étaient fardées ses paupières, s'était cogné au tronc d'un pin et avait roulé au bas d'un fossé.

— ...Je suis sûr qu'en te voyant, reprit Sept sans sourciller, la reine sera toute ébaubie !

— « Toute ébaubie », « toute ébaubie » ...faut l'dire vite ! Mais ça lui f'ra toujours un teint moins pâlichon, à la p'tite, et ça s'ra d'jà ça d'pris !

— Attendez, attendez, sursauta Alice...*je n'ai pas encore dit oui !*

Les deux cartes jetèrent sur elle des regards ahuris.

— Hum, hum...toussota-t-elle en guise d'embarras. *Au risque de vous décevoir*, je ne me sens pas prête à vous laisser « redessiner mes yeux », comme Cinq, ni... « faire toutes ces choses » ...

— Mais enfin, pépette ! Il ne faut pas prendre Cinq en exemple ! Il n'a aucun chic pour les choses de l'art. Un vrai péquenaud ! Regardez-le donc remonter la pente avec ses coquarts de biche...*gros balourd !*

— *« Coucou ! »* ironisa l'intéressé en agitant les mains. *« C'est moi ! Je suis bon pour les cochons ! »* Ce que tu oublies de dire, cher Sept, c'est ce que deviendrait le monde sans ton discutable « génie » !

— *Il suffit*, Cinq. Si tu apprenais à tenir en place, nous n'en serions pas là.

— Peut-être bougerai-je trop, moi aussi ? s'inquiéta Alice.

— *Laisse tomber, sept !* dit Deux du haut de son échelle, qui se laissa coulisser en bas. Cette petite veut faire les choses par elle-même : ça m'paraît clair.

Il confia à Alice sa propre palette de couleurs, comme un bébé entre ses bras.

— *Fais ton maquillage à ton goût, va !*

— Avec de la peinture ?

— « Peindre une oreille » ; « maquiller une toile » ...quelle différence ? argua Sept.

— Mais enfin ! Je ne me maquillerai pas avec de la peinture...et puis, je n'ai même pas de pinceau !

— Ma chérie, voyons ! Tu as le plus beau, le plus long et le plus soyeux pinceau que l'on puisse imaginer...*derrière ta tête !*

Alice commença par se retourner, puis, comprenant de quoi il retourne, empoigna la cascade de cheveux suspendue derrière son crâne.

— Ce n'est pas un « pinceau », se récria-t-elle, c'est une queue de cheval !

— Oh là là...*ce que tu peux être chicanière à propos d'un simple nom !* Reconnais-tu qu'un pinceau est composé d'un ensemble de poils qui, englués de peinture par l'action d'un artiste – *d'un fou !* – permettent d'enduire de peinture toutes sortes de surfaces ?

— Ma foi ! C'est une manière de voir les choses...

— Nierais-tu qu'une queue de cheval est composée d'un ensemble de cheveux – *c'est-à-dire de poils ?* – qui, englués de peinture par l'action d'un artiste – *d'un fou !* – permettent d'enduire de peinture toutes sortes de surfaces ?... As-tu le *moindre* argument à faire-valoir pour défendre l'idée qu'une queue de cheval *n'est pas* une espèce de pinceau ?

Cette rhétorique pétrifia la jeune fille.

— *Allez, va !* lui dit Deux. Y a un pin plus gros qu'les autres, là-bas. Cache-toi donc derrière, et maquille-toi. On r'gardera pas...*promis !*

« Hm », fit Alice d'un ton méditatif, tout en se frottant une barbichette imaginaire.

— *J'ai une meilleure idée !* Fermez les yeux et comptez jusqu'à cent. Quand vous rouvrirez les paupières, vous me trouverez maquillée devant vous.

Les deux cartes s'échangèrent un regard soupçonneux.

— *Promis juré ?* demanda Deux.

— *Promis juré !* répondit Alice. Pas de triche, je peux vous faire confiance ?

— La confiance, c'est l'ciment d'l'amitié ! confirma Deux.

— Allez-y, alors ! Je cours me maquiller, puis je vous reviens.

— *Bien*...répondit Deux d'un ton accommodant.

Lui et Sept s'échangèrent un dernier de leurs regards défiants et, un œil après l'autre, fermèrent complètement chacune de leurs paupières, qu'ils couvrirent encore des paumes de leurs mains. (Cinq, quant à lui, s'était à cette heure égaré on ne sait où...)

Les yeux d'Alice frisèrent de malice. Elle n'avait aucune envie de se lier d'amitié avec ces cartes, et encore moins de complaire à la reine. À l'image de la porte vagabonde, elle détala dans les sous-bois pour n'en plus reparaître, insoucieuse de tous les dangers, courant entre les pins jusqu'à en perdre haleine...*plutôt se faire embrocher par un animal sauvage que de remettre son sort à ces fous !*

CHAPITRE III

« Le plus grand de tous les non-feux d'artifices »

Alice courut longtemps, longtemps, refusant de s'arrêter avant d'avoir creusé un écart suffisamment décourageant entre elle et ses poursuivants – car, elle en était sûre, des voix furibondes avaient éclaté derrière elle, qui s'étaient lancées à ses trousses.

« J'espère que la Terre n'est pas plate, dans ce monde-ci », songea-t-elle au fil de sa course rectiligne, « ou je ferai une sacrée gamelle en arrivant de l'autre côté ! ».

Elle n'eut pas à éprouver cette hypothèse car, bientôt, son sprint interminable toucha à une autre sorte de limite : une espèce de clairière, où nul tronc n'entravait plus sa trajectoire ; où sa petite tête blonde chevauchait à découvert. Alice freina des quatre fers.

« J'ai bien mérité une petite pause ! », se dit-elle, « et puis...les cartes doivent être hors de portée, maintenant ».

Elle n'avait peut-être couru que trois minutes – mais celles-ci lui avaient paru en durer trente, ce qui pour son compte revenait au même.

En cet endroit de la forêt, la nature avait formé un véritable cratère où, entortillées comme les mille vers immobiles d'une intense activité souterraine, les racines empêtrées de la part enterrée des pins tissaient un cannage distordu, mais dur comme le roc, sur lequel on pouvait marcher. Toutes ces racines convergeaient en un même point central, pareil à une stalagmite, où leurs mille sèves semblaient ériger ensemble un grand cierge d'écorce ; là, un garde moustachu se tenait posté, droit comme un « i ». Il portait sur la tête un bonnet noir disproportionné, dont on eût voulu se servir comme brosse, et était revêtu d'une tunique rouge à ceinture et boutons blancs ainsi que d'un pantalon noir, fendu d'une ligne rouge sur la couture extérieure.

« Ça alors ! », pensa Alice, « il ressemble comme deux gouttes d'eau à un membre de la garde royale ! ». (Elle en connaissait parfaitement l'uniforme, pour avoir assisté quelquefois à la relève de la garde à Buckingham Palace.) « Je suppose que cela veut dire que notre bonne vieille reine Victoria n'est pas loin...*De là à penser qu'elle est aussi la reine de ces maudites cartes ?* »

La coïncidence lui parut effroyable.

« *Mais non, bête fille !* La reine d'Angleterre est beaucoup trop sérieuse pour se laisser servir par des cartes...*Ce serait n'importe quoi !* À moins bien sûr qu'elle ne soit une carte elle-même ; auquel cas elle devrait être une reine « de cœur », ou une reine « de pique », et cacher ses véritables emblèmes sous ses robes ?...*Non, non !* Ce n'est pas possible. »

Elle décida donc que la reine Victoria n'existait pas en ce monde et que, par conséquent, ce garde royal n'existait pas non plus ; ou bien que s'il existait, il ne devait son uniforme qu'à une peinture de son imagination, produite dans le seul but de la réconforter avec un morceau d'Angleterre ; *un mirage*, enfin !

Voulant en être sûre, elle rangea mécaniquement sa palette de couleurs dans une poche de sa robe (laquelle, bien que trop grande, y entra comme une aiguille dans un gant de laine, ce dont elle ne se formalisa guère sur l'instant) et elle se dirigea vers le « cierge d'écorce », et son curieux défenseur. À son grand dam, s'en approcher ne rendit pas la tunique moins rouge, ni le bonnet moins haut, mais Alice était résolue à combattre ses sens.

« *Ce n'est pas un garde royal* », se réformait-elle constamment ; « *c'est un autre genre de soldat ; un soldat en campagne !* ».

Le « soldat », quant à lui, se tenait au-devant du « cierge d'écorce », le corps parfaitement orienté à quatre-vingt-dix degrés

– ce qui lui donnait l'air stupide. Réglé comme une horloge, il fit bientôt un petit bond sur lui-même d'un quart de tour, qui permit à Alice de voir son visage ; elle en profita pour venir à lui.

— Vous avez bien du mérite, vous autres « militaires de clairière » ! lui dit-elle en guise d'introduction.

— *« Militaire de clairière » ?* répéta le soldat en sourcillant.

— ...N'êtes-vous pas l'un de ces « militaires des bois et des forêts » ?

Le « soldat » se redressa.

— Je ne suis pas exactement n'importe qui, mademoiselle. *J'ai fait pyrotechnique.*

— Vous voulez sans doute dire « polytechnique » ?

— *Je sais très bien ce que je veux dire.*

— Bien, monsieur...je ne voulais pas vous offenser...

— J'ai ordre de la reine de surveiller la mèche de lancement *du plus grand de tous les non-feux d'artifices.* Voilà mon fait.

Il lui indiqua d'un geste du pouce l'espèce de « cierge d'écorce », derrière lui. De près, ce dernier s'apparentait à un bâton de dynamite, tout de bois sculpté, dont la vue titilla la trop excitable imagination d'Alice…dès lors, ses nerfs d'enfant crépitèrent du désir de le faire flamber.

— C'est donc vrai ? reprit-elle, comme si de rien n'était. La reine Victoria habite ici ? Mais...*pourquoi perd-elle son temps avec des cartes ?*

— J'ignore ce dont vous m'entretenez-là, *ô gamine...*

— Oh ! de presque rien...lui répondit candidement Alice ; seulement d'une bande de peintres qui disent « s'assurer que le feu d'artifices sera bien multicolore ». Savez-vous quand celui-ci sera donné ?

— Plus tard ; *toujours plus tard.* Ma seule fonction, dans cette affaire, est de préserver sa réputation de « plus grand de tous les non-feux d'artifices »…

— Attendez ! Voulez-vous bien répéter ? Avez-vous bien parlé de « plus grand de tous les *non*-feux d'artifices » ? Qu'est-ce que cela veut dire ?

— Cela veut dire, *béotienne :* « le plus grand des feux d'artifices qui sera tiré *plus tard* ».

Le regard d'Alice se dessilla.

— *En voilà une drôle de mission !* Et pourquoi ne pas tirer ce feu d'artifices *maintenant*, pendant que...*pendant que je suis encore une enfant ?*

— Parce qu'il faut satisfaire au « plaisir de planifier », *chère petite !* Or sais-tu, « l'écueil du plaisir de planifier », c'est qu'un beau jour les plans sont mis à exécution...*et qu'alors le plaisir de planifier n'existe plus !* Voilà pourquoi, *sous aucun prétexte*, il ne faut faire tirer ce feu d'artifices.

— Tout ça ne me dit rien qui vaille, répondit Alice. J'ai connu des plaques de chocolat qui, à cause des ordres de ma mère, ont passé des étés entiers à fondre dans des placards sans jamais pouvoir être mangés ! J'ai bien peur que votre reine ne souffre du même mal...

— La reine de cœur ne souffre d'aucun *« mal »*. Rien n'advient jamais *« par sa faute »*. J'ignore ce dont vous voulez parler. *Au revoir.*

« *La reine de cœur* », souligna en elle-même Alice : « voilà donc qui règne sur ce monde ! ». Elle se sentit presque soulagée d'apprendre que cette bonne vieille reine Victoria était hors de cause.

Le soldat leva une jambe après l'autre, effectua un quart de tour, dandina du popotin et, au terme d'un élégant saut de cabri, cala le canon de son fusil sur son épaule. À l'exception du bond final, on l'eût volontiers cru vissé sur une plaque tournante, orientée vers les quatre points cardinaux.

— Vous me tournez le dos, alors ?...

— *C'est le protocole.* Durant toute la minute à venir, tu devras te résoudre à m'importuner de profil, ou à ne plus m'importuner du tout – ce qui, je te l'avoue, ne serait pas plus mal.

Alice acquiesça poliment. » Vite ! Vite ! Trouver un autre sujet de conversation », se dit-elle, « ou je repenserai à cette maudite mèche d'allumage qu'on ne peut pas allumer ».

— Si je vous ai bien compris, reprit-elle derechef, vous avez vécu en France ?

Le soldat la darda d'un œil gauche obèse.

— *Qui t'a instruit de ce voyage ?*

— Mais, vous-même ! Si je ne fais pas d'erreur, Polytechnique se trouve à Paris ?

— *Affirmatif, affirmatif !* Tu es drôlement bien renseignée, pour une petite fille...

— *Je veux tout savoir !* Avez-vous appris des mots ? Avez-vous visité quelque chose ? Je crois que le français est ma langue favorite – *après l'anglais, bien sûr !* D'ailleurs mon manuel de français commence par la phrase « où est ma chatte ? ». *Comme un fait exprès, quand on connaît mon amour pour Dinah !...* Dîtes ? Est-ce que vous m'écoutez ?

— *Je dois exécuter mon tour de garde* – même si cette activité devait paraître triviale aux yeux de quelque petite importante...

— Pardon, pardon ! Il m'avait semblé que vous pourriez faire deux choses en même temps...

— *Négatif.* Rien n'est possible, ici...du moins, il faut qu'un minimum de choses soit possible ; sans quoi nous ferions *n'importe quoi.*

— Mais enfin, c'est absurde…

— *On ne discute pas*, soldatesse ! *En avant ?...* Rompez.

Il fit de nouveau un quart de tour sur lui-même, et s'arrêta.

Tournant désormais le dos à la mèche d'allumage du « plus grand de tous les non-feux d'artifices », il lui présentait sur un plateau d'argent la plus tentatrice des bêtises ; une farce cousue de fil blanc...Un pistolet-briquet à silex, en effet, dépassait ostensiblement de la poche de son pantalon, pareille à la queue d'une souris combustible agitée sous l'œil d'un chat pyromane.

« Vite, vite ! Un autre sujet de conversation », se dit Alice, « sinon, je ne pourrai plus répondre de rien ! ». Elle répéta le premier mot qui lui passa par la tête.

— « Soldatesse », hein ? Je ne suis pas sûre que ce mot figure dans le dictionnaire...

— *Un soldat, n'a pas le temps, d'avoir de bons goûts lexicaux !* vociféra en réponse le « militaire de clairière ».

— D'accord, d'accord...je ne voulais pas vous froisser. Cela dit je comprends que vous soyez un peu sur les nerfs : ça doit être éprouvant de surveiller nuit et jour cette mèche d'allumage...

— Il n'est *jamais* éprouvant de travailler pour la reine de cœur – du moins, tant que l'on tient à sa tête... À cet égard, j'attire votre attention sur le fait qu'il est « formellement interdit *de regarder, d'évoquer*, et a fortiori *d'allumer* la mèche d'allumage du plus grand de tous les non-feux d'artifices, sous peine de poursuites ».

Fier de ce rappel à la loi, il se tortilla le derrière en se fendant d'un allègre « et hop ! », avant de bondir une nouvelle fois sur lui-même.

— « De poursuites » ? répéta Alice. Quel genre de poursuites ?

Le « soldat », lentement, tourna la tête à-demi pour la fusiller du regard.

— De celle qui vous suit à la trace, et vous plante ses gros crocs pointus dans les fesses. *Est-ce bien clair ?*

Il avait craché ces mots avec une telle férocité que, pour un instant, il se crut débarrassé de la jeune fille. Pour quelques secondes, en fait...

À la ronde, plus rien ne semblait exister aux yeux d'Alice. Seul occupait ses pensées le « cierge d'écorce » érigé à ses pieds. Lui-même, maintenant, paraissait la supplier d'être embrasé. « Chasse-toi donc cette idée de la tête ! », se reprocha-t-elle à nouveau – et à nouveau, elle bondit sur la première image qui vint à son esprit.

— *Tiens !* s'exclama-t-elle soudain : auriez-vous vu passer une porte dans les parages ? Je crois bien qu'elle pourrait m'aider à sortir d'ici.

Comme échappée d'une cocotte-minute, une goutte de sueur jaillit presque instantanément hors du bonnet en poil d'ours du garde royal, glissant sur sa tempe telle une étoile filante dans un ciel morose.

— *Amuse-toi avec ça*, dit-il avec une raideur de piquet. C'est un pistolet-briquet à silex.

Il ne quitta sa proverbiale posture que le temps du transfert. Alice n'en crut pas ses yeux.

« Est-il devenu fou ? Il me sermonne à propos de la mèche...puis il me donne de quoi l'allumer ! ».

Cette pensée, hélas, ne tomba pas dans l'esprit d'un sourd...

— Tu t'imagines sans doute que je suis fou ? poursuivit le « soldat », sans pour autant bouger. Mais je sais bien que tu es trop *inepte* pour te servir d'un engin pareil ! Tout ce que je t'ai donné, c'est un peu de grain à moudre…

Alice rougeoya de colère.

— Je suis peut-être incapable de beaucoup de choses, répondit-elle, *mais moi*, je ne suis encore qu'à la petite école ! Alors que vous...

— Comment ça, « alors que moi » ? *Allons-y, jeune fille ! Allons au bout de notre idée...*

— Eh bien je vous dirai que...venant de quelqu'un de diplômé, je me serais tout de même attendue à des réponses un peu plus malignes…

— *Et c'est très fataliste de ta part !* Tu dois savoir, petite, qu'on peut être hautement diplômé et avoir l'esprit *aussi lourd qu'une palourde.*

Touchée par ce tardif aveu d'infirmité, Alice ouvrit grand des yeux d'une infinie compassion. Un doute l'étreignit cependant : « est-ce que c'est « lourd », une palourde ? »...

— *...bien sûr il s'agit d'une observation d'ordre général !* ajouta le « soldat » ; *pas d'un aveu personnel. Et...hop !*

Il bondit une fois encore pour sonner son quart de tour rituel et se retrouva nez-à-nez avec elle, comme au point de départ de leur conversation. N'ayant meilleur point de mire où fuir son regard, Alice se réfugia dans l'inspection du « pistolet-briquet » que, tel un œuf fraîchement éclos, elle avait gardé entre les paumes de ses mains.

« Quel hasard extraordinaire ! », s'exclama-t-elle à part elle. « C'est le même modèle que celui de grand-père ! Je pourrai allumer cette mèche en un rien de temps... »

Le garde surprit son coup d'œil plein de convoitises envers le « cierge d'écorce », à ses bottes, et tortilla de la moustache en levant un sourcil sévère. Prise dans les rets de ses pupilles, Alice crut voir son projet criminel passer sous la lentille d'un microscope, ainsi que les moindres secrets de son âme…

— Avouez que vous jouez à un drôle de jeu, avec moi...dit-elle en tordant anxieusement le bout de ses doigts.

— Non, petite ! *Jamais je n'avouerai cela.* Même sous la *torture.*

Quoi que se fût plu à imaginer Alice, en effet, le garde royal eût conservé son flegme britannique, portant haut son regard par-delà sa petite tête blonde.

« Qu'est-ce qui te retient ici, ma pauvre ? », se dit Alice, le regard dans le vide.

Elle se représentait la vie d'aventures qui l'attendait partout derrière ces troncs ; ces barreaux...seulement, une force invisible semblait la retenir dans le champ du cratère. Tant qu'elle ne créerait pas l'événement, pressentait-elle, aucune fulgurance ne viendrait plus surprendre son monde. Tant qu'elle résisterait à sa pulsion pyromane, son âme resterait prisonnière d'un ennui éternel, *ici* – où qu'elle se trouvât en réalité ; où qu'elle allât s'illusionner *en fait*. Il fallait, maintenant et une bonne fois pour toutes, allumer la mèche du plus grand de tous les non-feux d'artifices avant que l'habitude, la résignation puis la vieillesse n'encroûtassent ses savoirs d'enfant.

« Si tu ne le fais pas : qui d'autre le fera ? », s'avertit-elle.

L'écho de cette phrase résonna plusieurs fois en elle, comme un divin châtiment ; irisait de couleurs nouvelles chacune de ses fibrilles ; faisait flamboiement de sa fébrilité...c'était une formule magique ; un *sésame*...

— *N'as-tu vraiment rien de mieux à faire que de malmener un vieux soldat ?*...soupira le garde royal, lassé de la voir plantée là.

L'idée n'avait même pas effleuré l'esprit d'Alice.

« Mais c'est vrai qu'il est vieux ! », réalisa-t-elle, maintenant qu'elle considérait la chose. Examiné sous cette lumière, le visage du soldat lui apparut même strié par de nombreuses rides qui, dès lors, se creusèrent incroyablement ; se ramifièrent, proliférèrent, le réduisant de seconde en seconde en une face burinée et flasque. Alice ne cessa de le regarder que lorsqu'il commença à ressembler à une espèce de vétéran de l'armée prussienne, de poil blanchi et d'aigle décati. Il lui faisait à présent une impression tout à fait pathétique.

— *...Et si tu allais te taire un peu plus loin maintenant, hein ?* dit le soldat d'un ton souffreteux.

— *Et vous ?* dit Alice d'un ton vengeur, *que diriez-vous d'aller vous promener dans les bois ? Je n'ai pas l'impression qu'il y ait tellement de loups, à cette époque de l'année...*

— En effet : la saison est plutôt aux enquiquineuses ! Mais il t'en faudra plus pour déstabiliser le vieux Fernand, sais-tu. Ils sont nombreux, ceux qui ont rêvé d'allumer la mèche du plus grand de tous les non-feux d'artifices !

— Mais...ce n'est pas ce que j'ai voulu dire, balbutia Alice, tout ce que je voulais, c'était...vous proposer une promenade de réconciliation...*autour d'un feu de bois !*

— Un « feu de bois », maintenant ! *Dans cet écrin sacré ?* Ah, vraiment...*taisez-vous !*

Rouillé par l'image de vieux que venait de lui renvoyer Alice, il rencontra la plus grande peine à réitérer sa sautillante rotation, impulsant péniblement un mouvement qu'il amortit en catastrophe.

— Un bon soldat est à l'écoute de sa reine...pas de sa tendinite ! lâcha-t-il douloureusement.

« Je dois absolument agir lors du prochain quart de tour », résolut Alice, « ou il me faudra encore attendre un tour complet avant d'avoir le champ-libre ! »

Les secondes s'écoulèrent telles le flux d'un torrent. Le courant rapide de ses pensées entraîna Alice à soupeser une dernière fois les conséquences de son acte – comme si son choix n'était pas arrêté depuis la première seconde, dans l'intimité de son cœur !... S'apprêtait-elle vraiment à commettre une grosse, grosse bêtise ? Aux yeux de la loi, sans doute...Mais si la « justice » consistait à obéir à des impératifs supérieurs ? Comme la morale s'inversait, alors ! Alors, Alice devenait à ses propres yeux un avatar d'Antigone ; la pourfendeuse héroïque d'un dogme mortifère ! Il *fallait* tirer ce feu d'artifices...

— ...Je rappelle à toutes fins utiles qu'il est « formellement interdit *de regarder*, *d'évoquer* et *d'allumer* la mèche d'allumage du plus grand de tous les non-feux d'artifices sous peine de poursuites », répéta le garde avec pédantisme.

— *Sauf pour vous*...lâcha mécaniquement Alice.

— Comment ça, « sauf pour moi » ?

— Eh bien, oui ! Vous, vous avez le droit de l'évoquer la... « chose » d'allumage ! Sinon, vous ne pourriez pas rappeler qu'il est interdit de « la regarder », de « l'évoquer » et de « l'allumer »...

— Je vois qu'on est maligne ! Tiens : voici la médaille des singes savants de la forêt du bois des pins...*elle est en oxygène !* Maintenant laisse-moi respirer le mien, et va-t'en.

Il accomplirait son dernier « volte-face » d'un instant à l'autre...Alice en était toute effervescente. Il lui tardait de se délester de cet unique don octroyé à l'homme par la nature : la liberté de *stagner*, voulue ou subie. Une angoisse l'y suspendait pourtant encore : *que deviendrait-elle, après que le garde l'aura dénoncée ?* D'un fil, cette angoisse la séparait infiniment de tout passage à l'acte...

Le garde s'élança pour bondir ; Alice guetta partout un dernier signe ; un dernier encouragement ; une dernière contrainte...

Miraculeux ! Effroyable ! Maudit !... Le *corbeau* se tenait là à quelques mètres, piaffant sur sa branche comme le cheval d'un corbillard, son œil rond posé sur les yeux d'Alice comme des doigts autour de son cou...

Le soldat ne put qu'entendre la percussion d'une pièce d'acier, dans son dos, et vit s'élever entre les mains d'Alice une flamme orange et molle...

— *Tu n'oserais pas ?* dit-il.

Mais c'était trop tard : elle étendait son bras par-dessus le « cierge d'écorce » et, déjà, le feu se propageait sous leur pieds, tels mille vers luisants embrasant chaque racine pour s'élever vers les sommets, toujours plus rapides à mesure qu'ils s'en approchaient…

— *Malheureuse !* poursuivit le garde, sans oser quitter des yeux les cimes. *Veux-tu donc voir ma tête coupée ?*

Reniflant dans l'air quelque odeur funeste, le corbeau affecta un sourire de partie remise...et disparut derrière un battement d'ailes.

À ce moment, un sifflement solitaire attira les regards d'Alice et du garde vers le ciel noir où une fusée lumineuse, montant toujours plus haut, finit par éclater en une pluie concentrique d'étincelles bleues qui s'évanouirent en grésillant…Tous deux s'échangèrent un regard hébété. Après un instant de silence, mille autres fusées décollèrent de partout qui, de concert, pétaradèrent dans la nuit sous forme de flashs multicolores dont les traînées d'ocre, de rubis, de topaze, de lapis-lazuli ou d'émeraude déflagrèrent les unes sous les autres en flot ininterrompu, tels les palmiers d'une forêt constamment renaissante ; une floraison stroboscopique…

Alice en laissa échapper un soupir d'admiration.

— Ah elle est belle, votre œuvre ! postillonna le garde royal, dont la voix recouvrit à grand-peine les détonations de cette fusillade sans fusils. C'était le plus grand de tous les non-feux d'artifices...*et vous l'avez réduit en cendres !*

— Mais enfin ! s'écria Alice pour se faire entendre...ne trouvez-vous pas cela magnifique ? Je suis sûre que le monde sortira différent, après avoir vu cette merveille !

— Nous en sortirons tous deux la tête coupée ; *de cela, je suis certain !...*

S'extirpant de ses échanges de sourds avec le garde royal, Alice jeta un dernier coup d'œil à sa création. C'était un spectacle total ; un blasphème contre la paix nocturne ; une apocalypse de lumière, tantôt explosive et diaprée, tantôt crépitante et d'or, molle et vagabonde ici, là tournoyante et fourchue...un monstre sacré, trop grand et trop fort pour qu'elle pût jamais le contenir– et qui, s'il le pouvait, l'emporterait avec lui...

— Je n'avais pas le choix, se défendit-elle, abîmée dans sa contemplation. C'était ça ou mourir...

— Bah...*je suppose qu'il faut que jeunesse se passe !* répondit fatalement son interlocuteur qui, gagné par de meilleurs sentiments, lui montrait la paume de sa main.

Il l'invitait ainsi à remettre entre sa science la traversée du cratère, dont le dédale fumant de racines calcinées et branlantes promettait de ployer sous chaque pas.

— Mais...*vous n'êtes plus du tout le même !* s'exclama Alice après s'être retournée.

Le vieux soldat, en un coup, s'était en effet mué en un fier casse-noisette, haut d'environ deux mètres et clinquant de peinture fraîche. Seul le dessin de sa moustache arquée, au milieu de sa figure ronde et rose, traçait un trait d'union entre ce qu'il était et ce qu'il fût naguère.

— *Mais je suis le même*, revendiqua-t-il. *Qui sait quelle crevette cache quelle carapace ?*... Mon orgueil de gradé pâtit d'avouer sa dette...*mais vous m'avez rouvert les yeux, insolente !* Les soldats tels que moi n'ont pas vocation à vivre, si tout ce que la carrière peut leur proposer sont de longues journées sans panache ni frisson.

Il s'apprêtait à engager Alice sur son itinéraire quand sa libératrice le tira par sa manche de bois.

— Reprenez votre pistolet-briquet, dit-elle : vous en aurez meilleur usage que moi.

Un clin d'œil reçu, elle se fit le plus parfait reflet des pas de son guide, marchant de racine en racine comme sur le fil de poutres.

« Je me demande ce qu'il y a en-dessous ? » se demanda-t-elle au cours de ses enjambées, au cas où sa prudence n'empêcherait pas sa chute.

Quand ils eurent franchi ce plancher de fortune, un phénomène nouveau attira leur œil, qu'une attention pédestre leur avait fait occulter : une épaisse fumée grise s'élevait en colonnes par-dessus leurs têtes, entre les gerbes phosphorescentes et l'opaque voûte céleste...le feu d'artifices n'avait que trop bien pris !

— Ça sent le pin, dit Alice en humant l'atmosphère.

— Savez-vous seulement ce qu'est un pin ? sourit tristement le casse-noisette. *Vous êtes l'incendiaire de cette forêt...*

À ces mots, l'embrasement du bois, sur tous les troncs, parut s'intensifier. Un rien de temps suffirait à les changer tous en torches vivantes ; deux rien de temps décimeraient la forêt.

— Je sais...dit Alice en se prenant la tête à deux mains, sans parvenir à réprimer ses sanglots.

— Nous devrons faire route séparée pour vous mettre hors de cause, dit le casse-noisette en lui relevant la tête, les doigts pincés sur son menton. *Me comprenez-vous ?*

Alice hocha vivement la tête à plusieurs reprises, les yeux brillant des couleurs sublimes qu'y répandait le feu d'artifices.

Le fatras de racines, derrière eux, s'effondra à ce moment en un amas de débris...le casse-noisette tressaillit. Exhortée à le suivre, Alice s'enfuit avec lui durant une centaine de mètres quand, tonnante et tremblante, une secousse sismique les arrêta tous deux. Guère surpris, le casse-noisette pointa du doigt la terre meuble bordant le cratère béant. Celle-ci, soumise à on-ne-sait quelle éruption intérieure, se mit au cours d'un même instant à vaciller, se fendre, se désagréger entre deux lignes fuyantes et finalement se déchirer pour faire apparaître une longue crevasse en forme d'éclair ; manière d'escalier souterrain d'où, effarée, Alice vit s'arracher aux entrailles de la terre les silhouettes impérieuses et noires de cavaliers d'un jeu d'échec, aux dimensions fantastiques, annoncées par le propre tambourinement de leur cavalcade. Ce régiment du diable galopait droit sur eux.

— Mais...*le jeu d'échec ne comporte que deux cavaliers !* dénonça Alice.

— On ne joue pas, jeune fille ! Ces cavaliers sont les « poursuites » desquelles j'avais voulu vous prévenir. Naturellement, vous ne m'avez pas écouté...

— Je vous ai écouté ! protesta Alice. Je ne vous ai pas obéi, c'est tout.

Le casse-noisette emboucha une mimique improbatrice. Au même moment, un éclair illumina son visage. Le coup de tonnerre retentit...et la pluie tomba drue sur la fournaise orangée qui, partout, leur faisait office d'horizon.

— Accrochez-vous bien à votre liberté ! lui dit-il en prenant ses épaules. Écoutez les intuitions de votre cœur ; défiez-vous des modèles promus par les diviseurs...et peut-être aurez-vous une chance d'échapper aux absurdités de ce monde.

— Mais...*par quelle porte ?* s'écria Alice en voulant le retenir.

— Allons, miss ! répondit le casse-noisette avec un drôle de sourire. C'est vous qui me posez cette question ?... *Filez dans cette direction !* Moi, je tâcherai de les contenir.

Il dégaina son sabre et trotta pour ainsi dire en direction de la meute, tel un chevalier paré à rompre en visière.

— *Décampez, soldatesse !* Je vous retrouverai là où nous devrons...

Alice le regarda une dernière fois et, sans chercher de sens à ses paroles, prit la tangente à toute allure. Dans la seconde, un fracas de métal et de bois l'informa de l'entrechoc du géant avec les cavaliers.

« Pourvu qu'il ne lui soit rien arrivé ! », se dit-elle.

Elle courut longtemps entre les pins brûlants, sous la pluie battante et les éclairs, à travers les ronces et les flammes. Bientôt, il lui parut évident qu'au moins l'un de ses poursuivants s'était dérobé à la lame de son protecteur, d'après l'haleine chevaline qu'elle sentait souffler derrière ses oreilles. La simple idée de cette créature la prenant en chasse la remplissait d'une horreur énergique qui, de seconde en seconde, suspendait son effort…hors de question que ce buste de cheval vivant, figé dans la fureur, les yeux exorbités, eût la moindre chance de la rattraper ! Que lui ferait-il, sinon ? La mordre ? La charger ?… Alice se tracassait à ce sujet quand en dépassant la lisière de la forêt, une pente escarpée s'imposa à sa vue, telle une fenêtre ouverte sur le vide.

Emportée par son élan, elle dérapa sur le sol argileux et la dévala fesses contre terre durant plusieurs dizaines de mètres, telle une boule de canon sur un toboggan de boue.

Quand elle rouvrit les yeux, elle se retrouva sur un promontoire rocheux en aval du plateau montagneux où, en fin de compte, était implantée la forêt du bois des pins. Là, son regard fut saisi par le spectacle d'une vallée dominée par un grand lac où, au milieu des vastes étendues de prés et de champs fouettés par le vent, martelés par la pluie, sidérées par la foudre, un vieux moulin entouré d'arbres morts se soutenait vaillamment face à la tempête. Seules à exprimer sa lutte, ses ailes partiellement décharnées tournaient incessamment, ainsi que des épouvantails piqués au sol, ici et là, dont les corps désaxés, pareils à des girouettes folles, semblaient du bout de leurs bras écartés invoquer un sabbat imminent.

« Il faut que je trouve refuge quelque part », se dit Alice, « ou les choses tourneront mal pour moi aussi ! ».

Par chance, elle vit qu'en contrebas de la falaise, sur sa gauche, se trouvait une maison isolée au milieu d'un bosquet, tout en bûches et au toit pointu.

« Cette maison ne peut appartenir qu'à quelqu'un de bien », raisonna Alice, « car si je vivais là, je saurais ce que c'est que d'avoir faim ou d'avoir froid, et ma porte serait ouverte aux personnes perdues ».

Un coup d'œil en arrière lui confirma que le cavalier n'avait pas encore retrouvé sa piste. Elle en profita pour s'acheminer en toute hâte jusqu'à la fenêtre de cette habitation, où elle escomptait présenter sa tête. À sa grande surprise, c'est le regard ahuri d'un cerf qui l'y accueillit, suspendu par-dessus un poêle à charbons. Un brin déroutée, elle dut recourir à un air connu pour rendre un peu de liant à sa voix entrecoupée :

— Cerf, cerf ! Ouvre-moi...*ou mon chasseur me tuera !*

« Oh, non... », se dit-elle, « ce que je peux être bête ! Ce cerf ne pourra pas m'ouvrir : il est fixé au mur... »

Cependant le cerf la regarda d'un air entendu et, hochant joyeusement la tête, lui répondit sur la même mélodie :

— *Lapin, lapin entre et viens me serrer la main !*

La porte s'ouvrit alors grand pour l'accueillir, mue par quelque magie. Croyant à un malentendu, Alice guetta l'arrivée du lapin mais, comme il ne s'en présenta aucun, elle s'engouffra rapidement à l'intérieur.

Au diable, pays des merveilles !

CHAPITRE IV
Le refuge au carrelage d'échiquier

Dès qu'Alice fut rentrée, la porte se referma derrière elle.

— Désolé pour votre ami le lapin ! dit-elle. Comme je ne l'ai pas vu pointer le bout de son nez, j'ai pensé que…

— *Sois tranquille, lapin !* répondit le cerf d'un ton indolent. C'est bien à toi que je m'adressais.

— C'est... « très aimable à vous » ! dit Alice.

Elle s'inclina élégamment en plissant le bord de sa robe, s'imaginant que c'était là l'attitude exigée d'une lady.

— J'aurais bien voulu... « répondre favorablement » à votre proposition de vous serrer la main, mais…

Elle afficha un sourire barré de dents embarrassées et agita sous ses propres yeux les paumes de ses mains, espérant par ce mime rappeler au trophée de chasse certaines implications de son infirmité.

— Oh...pas de courbettes avec moi, lapin ! Je ne suis qu'un ornement mural, je te le rappelle ! Ne t'en fais pas pour cette histoire de « serrage de main » ; ce n'était qu'une clause de style.

Il éclata tout à coup d'un grand rire gras. Alice ne put s'empêcher de le trouver un peu nigaud.

Vue d'en-dedans, la maison devenait beaucoup plus grande qu'à l'extérieur. Cela devait être dû au gigantisme des carreaux noir et blanc composant le carrelage à damier, pensa Alice, car, hormis ces anomalies géométriques, toute « royale disproportion » y était d'emblée contredite, partout, par les témoignages d'une vie simple, que rythmeraient les cycles naturels et le sens de la mesure. Les meubles et la tapisserie, la vaisselle et les broderies, les cadres et les tableaux : *tout*, oui, y était empreint de la rusticité brute d'un quotidien sans raffinement ; y répandait l'odeur naïve d'une esthétique de fleur des champs ; y rendait hommage au labeur muet d'une paysannerie sans gloire. Même, une drôle d'arche blanche, baveuse d'un ciment semblant perpétuellement couler, zébrée des cernes noires de briques peintes, y paraissait accuser l'œuvre qu'aurait réalisée pour lui-même un maçon de peu de soin. Celle-ci érigeait une transition artificielle entre un espace salle à manger, sur la droite, et le salon où l'on pénétrait sitôt la porte franchie.

— Mince ! s'écria soudain Alice. Pourvu que ce cavalier ne m'ait pas retrouvée…

Elle se jeta à genoux sur un canapé, à sa gauche, donnant sur la fenêtre où elle s'était montrée.

— Tu veux sans doute parler du « chasseur », hein lapin ?... Qu'est-ce que tu dirais de rechanter notre chanson, pour conjurer le mauvais sort ?

Alice commença à se demander si ce gibier de potence l'appellerait « lapin » pour l'éternité. Pour la peine, elle ne lui accorda pas un regard.

Par chance ou par malheur, rien n'était visible par la fenêtre, sinon la valse aérienne d'une constellation de flocons duveteux, se balançant d'avant en arrière devant l'écran noir de la nuit.

« C'est fou », songea Alice, « on se croirait à Noël ! ».

— Pensez-vous que ce soit de la neige, ou de la cendre ? demanda-t-elle candidement au cerf, sans daigner se retourner.

— *Qu'est-ce que cela peut faire, puisque nous sommes à l'intérieur ?* répondit une petite voix geignarde derrière son épaule droite.

C'était une vieille dame au visage bougon, assise le long du mur perpendiculaire sur un tabouret à trois pieds. Elle avait les traits et le faciès d'une statue de l'île de Pâques, le haut du crâne ceint d'un minuscule chignon de cheveux blancs et se tenait prostrée dans un austère tailleur de gouvernante, rigide et carré d'épaules. Jamais elle n'avait été présente dans la pièce avant cette prise de parole, Alice en était sûre. Quant à son tabouret, il était trop délibérément « placé », tel un pion, pour que cela ne voulût rien dire…

« La cinquième case de la première rangée », nota mentalement Alice.

Elle se mit à compter les énormes carreaux noirs et blancs de long en large du carrelage à damier…*huit sur huit !* Cela ne faisait aucun doute : cette salle n'était que la réplique grandeur nature d'un plateau d'échecs ! Ce qui signifiait, en toute bonne logique, que cette vieille dame n'était autre que...

— *La reine de cœur !*

— Qu'est-ce que tu marmottes, jeune fille ?

Alice toussota, comme à son habitude.

— Je...j'étais entrain de me demander si vous n'étiez pas la « reine de cœur » ? – *enfin je veux dire la reine des cartes !*

La vieille dame laissa roucouler un rire inattendu.

— « Decœur » ? « Descartes » ? Il faudra vous décider sur un nom !

— Je m'exprime mal...ce que je voulais dire, c'est que je me demandais si vous n'étiez pas cette reine dont parlaient les cartes, tout à l'heure : « la reine de cœur ».

— Attends ! fit tout à coup la vieillarde en se levant brusquement. Je m'occupe de cet animal...*et je suis à toi !*

Elle frappa d'un grand coup de balai en paille la paroi de la fenêtre où, sous un nuage de buée, étaient apparus des yeux de biche...les yeux de la carte Cinq, qui vadrouillait dans la nature depuis tout ce temps !

— Saleté de biche ! Elle aura sûrement été attirée par ma tête de cerf, au-dessus du poêle. Allez, va ! *Ouste !*

Cinq, bien évidemment, s'enfuit sur-le-champ : qui eût résisté à l'aura dissuasive de pareille matrone ?

« C'est dommage ! », pensa Alice, « il aurait peut-être pu dire quelque chose en ma faveur »...

— *Et toi ? Qu'es-tu venue faire ici ?* l'apostropha la vieille dame en pointant devant sa tête son imposante bedaine.

La petite blonde, intimidée par ce nouveau rapport de forces, joignit ses mains devant sa robe en signe de repentir.

— J'aurais dû me douter que vous habitiez ici...tout y est tellement grand ! J'étais venue chercher refuge dans votre demeure parce qu'une bande de cavaliers me poursuivait à travers le bois des pins ; des pièces d'échecs. Je crois bien qu'elles travaillaient pour vous…mais ça n'a plus d'importance ! Puisque vous êtes la reine de cœur, sachez qu'il faudra m'arrêter : je suis celle qui a allumé votre feu d'artifices...

Elle n'osa qu'à grand-peine relever un œil vers son auguste hôte, qui écarquilla sur elle de grands yeux incrédules.

— Ma parole, ma petite...*tu es tombée sur la tête !*

Alice lui bondit entre les bras, cédant dans son soulagement à un élan d'affection dont elle fut la première surprise.

— Oh ! Comme cela fait du bien d'entendre des paroles sensées ! dit-elle en se pressant contre cette grand-mère, comme au fond d'un oreiller moelleux. Je n'ai fait que d'entendre des inepties, depuis que je suis arrivée ici...

Elle desserra un peu son étreinte pour mieux voir sa consolatrice.

— Désolée de vous avoir prise pour la reine ! Je me suis tellement habituée à une fausse logique, dans la forêt du bois des pins, que je m'étais imaginée que votre carrelage était un plateau d'échecs – et, comme votre tabouret était situé sur la case de la reine...

— La reine « Descartes » ? ajouta la vieille dame en simulant une expression de bonne intelligence.

— *La reine des cartes*, acquiesça vigoureusement Alice ; je vois que vous me suivez ! Vous comprenez ? Tout paraissait tellement sensé, avec ces cavaliers qui…

Elle s'interrompit. Le regard posé sur elle par la vieillarde, lourd non d'amour, mais *gorgé de mépris,* lui parut enfin dans toute son ironie.

« Mince ! », se dit Alice. « Te voilà entrain de rater une belle occasion de paraître normale...et, qui sait, de rentrer à la maison ? ».

— Ne tenez pas compte de ce que je viens de vous dire, reprit-elle plus froidement. Tout ce qu'il faut retenir de cette aventure, si vous le voulez bien, c'est que je me réjouis que tout soit si normal et si logique, chez vous. Le monde extérieur n'est pas toujours très compréhensible, pour une personne de mon âge…ni très accueillant !

Elle se retira de cette embrassade hypocrite ; recula maladroitement. Le mépris de cette espèce de gouvernante, à la longue figure morose, n'en devint pour autant pas moins humiliant. Simplement plus distant ; son œil plus scrutateur...

Adoptant l'attitude de celle pour qui « tout va pour le mieux », Alice se contenta d'agir comme si elle se trouvait dans un charmant musée, dont elle n'eût pas encore examiné toutes les vitrines.

— Vous semblez drôlement isolée, ici. Voyez-vous du monde, parfois ?

Ce dernier mot fit sourciller la vieille dame.

— Vous pouvez m'appeler « tantine », vous savez...

Ses traits se radoucirent d'un instant à l'autre. Elle se rassit sur son tabouret, posa ses mains sur ses genoux et se mit à sourire béatement, comme dans l'attente qu'il se passât quelque chose.

— Eh bien...dit Alice d'un ton hésitant. Voyez-vous du monde de temps en temps... « *tantine* » ?

— *Bien sûr !* répondit la vieille d'un ton revendicatif. J'ai même la photo d'un cousin dans un cadre, là-bas. Grâce à cette petite astuce, je vois du monde tous les jours !

Elle leva la main droite et, d'un index incitateur, désigna la colonne de l'arche opposée à l'entrée où était suspendu un cadre de bois, tout en plissant éloquemment les rides de son front, de sorte à signifier à Alice d'aller s'en faire sa propre opinion. Quand elle se trouva face au cadre, Alice se vit assaillie par la vision répugnante des six pattes longues et fines de quelque hideuse araignée volante, à la paire d'ailes unique...

— Berk ! fit-elle en masquant ses yeux. *Un cousin*...j'ai horreur de ces bestioles !

Elle sauta un peu sur place en gesticulant, comme si l'insecte s'était arraché au papier et avait brisé la plaque de verre pour l'accabler, seulement elle, de son vol remuant et erratique. La vieille dame dodelina de la tête d'un air consterné.

— *Eh bien !* fit-elle en joignant les paumes de ses mains. Brian serait drôlement peiné d'entendre ça...

« Brian » ! Ce nom resta comme un écho entre les oreilles d'Alice : c'était le prénom d'un des cousins conviés à son goûter d'anniversaire. Était-il possible qu'il s'agît du même ? Alice se tourna en tous sens à la recherche d'un *autre* portrait ; du « bon »...en vain.

— Vous ne me croirez sans doute jamais, dit-elle à la vieille dame, mais j'ai moi aussi un cousin qui s'appelle Brian !

— Allons, allons ! grimaça celle-ci en repoussant des mains la proposition. Des milliers de gens portent le même nom et sont exactement les mêmes. Il faut aimer les gens pour ce qu'ils sont…

Elle marqua un temps d'hésitation, et ajouta :

— *Des cancrelats.*

Alice se fût attendue à un développement, mais la vieillarde parut vouloir s'en tenir à cette conclusion. Ce n'est qu'après quelques secondes de face-à-face que, excédée par le regard questionneur de cette enfant, « tantine » daigna agrémenter :

— Des cancrelats ; de temps à autre des pigeons...*et parfois même des cousins !*

Son ton n'appelait aucune réplique, ni surtout aucun regard. Alice, gênée aux entournures, reprit donc comme si de rien n'était sa flânerie superficielle à travers cette salle sans luxe ni fioritures.

« Ma petite Alice, te voilà à nouveau chez les fous ! », se dit-elle en elle-même.

Dans ces circonstances, la découverte d'une charmante petite horloge, sur l'autre colonne portant l'arche, la remplit d'une opportune curiosité.

« Au moins, toi, tu ne me mentiras pas ! », se dit-elle.

Une horloge, pensait-elle, c'est une création mathématique ; c'est porteur de rouages, d'objectivité, de toute une exactitude scientifique !

Le cadran de celle-ci se composait, en fait d'une petite et d'une grande aiguille, d'une petite et d'une grande brindille et, en fait des douze premiers chiffres, de glands, de marrons, de châtaignes...soit des différents fruits de nos arbres familiers. Cette végétation rendait compliquée la lecture de l'heure.

— Pourquoi fixes-tu cette horloge ? demanda la vieille dame. Aurais-tu quelque chose à faire quelque part ?

— *Bien sûr !* répondit Alice. Mon goûter d'anniversaire commence à seize heures...*ou devrais-je dire « commençait » !*

— Et quelle heure est-il, chère jubilaire ?

Alice fronça à nouveau les sourcils, s'efforçant de la déchiffrer.

— Apparemment il est...*gland moins noisette*, répondit-elle d'un ton mi-figue mi-raisin.

— Une heure moins le quart, donc ! Il faut lire *les chiffres*, sous le gland et la noisette, tu comprends ? Sinon cette horloge n'aurait aucun sens...

— « Une heure moins le quart » ? répéta Alice. Mais c'est impossible ! Je suis arrivée ici vers...quatre heures moins dix ?

— Mais le temps passe, ma fille ! Tu as dû « arriver ici » hier après-midi, voilà tout !

Alice tourna la tête vers un coin de la pièce, pour y contempler le vide. Le monde, dans ses yeux, parut s'effondrer.

« Le temps se serait donc accéléré au moment où je suis tombée...? » spécula-t-elle. « Il faisait noir, *entièrement* noir, lors de mes premiers pas dans ce monde...*je crois bien que c'est le temps qu'il fait quand sonne minuit pile ?* »

Elle s'adossa à la colonne surplombée par la maudite horloge, où un sentiment de défaite laissa glisser son corps. Y tomba à genoux ; prit son visage entre ses mains...

« C'est fichu ! », se dit-elle en dissimulant ses larmes, « ...fichu ! Ils se seront empiffré des gâteaux sans même m'avoir vue, comme dans ma vision de cauchemar… ».

— Je suis peut-être une horrible vieille femme, déclara l'horrible vieille femme, mais j'ai horreur de voir des enfants pleurer ! Regarde un peu, petite...*allez, viens !* Lève-toi.

Alice sécha ses larmes en se relevant, se demandant quelle bonne surprise pourrait bien lui réserver cette dame. En regardant alentour, elle vit qu'un fusil était appendu au-dessus d'une porte, dont le canon pointait en direction de l'emplacement du cerf, d'où celui-ci avait disparu.

— Il fait souvent nuit du côté du perron ; *c'est vrai*, admit la bonne « tantine ». Mais si tu veux voir un beau soleil, jette un peu un coup d'œil par la lucarne du jardin...

Elle s'apprêta à saisir Alice par la taille pour la déposer sur le poêle à charbon, d'où la vue était meilleure, mais la jeune fille demeura trop perplexe pour se laisser attraper.

— Savez-vous ce qui est arrivé à votre cerf ? demanda-t-elle. J'ai l'impression qu'il est parti à cause de ce fusil...

— Bah ! Qu'est-ce ça peut bien faire ? Il va et vient...*ce n'est qu'une bête !* Qu'y a-t-il d'étonnant à cela ? *Allez : monte !* Monte voir la lucarne, avant que je ne change d'avis ! Elle donne sur le jardin. Il est superbe, tu verras !

Bon gré mal gré, Alice se laissa porter.

Les contours du trophée de chasse vacant creusaient un renfoncement dans le mur où, telle la fente élargie d'une meurtrière, une lucarne carrée était découpée. Debout sur le poêle à charbon, Alice fut stupéfaite de voir à travers ce cadre les étendues verdoyantes de prés ensoleillés où, au milieu de fleurs hautes comme des tours de guet aux pétales pareilles à des hélices, dormait d'un œil entrouvert un étang moiré de scintillements argentés, que berçaient en ondulant des roseaux et des joncs...

— *Et c'est gratuit !* commenta la vieille dame. Alors ? Ça ne te console pas un peu ?... Je voulais te montrer que, même s'il n'est pas quatre heures ici, il est toujours quatre heures quelque part...*et peut-être plus près que tu ne le crois !*

L'émerveillement, chez Alice, laissa place à la circonspection.

— Fait-il souvent un temps différent entre votre perron et votre « jardin » ? demanda-t-elle.

La vieillarde, à ces mots, parut s'envelopper d'une cape de susceptibilité.

— Quelles que soient vos tentatives, ma dame, *vous ne me ferez dire aucun mal de cette maison.*

Alice ne mordit pas à la polémique, car alors, une image insolite, plus radieuse encore pour elle - *et seulement pour elle* - lui ravit les pupilles : celle d'un « objet mouvant non identifié » qui, fugacement, papillonna à travers tout en zigzaguant entre les fleurs...« un objet mouvant non identifié » ? *La porte itinérante !*

L'alarme d'un « eurêka » ralluma les yeux d'Alice.

« Il n'y a pas de hasard ! » se dit-elle. « D'après ce que m'a dit le casse-noisette, je *sais* « par quelle porte » m'échapper de ce monde... ».

Pareille à la marquise tendant à son laquais une main gantée depuis le marchepied du carrosse d'où viendraient de lui être montrées toutes les merveilles du monde, Alice tendit sa main à la vieille dame, ses souliers sur le poêle à charbon. Cette dernière, tout en l'aidant à descendre, ne trouva qu'à se féliciter du sourire neuf apparu sur les joues de sa protégée.

— Alors ? Tu vois, ma petite ? Il ne fallait pas pleurer pour si peu ! Si ça se trouve, ton anniversaire est tout près d'ici...

— Oh, j'en suis certaine ! répondit Alice avec aplomb. Je viens même de voir une porte qui pourrait bien m'aider à m'en rapprocher encore, par la lucarne !... D'ailleurs si ça ne vous dérange pas, je vais devoir vous quitter parce qu'autrement, je risque de la perdre de vue pour toujours...

Mais la grosse dame barra de son corps le passage vers la porte, engageant dans la manœuvre toute la circonférence de son embonpoint.

— ...*Hé !* fit Alice, bloquée de part en part.

Elles se retrouvèrent face à face. L'impénétrable « tantine », les bras croisés, arbora devant l'entrée la posture de marbre d'un obstacle insurmontable.

« Pas la peine d'essayer de la pousser », se dit Alice, « car elle est encore plus grosse que tante Agatha, que je n'ai encore jamais réussi à déplacer d'un pouce ! ».

— Je vais te donner ton premier conseil d'adulte, déclara la vieillarde : *enfile des bottes Wellington*, si tu veux patauger dans l'eau.

— Je...vous remercie, bafouilla Alice, mais...je vous assure : je n'ai *aucune envie* de patauger dans l'eau !

— *Non...non*...ironisa la vieille d'une voix traînante. *C'est sûr !...* On n'a pas envie de boire ; on raconte tout un tas d'sornettes...*puis on s'réveille avec la gueule de bois !...* Comme on dit par chez moi : *« tu m'en diras tant dans l'étang »* !...

Elle sortit une clé d'or d'une poche de son tailleur, la fit tourner dans la serrure et, sous les yeux catastrophés d'Alice...*l'avala toute crue !*

— Fais-moi confiance, petite, redit-elle en se léchant le bout du pouce : *des bottes Wellington...*

CHAPITRE V

« J'étais une belle petite fille, moi aussi… »

« C'est bien ma veine ! », se dit Alice : « me voilà enfermée avec cette vieille folle... ».

À quel espoir se raccrocher ? La clé se trouvait dans l'estomac de cette « gouvernante » aux faux airs de statue de l'île de Pâques, et, à moins de manquer à toutes les règles de la bienséance britannique, rien ne l'en délogerait de sitôt...

— Oui oui, petite, tu m'as bien entendu, redit-elle : *des bottes Wellington !*

L'un de ses sourcils tremblait de haut en bas, victime de quelque nerf défaillant.

— B...bien ! bredouilla Alice, je retiendrai ce bon conseil...

— Il ne faut jamais retenir les bons conseils, reprit la vieillarde ; autrement ils s'en vont.

— Que faut-il en faire, alors ?

— *Il faut les porter sur soi.* De toute façon tu les portes déjà.

Alice se regarda de haut en bas et découvrit que ses pieds étaient chaussés de bottes en caoutchouc, horriblement grandes, au-dessus desquelles son tronc donnait l'impression de flotter.

— Je...je crois qu'elles sont un peu trop grandes ! dit-elle avec effarement.

— *Elles sont parfaites.* C'est toi qu'es trop p'tite ! D'ailleurs t'es entrain de manger pour grandir un peu.

Alice tourna la tête en direction de l'arche et eut l'horrible surprise de surprendre un double d'elle-même installée à table, dans l'encadrement de celle-ci, comme à travers une fenêtre de mise en abîme...

— *Oh !...* Est-ce que vous êtes une espèce de sorcière ?

Mais la vieille dame ne répondit pas. Quand les yeux d'Alice clignèrent, ils se rouvrirent sur une assiette creuse posée sur une nappe à motifs fleuris, remplie d'une gelée transparente dont la forme évoquait un morceau de pain coupé en parts régulières.

— C'est de l'eau cuite – *en tranches*, commenta son hôte.

Animée par des mouvements compulsifs, Alice se pinça le nez, arma son autre main d'une fourchette et en planta un coup dans la mixture.

— Ne pique pas dedans, tu vas t'éclabousser ! l'avertit la cuisinière.

(C'était évidemment trop tard.)

— Oh, et puis zut ! fit Alice en frappant des poings sur la table. Voulez-vous bien arrêter de me faire faire des choses à mon insu ?

— *Je voudrais bien*, répondit la vieille dame…Mais si je ne te les faisais pas faire « à ton insu », tu ne les ferais pas du tout !

— *Il y a peut-être une très bonne raison à cela...* peut-être que je n'ai *pas envie* de faire ces choses !

La vieille dame haussa les épaules.

— Si tu n'es pas capable d'être éclaboussée par un peu d'eau cuite, je ne vois pas ce que tu irais faire près de l'étang…

Alice fronça sur elle des yeux négociateurs.

— Voulez-vous dire que si je mangeais votre assiette d'eau cuite, vous me laisseriez sortir ?...

— *Ah !* s'exclama la vieille sur un ton de triomphe, *tu vois, mademoiselle, que tu étais partie pour patauger dans l'eau ?* Dois-je te rappeler ce que tu m'as dit tout à l'heure ? Tu m'as dit : « le monde extérieur est cruel et méchant, avec moi »...

— *Menteuse !* proféra Alice. *Ce n'est pas ce que j'ai dit !*

— Ma chérie...allons. Nous savons toutes les deux que c'est ce que tu as dit. Mais ne t'en fais pas : tant que tu resteras trop petite pour enfiler ces bottes, tu resteras bien en sécurité ici, *avec ta tantine...*

Elle s'approcha d'Alice et vint frotter sa tête contre la sienne tout en caressant fermement son épaule, d'une main qui la fit frémir. Cette cajolerie, bien heureusement, ne dura que quelques secondes.

— ...Ne t'en fais pas, reprit-elle en tapotant sur cette même épaule à plusieurs reprises, avant de s'éloigner : ta petite envie de patauger dans l'eau te passera avec le temps. Quand tu seras assez grande, tu intégreras le cheptel qui te correspond le mieux au sein de la société et tu verras : toutes tes craintes seront apaisées. La vie ne te donnera peut-être pas monts et merveilles, mais elle t'assurera un minimum de gains dans tous les domaines, et c'est bien ce qui compte. *Voilà* quelle est la bonne façon de grandir.

— Avez-vous appliqué cette méthode pour vous-même ? l'interpella Alice. Car ça n'a pas l'air de vous avoir rendue tellement heureuse...

— Chacun doit s'acquitter de son quota de souffrance, petite. « C'est la vie en société ! ». Évolue hors d'un cheptel et tu verras : *on te jettera des pierres !...* C'est bien la preuve de tout.

Alice resta dubitative.

— Ça prouverait que les êtres humains sont des espèces de singes, surtout ! Est-ce qu'on ne devrait pas plutôt essayer *d'éviter* de « jeter des pierres » ? Comme ça, tout le monde pourrait être libre de choisir la vie qu'il veut ; de réfléchir par lui-même ; de...

— Non, non ! On a eu Jésus, pour ça – *et il est mort pour nous en croix*. Que cela te serve de leçon.

Comme pour faire immédiatement pardonner les paroles impies de cette ignorantine, la vieillarde tira en toute hâte un petit chapelet d'une poche de son tailleur dont elle se mit à égrener les perles entre ses doigts en murmurant, à tête basse et à toute vitesse, des prières inventées, apparemment consacrées au salut du « cheptel ». Quand elle eut enfin fini, elle s'assit sur son tabouret à trois pieds et, sans plus se préoccuper d'Alice, reprit le tricotage d'un ouvrage en laine laissé dans un panier en osier posé par terre.

Livrée à son sort de captive, Alice s'abandonna à la contemplation du simili morceau de gelée entrain de croupir au fond de son assiette. Il lui sembla qu'une seule bouchée de cette nourriture empoisonnée, pétrie *par* une main de vieux *pour* une bouche de vieux, eût suffi à la changer en vieille dame.

« Hansel et Gretel ne savaient pas leur chance ! », se dit-elle : « eux au moins, ils étaient deux... ».

En mal de distraction, elle commença à jouer avec sa fourchette et son couteau, se faisant lentement à l'éventualité de goûter, tôt ou tard, cette pitance insipide...

— Vous devriez vous rencontrer, mon cousin et toi ! dit soudain la vieille dame tout en tricotant avec ses aiguilles. Il a ton âge ! *Et il est parfaitement idiot.*

Alice se demanda comment le cousin d'une octogénaire pourrait n'avoir que dix ans. Plus encore, elle se demanda ce qui pouvait laisser entendre qu'elle eût eu un quelconque intérêt à rencontrer un enfant qui fût « parfaitement idiot ».

— Voulez-vous insinuer que je ne pourrais m'entendre qu'avec des gens idiots ? dit-elle en posant ses couverts.

— Qui a parlé de « s'entendre » ? J'ai simplement dit que vous devriez vous *rencontrer*, lui et toi. Ainsi, vous seriez triés, entre gens d'âge égal...*comme dans un cheptel, tiens !* Je suis sûre que vous formeriez un charmant petit cheptel, tous les deux.

— *Je n'en verrais vraiment pas l'intérêt !* bondit Alice. Cela vous étonnera peut-être, mais j'ai toujours préféré rencontrer des gens qui ne me ressemblent pas plutôt que de perdre mon temps avec des gens « parfaitement idiots », mais qui auraient « mon âge »...

— C'est parce que tu ne sais rien, miss je-sais-tout ! À ton âge, *tout le monde* se croit original. Un beau jour, on découvre le plaisir de faire partie d'un cheptel ; de mener une vie bien ordonnée avec un certain type de personnes, en obéissant à des règles simples. Dès lors, on ne veut plus en sortir. Mais c'est un nectar terre-à-terre, qui nécessite de s'être un peu encroûté.

Les nectars d'Alice, vous vous en doutez, étaient quant à eux très loin d'être terre-à-terre.

— Vous savez ce qu'il me plairait *à moi* ? Ce serait de pouvoir concocter un gâteau à mon image, un gâteau unique ! Quand je le ferais goûter à quelqu'un, cette personne pourrait *immédiatement* se faire une idée *exacte* de ma personnalité ! Vous imaginez-vous le temps gagné ? Les malentendus évités ?

— Ouais ! ricana la vieille dame : plus aucun malentendu...*seulement des mal-goûtés !*

Cette marque de cynisme désespéré, même déguisé en épigramme, ne fut pas *du tout* du goût d'Alice.

— Les choses ne se passent jamais comme prévu, poursuivit la vieillarde. On commence par croire qu'on est un joli bébé tout rose, puis on se rend compte qu'on doit manger des animaux morts et des plantes mortes pour ne pas crever. *Finalement*, on devient *quand même* une vieille limace racornie et pour quelle récompense ? *Se retrouver bouffé par des asticots !* Tu parles d'un destin...

— Ça n'empêche pas de passer quelques bons moments ; de rêver d'un monde meilleur ; de...

— *...des histoires qu'on s'invente pour tenir le coup !* Y a pas d'bons moments. Juste le temps qui passe ; qui efface tout ; qui dégoûte de tout. Ne cherche pas à retenir tes rêves, je te dis : tu t'épargneras des souffrances futures.

— Bon...ça va ! *J'ai compris !* s'agaça Alice. Maintenant que nous avons bien parlé, voulez-vous m'expliquer comment je suis supposé manger votre « eau cuite », avec cette fourchette ?

— *Ah !* fit la vieille en se frottant les mains. *Voilà l'astuce...*

Sans se départir de ses aiguilles à tricoter, elle vint s'approcher doucement de son oreille et lui chuchota :

— *Ça se croque-boit.*

Pour une raison qui lui échappa, cette explication parut tout à fait limpide à Alice. Elle prit dès lors grand soin à *siroter* l'eau cuite de l'extérieur, mais à n'en croquer la substantifique moelle *qu'une fois celle-ci en bouche* (car telle est, cher lecteur, la façon cachère de déguster une bonne brique d'eau cuite).

« Qu'à cela ne tienne ! », se promettait-elle. « Une fois devenue suffisamment grande, j'en profiterai pour sortir d'ici ; et pas pour rejoindre un cheptel, mais pour découvrir le fin mot de cette histoire de porte ! ».

La méthode prodiguée par la vieille dame permit à Alice d'engloutir plusieurs de ces tartines sans goût en un rien de temps. Ceci fait, la vieille dame s'accouda à la table, soutenant de son poing gauche son large menton renfrogné, pour juger au plus près des premiers effets de ce régime.

— Ça n'a pas l'air de beaucoup t'aider à grandir...dit-elle d'un ton maussade.

— Je viens seulement de commencer ! répondit Alice avec enthousiasme. Attendez de voir dans quelques minutes !

— Je ne voudrais pas te décourager, mon petit : mais les bottes, elles, ont déjà commencé à grandir...

Alice sentit en effet que les fameuses « bottes Wellington » commençaient à s'évaser de plus en plus dangereusement autour de sa petite personne, et même...à s'animer de leur propre vie !

— Regarde-moi ça ! dit la vieillarde. Je te parie que si je leur donne à manger...

Elle jeta hors de sa poche plusieurs poignées de graines sous la table, à la suite de quoi les bottes se mirent à remuer sur elles-mêmes, comme tirées de leur sommeil par un alléchant fumet. D'un coup, Alice sentit la plante de son pied gauche frappée d'une première impulsion ; puis la plante de son pied droit frappée d'une deuxième impulsion...et vit ses propres bottes emportées par de petits bonds par-dessus le carrelage pour se réunir autour du tas de graines. Elle adressa un regard plein d'effroi à la vieille dame mais, fascinée par le spectacle bizarre de ses bottes, celle-ci était suspendue à manière dont une tension intérieure les secouait depuis quelques instants, les faisant flageoler comme de petits volcans. Alors, la ligne de couture séparant la chaussure de la semelle explosa d'une traite et, retroussant leurs lèvres de caoutchouc, ces créatures cordonnières exposèrent des dents pointues de crocodile, dont elles firent assaut de ces offrandes granuleuses !

— ...*Quelle horreur !* s'écria Alice en les regardant se bâfrer de graines. On dirait qu'en mangeant, je leur ai fait pousser des dents !

— « Quelle horreur », « quelle horreur »...minimisa la vieille dame. *Pour le prix qu'elles m'ont coûté, je trouve ces bottes plutôt jolies !*

— Ce n'est pas ce que j'ai voulu dire ! répondit Alice. Ce qu'il y a, c'est que...je crois que je n'aime pas tellement les bottes qui ont des dents...

— Bah ! Et qu'est-ce que ça peut faire ? *Tant qu'elles t'mordent pas !*

« Ce serait bien le comble », se dit Alice, » pour des bottes qui se servent de mes pieds ! Cela dit, je suis bien heureuse que Dinah ne soit pas là car, étant donné la voracité de ces bottes, elles la poursuivraient certainement pour la dévorer, et je me sentirais drôlement coupable qu'il lui arrive quelque chose ! ».

Un nouveau coup d'œil lui apprit que ses bottes en avaient fini de leur collation. Quand elle voulut faire part de ses réflexions à la vieille dame, celle-ci, avachie entre ses coudes renversés, ronflait déjà face contre table.

Un assoupissement de courte durée car, prise d'un mauvais réflexe au cours d'un cauchemar, elle enfonça la pointe d'une de ses aiguilles à tricoter dans la chair dodue de son bras gauche...

— *Ouille !* sursauta-t-elle. J'étais entrain de faire un horrible rêve : je rêvais que j'étais une vieille dame !

— Aïe ! répondit Alice...*je n'aimerais pas faire des rêves comme vous !*

(Elle ne saisit même pas le périlleux de sa phrase.)

— *Oh*...fit la vieille dame, *comme c'est amusant !* Moi aussi je me croyais caustique, quand j'étais une enfant. Je parle de ça, évidemment, il y a des années et des années...J'étais une belle petite fille, moi aussi...*Un peu comme toi !*

Alice lui jeta un regard suspect.

« Elle doit être entrain de me raconter une espèce de légende », se dit-elle, « parce que pour avoir été une « belle petite fille », il aurait d'abord fallu qu'elle ait été une enfant ! Ou alors, il faudrait vraiment qu'elle soit très très très vieille...disons, qu'elle ait quatre-vingt-dix ans ?...*ou peut-être cent-cinquante ans ?* ».

Une telle destinée ne lui en parut pas moins effroyable. Cent ans ; mille ans ; cent millions d'années n'étaient ni plus ni moins dans son esprit d'enfant que des anniversaires qui, tous, finiraient un jour par tomber « demain ». Et le temps, ce cruel toboggan l'entraînant de gré ou de force à devenir « un jour » une vieille dame.

— Eh oui, ma petite ! Les choses changent…

— Oh ! Moi, je ne pense pas que je changerai beaucoup ! En tout cas, je ne pense pas que les choses qui me rendent heureuse changeront beaucoup.

La vieille ricana.

— *Ce n'est pas la même chose !...* Cela dit, les choses qui te rendent heureuse changeront du tout au tout, elles aussi. La vie est pleine de nouvelles habitudes ! Un jour on prend plaisir à dire du mal des gens...puis on dit du mal des gens tous les jours ; un jour on est obligé de noyer un chat...puis on cherche le moindre prétexte pour « filer un coup de main » ; un jour…

— Oh non ! se révolta Alice. Je ne prendrai jamais plaisir à noyer des chats ! Quelle idée dégoûtante...

Elle réfléchit cependant, et réalisa qu'il lui était arrivé de renverser de l'eau entre les pavés d'une terrasse de jardin, « un jour », pour en faire sortir des fourmis.

« Mais elles refusaient de bouger ! » plaida-t-elle en elle-même. » Et puis c'était il y a des mois...je n'avais même pas encore neuf ans et demi ! ».

La vieille dame parut se régaler du doute qu'elle avait su instiller dans l'esprit de la jeune fille.

— Et ces bottes, mademoiselle ? On s'y fait ?

— *Alors là, non !* s'exclama Alice. Non seulement elles sont trop grandes, mais elles ne sont pas bien jolies...

— « Pas bien jolies », « pas bien jolies »...c'est qu'ils en ont du « souci esthétique », les jeunes d'aujourd'hui ! Et mes bottillons ? Tu les as vus, mes bottillons ?

Alice n'était pas très sûre de ce qu'étaient exactement des « bottillons ». Par conséquent, elle ne put voir aux pieds de la vieille dame qu'une paire de souliers indistincte, sans forme ni texture particulière.

— Ah, oui ! Ce sont...*ce sont de très jolis tillons que vous avez là !*

— Les bottillons de feu mon mari, tout crottés de boue ? Les seules paires de chaussures qu'il me reste encore ? *Je n'aime pas beaucoup qu'on se paie ma tête, jeune fille…*

Elle jeta à Alice un regard furieux -de ce genre de regard qui vous maudit pour les cent prochaines générations- et regagna selon toute vraisemblance sa cuisine, par la porte située sous le fusil dans l'angle mort du salon.

Alice eut un peu de mal à remettre en ordre les reproches qu'on venait de lui faire car, dès que le visage de la vieille dame s'était empourpré de colère, elle n'avait su se concentrer que sur le minuscule chignon de cheveux blancs ceignant le haut du crâne de celle-ci, dont l'accent de coquetterie avait fait un contrepoids grotesque à son aboiement rougeaud.

Quel que fût le motif de cette colère, mieux valait ne pas se trouver sur le chemin de la vieille dame dans les prochaines minutes...car, se dit Alice, « elle reviendra sûrement d'une seconde à l'autre pour se venger avec une fourchette, un couteau ou je-ne-sais quel ustensile ! ».

— *Lapin !*...cria une voix pathétique venue du salon.

C'était le cerf, bien entendu, qui avait regagné son emplacement ornemental.

— *Qu'y a-t-il ?* chuchota fortement Alice, sans quitter sa place à table.

— Ben...Je crois qu'il s'agirait de profiter du fait que ma maîtresse ait le dos tourné pour mettre les bouts...ou je ne donnerai pas cher de ta peau !

— *Mais...comment faire ?* chuchota encore Alice.

— Me suivre, lapin ! Il y a un passage, ici…

Alice posa un pied hors de la table et mena dès lors une lutte acharnée contre ses bottes qui, douées de leur propre volonté, dépensèrent une énergie folle à la ralentir, comme auto-lestées de plomb...

— *J'arrive, cerf !* s'écria-t-elle en portant à bout de muscles ces poids morts, d'enjambée en enjambée.

Pour ne rien arranger, ses bottes doublaient de volume à chaque pas, malaisant sa démarche au fur et à mesure.

« Peut-être ont-elles oublié de grandir après avoir mangé leurs grains, et qu'elles rattrapent maintenant leur retard de croissance ? », se demanda Alice.

Quand elle fut devant le poêle à charbon, elle vit dans la lucarne la tête du cerf, dont l'encolure était entourée par l'espèce de pilori qui, lorsqu'il plaçait sa tête par le mur du salon, faisait de lui un trophée de chasse.

— Par ici ! lui dit-t-il en sautillant.

Mais Alice marqua un temps d'arrêt.

— Il y a une chose que je ne comprends pas, dit-elle...

(Certes il était illogique que ce cerf pût « ressortir du dedans » et « revenir du dehors » de la lucarne avec cette chose autour de la tête, mais ce n'est pas, lecteur perspicace, ce qui retint l'attention d'Alice.)

— Vous êtes libre d'aller où bon vous semble et, malgré tout, vous revenez toujours gentiment contre votre mur. Pourquoi ?

— Eh bien parce qu'il faut dire que c'est agréable de se réchauffer la tête près d'un bon feu en hiver, soupira le cerf. D'ailleurs, il ne me déplairait pas de pouvoir blottir mon derrière près du feu aussi, de temps en temps !

Alice hocha vivement la tête, prise d'une compassion cocasse pour les petits tracas du mammifère.

— Allons, allons...*accélérons !* reprit le cerf. Ou tu pourrais le regretter !

Alice employa tous ses efforts à grimper sur le poêle à charbon mais ses bottes, encore et toujours, grandirent et grandirent...rendant impossible le moindre mouvement sans se casser la figure – ce qui d'ailleurs arriva.

— *Dépêche-toi ! Dépêche-toi !* l'exhortait le cerf depuis l'extérieur. *Ma maîtresse ne tardera pas à arriver !*

« J'aimerais bien l'y voir ! », se dit Alice, qui ne se redressa qu'à grands renforts de courage au fond de ses deux bottes surdimensionnées.

« Je ferais mieux de me choisir une botte et d'essayer de m'y glisser toute entière », se dit-elle avec angoisse, debout sur la pointe des pieds, « car je ne serai bientôt plus assez grande pour soutenir mes jambes dans les deux bottes en même temps ! ».

La porte de la cuisine s'ouvrit.

— Besoin d'aide pour *t'enfuir*, petite ? fit la vieille dame, devenue géante.

Cette alerte poussa Alice à tenter le tout pour le tout : elle s'accrocha jusqu'aux ongles aux rebords du poêle à charbon ; tenta une dernière fois de l'escalader mais, emporté par la force d'attraction de ses bottes, qui fondirent sous elle en une épaisse flaque noire, son corps se retrouva happé par un vide vertigineux, comme séparé de sa conscience, et, lorsqu'il atteignit son point de chute, un coup violent comme la foudre agita son esprit !

Alice rouvrit les yeux le temps d'un instant...instant subliminal où il lui parut voir la fente dorée du soleil filtrant entre les portes de sa garde-robe. Puis, comme assommée par le coup qu'elle venait de recevoir, elle sombra à nouveau dans le noir complet d'un sommeil sans rêve...ni sans cauchemar.

Bientôt, elle tâtonna les parois de planches en bois autour d'elle qui l'emprisonnaient...

« *Un cercueil ?* », crut-elle, comme elle était allongée.

V. « J'étais une belle petite fille, moi aussi… »

Bienheureusement, elle parvint à dégager le plafond de cette boîte...et la beauté pure d'une lumière naturelle éblouit ses yeux bleus.

« Où puis-je bien me trouver maintenant ? »...

CHAPITRE VI
L'observatoire de la Montagne-Creuse

C'était une petite salle ronde surplombée par un immense dôme géodésique, dont l'armature aux tiges d'acier, telle une carapace aux écailles triangulaires, faisait comme une boule de cristal fêlée. Son unique mur, tapissé d'un papier-peint violet à fleurs-de-lys d'or, faisait se succéder autour d'Alice six portes d'ébène noir et six rideaux de velours rouge, alternativement, et était encadré par quatre colonnades blanches formant une frise ; on eût dit l'atelier de quelque grand magicien sulfureux, ou le théâtre étrange de quelque assemblée de marionnettes.

Alice sortit un pied puis l'autre de la boîte où elle était enfermée, les yeux en l'air, subjuguée par la vue du ciel qu'offrait ce « plafond de verre ».

« Je suis presque sûre d'être déjà venue ici », se dit-t-elle.

(N'êtes-vous jamais retourné sur les lieux d'un rêve ? Mais s'ils empruntent le même décor, rarement empruntent-ils la même trame…)

Alice descendit hors de sa boîte et s'aperçut que cette dernière reposait sur une minuscule table à trois pieds en verre massif, occupant le centre de la pièce.

« Je me demande ce qu'on me préparait ici ? », frissonna-t-elle. « Il faut espérer que cette espèce de cercueil n'était qu'une boîte de magie, et que son propriétaire ne me voulait que du bien ! »

D'ordinaire, en effet, cet endroit de ses rêves lui était plutôt dispensateur de réconfort. Quelles nouvelles surprises lui apporterait cette visite ?

C'est avec une certaine excitation qu'Alice courut s'en enquérir, approchant d'une porte pour en tourner la poignée...hélas ! Au moment d'y poser sa main, elle découvrit que ce n'était pas une véritable porte, mais un trompe-l'œil peint sur le mur...

« Je vais regarder ce qu'il y a derrière ce rideau, alors ! ».

Elle s'approcha d'un de ces mystérieux rideaux étendus entre chaque porte, le premier qu'elle trouva sur son chemin, mais ne trouva derrière l'étoffe de tissu qu'un pan de mur en briques.

« Ça alors ! » se dit-elle. « Il y doit bien se cacher quelque chose derrière l'une de ces portes ou l'un de ces rideaux ! ».

Rêvant à quelque passage secret menant à quelque château merveilleux, elle inspecta tour à tour quatre portes et quatre rideaux mais, à chaque fois, fit face à un nouveau trompe-l'œil ou à un nouveau mur de briques. Lassée par tant d'insuccès, elle se laissa intriguer par un escalier en spirale non loin qui, pensa-t-elle, lui présenterait à coup sûr quelque nouvelle chose.

Arrivée au sommet des marches, elle réalisa qu'une large promenade y faisait le tour du dôme géodésique : tout à coup, la salle s'élargissait, s'illuminait ! Même, il lui parut sentir les effluves iodés de la mer à travers les interstices de l'armature. Elle se jeta sur l'une des longues-vues fixées autour du dôme pour y voir de plus près un phare qu'elle avait repéré, « à onze heures, capitaine ! » (car il faut dire qu'Alice se prenait déjà pour un mousse).

Posant son œil gauche contre la lentille, elle put admirer jusqu'aux vagues se brisant sur les rochers au pied du phare ; la peinture écaillée de ses bandes rouges et blanches ; la balustrade circulaire entourant son imposante lanterne et...trois mouettes voltigeant de guingois autour de cette dernière, au gré des puissants vents marins.

Tandis qu'un « toc toc » retentit par-dessus sa tête, Alice tourna le dispositif en sa direction sans décrocher l'œil de la lentille -trop absorbée par cette activité- et vit une grande tâche noire, toute floue, envahir son champ de vision. L'objet étant trop proche, elle se recula pour le considérer d'un œil nu et vit que c'était « son » corbeau qui, frustré de ne pouvoir traverser les parois transparentes de la structure, en frappait du bec une facette de verre !

« Pourvu qu'il ne parvienne pas à le briser », s'inquiéta-t-elle.

Mais le corbeau, ayant éprouvé la solidité de l'obstacle, se contenta de lui adresser un autre de ses rictus vaincus...et s'envola vers le lointain.

Soulagée, Alice voulut replonger son regard dans sa longue-vue mais à sa grande surprise, celle-ci avait disparue.

— Mais, mais...*où est passée la longue-vue, pendant que je regardais dedans ?* s'écria-t-elle.

Les gens ne se soucient jamais assez de ce que deviennent les longues-vues une fois leur attention focalisée à l'intérieur…

Elle regarda partout ; tâta les poches de ses paupières pour voir si elle n'était pas tombée dedans...RAS. La longue-vue s'était volatilisée ! Alice craignit une nouvelle fois d'abord d'avoir commis une grosse, grosse bêtise mais, à la pensée que se trouvaient encore onze autres longues-vues sur le pourtour de la promenade, pareilles aux onze autres aiguilles d'une horloge, son sentiment de culpabilité se trouva diminué.

« Après tout : je n'ai gâché qu'une chance sur douze ! », se consolait-t-elle.

S'arrêterait-elle quand il ne resterait plus qu'une de ces longues-vues, en voie de disparition ? Elle courut jusqu'à un autre de ces jouets pour observer d'autres paysages quand, venu de l'étage inférieur, un râle sec et répétitif éveilla son attention.

Elle observa la chose depuis la rambarde : ce n'était pas un gorille, mais la « sixième » porte - celle qu'elle n'avait pas daigné inspecter - qui émettait ce bruit de frottement rauque, remuant à l'intérieur de son chambranle pour le démettre du mur comme on se démettrait une épaule.

— Aïe ! s'écria-t-elle. (Car elle était prête à compatir aux souffrances de n'importe qui – et même de *n'importe quoi.*)

« Mais bien sûr ! » tilta-t-elle. « C'est la porte itinérante ! Elle était noire, elle aussi ! »

Ce détail la frappa soudain comme une évidence, quoiqu'elle n'y eût jamais prêté attention auparavant.

Elle regagna l'escalier en toute hâte ; dévala les marches à toute allure…et se trouva confrontée à la porte, qui s'extirpait tout juste du plan mural. Alice en était sûre : elle tenait là son bon de sortie !

« Doucement ! », se rasséréna-t-elle. « Il ne faut pas la brusquer, jouer le coup « à la Dinah » ».

Elle s'approcha à pas feutrés de la porte, que l'expectative rendait immobile ; la fixa droit dans l'œil inflexible de sa serrure ; se figea dans une posture de chasse, après s'être postée à une distance optimale ; laissa se suspendre plusieurs secondes de bluff...et d'une vrille bien placée la porte esquiva de justesse son bond, devenant folle, se lançant telle une tornade à travers la salle qu'elle sillonna en tous sens. Alice, qui avait mordu la poussière, la regarda passer avec cette vague appréhension que suscitent toujours les papillons de nuit affolés.

Tandis qu'elle se remettait de ses émotions, face contre terre, elle vit qu'une autre pièce de mobilier était secouée de spasmes dans le sombre bric-à-brac auparavant gardé par la porte éventrée. On eût dit que cette chose, *cette chaise*, dormait d'un sommeil agité.

« Vite ! », se dit-elle. « C'est peut-être son garde du corps ! ».

Elle se releva illico ; fit volte-face pour défier la porte qui, dans son dos, venait de s'arrêter...les rôles s'inversaient.

« À nous deux ! », se dit-elle, changée en (inoffensive) torera.

Songeant qu'elle devait seulement parvenir à se placer *au travers* de son chemin, elle s'apprêta à effectuer un pas de côté quand un obstacle venu de derrière la fit culbuter...assise contre son gré, elle ne put que regarder la porte tournoyer jusque derrière le « sixième rideau » que, tout à l'heure, elle n'avait pas jugé bon d'inspecter.

— *Satanée chaise !* pesta-t-elle.

Elle lui donna un bon coup de poing quand, tout à coup, les pattes de celle-ci s'étirèrent en se tortillant, déséquilibrant totalement son assise…elle tint sa place bon an mal an, s'agrippant fermement à ses rebords mais alors, le dossier en forme d'arc se déroula le long de son dos pour frôler son cou, à l'instar d'un serpent. Prise d'un geste réflexe pour chasser cette « bête », Alice dégringola avec la chaise qui, désarticulée sous son poids, s'écroula par terre elle aussi.

— *Encore une crise de somnambulisme !* se plaignit une voix cachée sous l'assise de cette dernière.

La créature déplia l'ensemble de ses membres puis se redressa sur ses deux pattes, frottant sa tête endolorie. Cet être qu'Alice avait prise pour une chaise, c'était... « un caméléon ! », dont le camouflage imitation bois faisait parfaitement illusion.

Le reptile frotta longuement ses paupières fermées tout en baillant avant d'ouvrir enfin ses yeux « montés sur rotule », si caractéristiques. Quand l'image d'Alice se forma sur sa rétine, il poussa un hurlement tel qu'il sauta entre les bras de la jeune fille. Sa consolatrice et lui tombèrent une fois encore...

— Oh non ! fit Alice en se relevant. Vous avez perdu toutes vos couleurs...

Le choc avait instantanément décoloré les écailles du caméléon qui, désormais, lui faisaient une robe turquoise.

« Cela doit être ce que l'on appelle « avoir une peur bleue » ? » se dit-elle.

—Je peux vous arranger ça ! J'ai justement une palette de couleurs dans la poche de ma robe. On y trouvera sûrement le « vert » correspondant à votre teinte naturelle.

— *Tu ferais ça ?* dit le caméléon, les yeux écarquillés.

— Mais bien sûr ! Regardez...

Elle tira hors de sa poche sa trop grande palette et fut tout étonnée d'y découvrir, reluises par la grâce capricieuse des rêves, les belles et fraîches couleurs qu'y figuraient lorsqu'on la lui donna.

— Je n'ai peut-être pas de pinceau, commenta-t-elle ; mais si je me coupe une mèche de cheveux, cela pourrait faire l'affaire...

— « Te couper une mèche de cheveux » ? répondit le caméléon. *Mais enfin !* Viens donc avec moi dans le débarras. Nous y trouverons sans doute ton bonheur.

C'était une pièce sombre, des deux côtés de laquelle des colonnes d'étagères poussiéreuses voyaient s'entasser babioles, jouets, accessoires de magie, outils de jardinage ou encore farces et attrapes. Une vieille malle était glissée sous l'une d'elles, sur laquelle on avait nonchalamment déposé un chapeau haut-de-forme.

Pendant que le caméléon farfouillait parmi des flacons et des fioles, le nez dans une boîte en carton, Alice reconnut l'emplacement de la « chaise » qu'elle avait vu s'agiter il y a quelques secondes, et sourit. Contre le mur du fond, un bac à légumes rectangulaire, rempli de terre et d'une énorme citrouille, lui fit une impression insolite.

— *Qu'est-ce que cette citrouille fait là ?* demanda-t-elle.

— « Dans le bac à légumes » ?... c'est le jardin secret de mon meilleur ami ! Il passe le plus clair de son temps planté-là mais, quand il en sort...*quel charmant camarade !* Et avec ça, un magicien hors-pair. Nous formons un duo lors des spectacles de magie qu'il donne quelquefois.

« J'aurais pu tomber plus mal ! », pensa Alice, que sa personnalité amusait un peu.

— *Et voilà !* s'exclama le caméléon d'un ton triomphateur en brandissant un pinceau. *Tu seras enfin libre de peindre comme il te plaira !*

— *En commençant par vous rendre vos couleurs*... répondit courtoisement Alice.

— Oh, ce ne sera pas utile : le turquoise est ma couleur naturelle ! Vois-tu, le fait est que je ne pouvais pas supporter que tu aies à peindre avec tes cheveux...

— *C'est très gentil à vous !* dit Alice.

» C'est drôle, ajouta-t-elle en sourcillant : je ne me souviens pas vous avoir déjà vu ici ?

— Mais...*moi non plus !* rit le caméléon. Serais-tu ici chez toi ?

— « Chez moi », « chez moi »...ce serait beaucoup dire...*Mais quand même !* Je suis venue plusieurs fois. Est-ce vous qui m'avez invitée en me faisant apparaître dans cette boîte de magie ?

— J'avoue, chère petite, n'avoir jamais fait une chose pareille !

Il médita un instant.

— Ce dut être un drôle de voyage, que le tien...Laisse-moi deviner : tu es tombée dans des bottes Wellington géantes qui ont fusionné pour former un énorme trou, puis tu as fait une chute interminable dans un précipice ?

— *C'est exactement ça !* s'exclama Alice.

Elle voulut se jeter dans ses bras mais, voyant que ses gros yeux globuleux se remplissaient de surprise, elle se ravisa aussitôt. Le pauvre caméléon n'avait fait cette hypothèse délirante que pour rire ! Dès qu'il lui en fit l'aveu, Alice, dépitée, s'assit dans le coin où il avait dormi tout à l'heure, ceignant ses bras autour de ses genoux.

— C'est pourtant bien ce qui m'est arrivé...dit-elle d'un air triste.

— *Hé...hé !* fit son nouvel ami venu se pencher près d'elle pour lui taper sur l'épaule. *Ne te chagrine pas pour si peu !* La vie est étrange : c'est un fait. *Ô ! Tout paraît normal au début mais*...c'est *après*, que les choses se gâtent ! Quand...quand les bottes Wellington deviennent géantes et...et toutes ces choses...

Alice poussa un rire nerveux, au travers duquel jaillirent ses larmes.

— Vous ne me croyez pas, n'est-ce pas...

C'était une affirmation, monocorde.

— *Comment t'appelles-tu ?* lui demanda doucement le caméléon.

Notre amie releva la tête, ramenant un peu de lumière sur son visage.

— Je m'appelle « Alice »...pourquoi cette question ?

— Écoute-moi bien, Alice. D'abord, tu ne dois pas hésiter à me tutoyer, toi aussi : ainsi nous nous parlerons à égale distance, toi et moi, ce qui nous évitera d'avoir le tournis. Ensuite je te dirai que, si tu as su te frayer un chemin jusqu'ici...*c'est que tes choix n'étaient pas si mauvais !* Ces questions mises à part...à quoi bon jugerais-je ton parcours ? Quelle importance accorder au fait que j'y croie ou non ? L'essentiel, dans ce monde absurde, reste encore de ne pas être assez fou pour s'adapter à sa folie – en quoi jusqu'ici, tu sembles t'être plutôt bien débrouillée ! Toute forme de fuite est bonne à prendre…

— Mais *la vraie fuite*, dit Alice...*c'est de traverser la porte*, non ?

— *Plaît-il ?* fit le caméléon.

Alice n'avait pas l'habitude de ces expressions d'adulte, qui n'ont de sens qu'autant qu'en décrète l'usage.

— *À qui doit plaire quoi ?* demanda-t-elle.

— C'est un malentendu ! Je voulais simplement te faire répéter ta question...

— Je parlais de cette porte qui vient de disparaître derrière le rideau. Est-ce bien en *la* traversant que l'on peut fuir ce monde ?

— Oh...cette porte est d'une liberté incurable ! Si tu comptes la traverser, je te souhaite bien du courage...

— J'ai beau me diriger dans sa direction, admit Alice...c'est comme si quelqu'un s'amusait à l'éloigner à tout bout de champ !

— *C'est pire*, acquiesça le caméléon : cette porte s'éloigne *de son propre chef !* À vrai dire, ce genre de porte se *poursuit* bien plus qu'elle ne se franchit...

Alice soupira, tant elle trouvait cette attitude ridicule.

— À quoi bon être une porte, si personne ne peut vous traverser ?

— *À quoi bon la traverser si l'on est déjà quelque part ?* ironisa le caméléon.

« On est toujours quelque part ! », se laissa penser Alice. Mais elle tint sa langue, car elle n'en était pas sûre.

— Je suppose que si je la traversais, j'aurais au moins le sentiment d'aller *autre part*, ce qui serait déjà un début...

— ...mais je suppose que si tu partais « autre part », enchaîna le caméléon, tu n'aurais *pas moins* l'envie d'aller « ailleurs »...ce qui serait un éternel recommencement !

Alice le darda d'un sourire chicanier ; presque une grimace.

— Tout ça ne me dit pas si traverser cette porte me permettrait de fuir ce monde...maugréa-t-elle.

Le caméléon haussa les épaules.

— Rien n'est garanti, dans cette vie...*Mais il est toujours permis de rêver !*

Alice dodelina de la tête.

— *Difficile de rêver si, pour ça, il faut rattraper une porte qui s'envole vers sa propre liberté...*

— ...qui *s'emporte* vers sa propre liberté ! s'empressa de corriger son « nouvel ami ».

Un demi-sourire arrondit les lèvres d'Alice, qui sourcilla.

— *Veux-tu bien cesser de répéter ce que je dis ?* dit-elle d'un ton faussement courroucé.

— Je peux cesser de t'imiter, bien sûr ! Mais sache que c'est contraire à ma nature…

Alice ne sut déterminer s'il disait vrai. De la voir calfeutrée dans son coin, avec sa petite frimousse boudeuse, semblait attendrir le reptile.

— *Quel est cet endroit, au fait ?* demanda-t-elle d'une voix chantante, en levant le menton.

— *C'est l'observatoire de la Montagne-Creuse !* lui expliqua son hôte, qui désigna leur environnement d'un geste ample, où s'étirèrent les plis de son corps membraneux. Elle est incrustée dans la Montagne-Creuse parce que.

— Parce que quoi ?

— *Parce qu'elle est incrustée dans la Montagne-Creuse !* Tu vois : je n'ai pas le monopole de la répétition...

Alice secoua la tête, roulant des yeux désespérés. Alors, le chapeau haut-de-forme posé sur la malle se souleva et un grand lapin en sortit...*celui croisé tout à l'heure dans la forêt du bois des pins !* Il repartit aussitôt au pas de course tout en s'emparant de sa montre à gousset.

— ...*Vite ! Vite ! Il ne faut pas les faire attendre !* murmura-t-il après s'être enquis de l'heure, s'aérant de son autre patte avec un éventail.

Interdits, Alice et le caméléon s'entre-regardèrent sans piper mot.

— *Hé !* fit néanmoins Alice en se relevant, prompte à rejoindre l'intrus. *Où allez-vous comme ça ?*

Le lapin se retourna brièvement et sursauta à sa vue, comme électrisé par l'apparition d'un fantôme. Sous le coup de la surprise, son éventail lui échappa même de la patte !

— *Je vais où je veux, inquisitrice !* fanfaronna-il avant d'accourir à son tour derrière le rideau où s'était éclipsée la porte.

C'est tout ce que put voir Alice, qui vint ramasser l'éventail sur ses pas.

— Encore ce rideau ! s'exclama-t-elle. À croire qu'ils s'y sont donné rendez-vous ! Il courait aussi après la porte, tout à l'heure.

— *Le lapin blanc, courir après cette porte ?* marmonna le lézard, appuyé contre le cadre du débarras. Rien ne m'étonnerait moins ! À mon avis, il fait une course pour la reine de cœur, et c'est tout…

— « Une course pour la reine de cœur » ?

Le reptile hocha la tête.

— Sa maîtresse, la duchesse, tente de se mettre dans les bonnes grâces de la reine depuis des lustres. Il faut se placer auprès de la famille royale, mon petit ! Mais j'ai bien peur que ce genre d'intrigue n'intéresse pas beaucoup les filles de ton âge...

— Comment ça ? *Des tas « d'intrigues » intéressent les filles de mon âge !*

— Peut-être que « des tas d'intrigues intéressent les filles de ton âge », mais cela ne me ferait pas bien peur ; or je ne vois pas au nom de quoi nous nous appesantirions sur des histoires qui ne me procurent aucune émotion particulière.

— Vous avez une logique tellement bizarre, tous ! Parfois, vous me dégoûtez...

— C'est de la taquinerie, enfin !

— *Pour toi, peut-être…*Mais puisque nous parlons de la reine : j'ai appris que des « festivités » étaient organisées en son honneur, ces temps-ci. Et si c'était *pour ça* que le « lapin blanc » faisait cette course ?

— *Ce serait de saison !* Ce n'est pas tous les ans que nous fêtons son nanny-versaire…

— Comment ça ? *Vous ne fêtez pas tous les ans l'anniversaire de votre propre reine ?*...Je peux te dire que c'est mon anniversaire à moi aussi et, si je suis sûre d'une chose, c'est bien qu'un anniversaire, ça se fête une fois par an ! Il m'arrive même de compter *les jours* avant mon prochain anniversaire...

— *Non non non !* fit le caméléon en hochant la tête. *Un nanny-versaire, ça ne se fête pas tous les ans, tu peux me croire !* Un nanny-versaire...c'est pénible ; ça demande d'interminables préparations. Les discours ne sont jamais assez beaux ; les gâteaux jamais assez bons ; il y a toujours trop de bruit ; trop d'animations ; et les invités sont toujours trop nombreux pour qu'on ait le temps de leur parler. Non, vraiment, je ne crois pas que tu aies jamais fêté un nanny-versaire : *ça ne te ressemblerait pas.*

— *Bien !* soupira Alice. Je pense malgré tout que nous nous comprenons...

— Oui ! dit le caméléon en la pointant du doigt. Disons que nous nous comprenons. *Faisons comme ça !* Et si un hasard fâcheux nous entraîne un jour à ne plus nous comprendre, congédions-nous avec le réconfort imaginaire d'avoir entendu les paroles attendues d'un véritable ami. Il est si difficile de conserver l'affection des autres...

Cependant qu'il parlait, Alice se dirigeait vers le rideau où avaient fui et la porte et le lapin, pour en lever le mystère…

— *Non ! Pas par là !* lui cria-t-il.

...mais c'était trop tard : d'un geste du bras, Alice avait mis au jour un passage secret creusé sous la découpure du rideau ; une caverne en fait, où une galerie rocheuse serpentait autour d'un gouffre.

— Ce passage mène à la Montagne-Creuse adossée à l'observatoire. Mais c'est un endroit étrange...et dangereux !

— Mais c'est le seul endroit où je puisse me rendre...

— *Vraiment ?* dit le caméléon avec un accent pathétique. Tu pourrais pourtant rester ici. Nous pourrions pourtant attendre le réveil de mon ami magicien ; et discuter, et rire, et créer un nouveau numéro avec toi ! Le monde extérieur est tellement hostile...

Alice fut tout étonnée de réentendre l'argument de la vieille dame dans la bouche d'un être sympathique.

— C'est très gentil, dit-elle, mais il faut bien que…*il faut bien que je rende son éventail au lapin blanc !*

Le faux-fuyant était piteux, mais elle espérait, par cette cause toute extérieure, atténuer un peu la peine du caméléon.

— Rendre son éventail au lapin blanc...*et surtout retrouver la porte itinérante dans l'espoir de fuir ce monde !* Même si ce bon vieux Bill a déclaré la chose impossible...

Un sourire défait par la compassion revernit l'amertume de son visage.

—Tu t'appelles « Bill », alors ?

Le reptile acquiesça.

— Écoute, Bill : je ne sais ni où je suis, ni ce qu'est devenu mon monde. Pour couronner le tout, je viens probablement de rater ma fête d'anniversaire...j'ai *vraiment* besoin de sortir d'ici.

Trouvant cette chute un peu abrupte, elle voulut se rappeler de la formule délicate et sibylline qu'avait prononcé le casse-noisette lorsqu'ils s'étaient quittés, manière plus appropriée de se dire au revoir. Des mots lui revinrent en tête – pas les bons, mais qu'importe ?

— *Nous nous retrouverons en temps voulu*, déclara-t-elle avec conviction.

Ils se serrèrent la main ; Bill inclina respectueusement la tête…et Alice s'engouffra seule dans la grotte obscure.

CHAPITRE VII
À l'intérieur de la Montagne-Creuse

Le regard d'Alice tomba immédiatement sur un tas de cailloux, posé sur le rebord d'une large fenêtre rocheuse surmontée de barreaux stalagmitiques. Celui-ci formait une pyramide haute d'une trentaine de centimètres : « un cairn ! », comprit-elle. Elle en présagea qu'elle était sur la bonne voie. Ne résistant pas à l'attrait d'une belle vue, elle s'y accouda.

Du plafond ébréché, que colmatait une épaisse couche de glace, retombait jusqu'au fond du gouffre une intense lumière bleue, d'une clarté cristalline, que reflétaient les surfaces exposées de toutes les concrétions minérales ayant sculpté, d'un seul tenant, la longue galerie en spirale abritant Alice, qui serpentait jusqu'au fond de l'abîme soutenue par d'innombrables colonnes de calcaire, fines, larges ou évasées...

« C'est sûrement dans ce trou que je suis tombée au cours de mon rêve ! » conjectura-t-elle en frissonnant, perchée au-dessus du vide.

Mais, trop curieuse des découvertes qu'elle ferait en bas, elle ne s'appesantit guère en cet endroit.

Son crapahutage sur les parois glissantes et difformes qui, telles des coulées de lave froide, s'étaient agrégées les unes sous les autres pour former un tunnel de pierre, ne lui fit d'abord rien remarquer d'anormal. Mais à mesure qu'elle s'enfonçait dans les profondeurs, elle ne put s'empêcher de constater combien le sol s'élargissait toujours davantage autour de ses pieds et combien le plafond s'élevait toujours davantage par-dessus sa tête. Intriguée par ce phénomène, elle s'arrêta de marcher, avisant de mettre le processus à l'épreuve d'une expérience : elle rebroussa chemin, remonta la pente sur quelques mètres et, ainsi qu'anticipé...les choses reprirent progressivement leurs proportions initiales...*l'illusion s'inversait !*

« Est-ce que cette grotte fait rétrécir, ou est-ce que la galerie s'agrandit vraiment au fur et à mesure ? » se demanda Alice, sans plus bouger. « Si c'est la deuxième solution, cette galerie est drôlement bizarre car s'il y a bien une chose dont je suis sûre, c'est de ne pas l'avoir vue s'élargir quand je la regardais du haut du chemin ! »

Reprenant le sens de la marche, elle continua ainsi de rapetisser - ou la galerie de s'agrandir - pendant quelques secondes encore quand, au sein d'une alcôve façonnée par l'érosion, sur sa gauche, apparut une réplique exacte du cairn vu à l'entrée.

« Si on l'a placée là pour me faire une farce, ce n'est vraiment pas drôle ! », songea Alice.

La réflexion était d'autant plus judicieuse que cette nouvelle balise n'avait aucune raison d'être, aucun itinéraire alternatif ne s'étant présenté depuis la première !

De cette manière qui, déjà, ne l'étonnait plus, le tas de cailloux ne cessa de grandir jusqu'à ce qu'elle fût à sa hauteur...que dis-je, « à sa hauteur » ?

« Il m'arrivera à hauteur de genoux », prédit Alice pour elle-même, afin de ne point trop se faire peur.

Mais le tas de cailloux, pour l'humilier plus encore, lui arriva à hauteur de hanche...

« Oh il n'y a plus de doute possible, ma chérie : *tu rétrécis ! »*.

Pour autant qu'elle pût en juger, elle mesurait désormais cinquante centimètres environ, ce qui la remplit d'une sourde terreur.

N'ayant aucune envie d'atteindre la taille lilliputienne où cette voie l'entraînait, elle ne put réprimer un regard en arrière. Battre en retraite, néanmoins, lui parut une terrible régression. Son aventure ne lui avait-elle pas déjà appris qu'on ne pouvait qu'aller de l'avant...*ou mourir ?* Cet état d'esprit lui fit reprendre son bâton de pèlerin...et accomplir les efforts toujours plus gargantuesques que requerraient de toujours moindres distances.

Ses nouvelles dimensions lui montrèrent cet environnement spectaculaire sous un jour plus impressionnant encore : les fissures sur le sol devenaient de larges gouttières ; les stalactites, de monumentales colonnes. Tout, autour d'elle, charriait la démesure pittoresque de quelque palais d'architecture naïve aux murs troués de courants d'air, ponctué d'ornements accidentels, arborant pour seules tapisseries des lambeaux de roche oxydée et ne pouvant s'enorgueillir, en définitive, que de somptueuses ruines. Alice s'imagina qu'une gargouille y patrouillait et aussitôt, la galerie devint pour elle une volée d'escaliers dans la tour d'une cathédrale ; cathédrale troglodytique, consacrée à un dieu de mélancolie, partout dégoulinante de larmes en pierre auxquelles l'humidité ambiante conférait la vie et, le son distant d'une cascade, la prière...

Même si la perspective d'une telle immensité et d'une telle rencontre l'effrayait, il lui plut de croire tour à tour en ce palais ; en cette cathédrale : car ils dissolvaient en elle la pensée de son inéluctable rapetissement.

« Après tout », se dit-elle, « la farce du cairn n'en était peut-être pas une ? Peut-être que ces cailloux n'en étaient pas non plus ? Peut-être que c'étaient vraiment de grosses pierres ! Qui peut dire la différence entre une pierre et un caillou ? ».

Des pierres et des cailloux n'étaient en effet pas les juges de paix les plus indiqués en matière d'échelle. Cependant, Alice songea qu'une énorme règle graduée ne le serait pas plus, puisqu'il était tout à fait possible d'en produire un modèle géant où les décimètres eussent fait figure de centimètres, et les centimètres fait figure de millimètres. Rien, ici, n'était décidément digne de foi !

Dans son malheur, elle fut soulagée de noter que le processus (ou l'illusion) la faisant rétrécir, loin d'être infini, était *dégressif*, ce qui lui laissait espérer d'aboutir tôt ou tard à une quelconque issue.

Elle ne deviendrait pas – Dieu merci ! – cette entité toujours plus insignifiante en quête d'une issue toujours plus lointaine. Cet espoir se fixait depuis quelques secondes sur l'apparition d'une source lumineuse dans la courbe du prochain virage, d'où semblait aussi provenir le chuchotement toujours plus puissant d'une cascade, dont elle croyait ressentir la fraîche influence...seule ombre au tableau : celle, projetée, d'un énorme et monstrueux animal qu'elle vit entamer vers elle son ascension ! En quête d'un refuge, son regard tomba par bonheur sur une nouvelle et gigantesque alcôve où elle courut se mettre à couvert.

Cette cavité n'étant occupée par aucun cairn, elle ne s'y sentit guère à l'abri. Imprudente – impatiente ? –, elle jeta un coup d'œil dans l'angle mort pour s'informer de son adversaire... « une souris ? », crut-elle. C'en avait le volume. Mais l'animal n'était porteur d'aucun poil et d'un trop grand nombre de pattes.

« Une très grosse araignée, peut-être ? ». L'ombre portée de la créature, en tous cas, en avait largement exagéré la menace.

Décidant malgré tout de tenir position, Alice fut bientôt surprise de voir flotter sous ses yeux une grosse pierre lui arrivant aux genoux. Se penchant pour en identifier la cause motrice, elle trouva la tête grosse comme un abricot d'une énorme fourmi qui la soulevait du bout de ses pattes antérieures, le corps tendu à la verticale, tandis que pivotaient en direction de l'alcôve ses quatre pattes arrière. Indifférente à la présence d'Alice – ou trop distraite pour la remarquer ? – elle y déposa la première pierre d'un nouveau cairn et s'en retourna en bas.

En dépit de la taille de l'adversaire, Alice n'en menait pas large. Qui voudrait d'un corps qui vous rapprochât tant des fourmis ?

« Pourvu qu'elle n'ait pas de famille dans la fourmilière que j'ai inondée il y a quelques mois ! » s'inquiéta-t-elle, « car, si elles sont aussi rancunières que les hommes, elle sera partie chercher des renforts au fond du gouffre et elles viendront bientôt toutes m'attacher avec de la corde, comme dans *Les voyages de Gulliver* ! ».

Elle prit soin d'attendre que « la bête » fût loin avant de sortir de sa cachette, pour ne pas avoir à l'affronter de face. Manque de chance : un groupe de quatre autres fourmis fit irruption derrière elle au moment précis où elle se découvrit, transportant sous son nez – avec un sens de l'équilibre rare ! – une pyramide de pierres entassées semblant peser des centaines de kilos...rien d'autre que le deuxième cairn ! Ne se souciant pas le moins du monde de sa présence, elles continuèrent de s'acheminer vers la supposée cascade.

Alice, qui aimait à couper l'herbe sous le pied de ses accusateurs, courut auprès d'elles faire son *mea culpa* mais aucune de ses apostrophes ne suscita la moindre réaction de leur part.

« Ce n'est pas vraiment étonnant », se dit-elle, « car ce serait bien la première fois qu'une fourmi répondrait à l'appel de son nom ! ».

Rassurée quant à leurs intentions, il lui prit la fantaisie de descendre les dernières encablures de cette colossale caverne à leur train mais, très vite, elle fut distancée par leurs pattes élancées, prestes et industrieuses. Pour un humain d'échelle ordinaire, cette fin de trajet n'eût représenté qu'une dizaine de mètres, mais, dans la situation où elle se trouvait, parcourir cette distance requérait plusieurs minutes de marche.

Durant cet intervalle, elle perdit encore un peu de hauteur, ce qui ramena bientôt sa taille à une petite dizaine de centimètres, et la taille relative des fourmis à celle de petits chiens. Dira-t-on que parce qu'elle s'appuyait sur un ordre de grandeur vivant, cette dernière estimation était plus crédible à ses yeux ? La jeune fille se refusa à l'envisager, préférant plaider contre sa petitesse l'existence *d'insectes* surdimensionnés ; de *pierres* surdimensionnées ; *de tout un monde surdimensionné !*...ce qui revenait au même.

Pour la contredire une nouvelle fois, les parois de la galerie se réduisirent comme peau de chagrin dès après le virage où était apparue l'ombre de la première fourmi. Le plafond de calcaire, en effet, s'y affaissait abruptement, ne laissant en fait de chemin qu'une fente étroite de la taille d'une plinthe, devant laquelle le groupe de fourmis avait délaissé la plus grosse partie du cairn. N'importe quel humain y eût vu une impasse, mais pas Alice, pour qui ce trou de souris figura au contraire un bienvenu retour à une échelle humaine, où elle se sentit incroyablement moins petite.

« Mon mari pourra bien dire ce qu'il veut », se promit-elle, « un plafond de cinquante mètres, c'est trop haut ! ».

Tandis qu'elle spéculait sur l'avenir, elle vit un cône de lumière blanc illuminer ce « couloir de poche » qui, à l'échelle d'un homme, devait faire l'épaisseur d'un mur. Il en émanait une fraîcheur si vivifiante et une telle variété d'effluves qu'Alice se rua à sa rencontre pour s'enquérir de la beauté de la cascade et de l'endroit où elle menait.

La cascade l'ennuya terriblement : c'étaient en fait quelques gouttes d'eau s'égrenant tour à tour, du haut d'un arc rocheux à peine plus haut que sa tête. Le jardin, par contre, l'éblouit. Elle y reconnut immédiatement ces fleurs hautes comme des tours de guet aux pétales pareilles à des hélices que, debout sur le feu à charbon de la vieille dame, elle avait vues par la lucarne.

« Ce doit être la bonne voie ! », se dit-elle.

Elle franchit sans grande émotion cette cascade digne d'un jardin d'enfant et embrassa d'un regard conquérant l'étendue d'herbes impérieuses qui, sitôt qu'elle fut dehors, bornèrent son horizon à quelques centimètres... « D'un regard conquérant ? » D'un regard *désespéré*...

« Comment vais-je bien pouvoir traverser cette jungle ? », se demanda-t-elle. « Cela me prendra des jours et, même si j'y arrive, rien ne me dit que j'y trouverai la porte... ».

Cherchant une aide quelconque, elle ne put voir partout -pour autant que sa misérable hauteur de vue lui permettait d'en juger- que des insectes de toutes formes pris dans le trafic ininterrompu et anarchique de leurs affaires quotidiennes, ne se croisant qu'au hasard d'un engorgement entre deux axes, ne se rencontrant jamais.

Contrainte par la nécessité, elle se mêla sans mal à cette foule grouillante. Son anonymat fut même si complet, parmi elle, qu'Alice se demanda un instant si elle n'avait pas toujours été un insecte, tant il est facile d'imaginer que l'on n'est rien quand personne ne s'occupe de vous. Quoique le côtoiement de cette minuscule compagnie lui fit mesurer tout le poids de son insignifiance, elle ne s'en affligea guère ; car Alice s'était depuis longtemps convaincue qu'il suffirait de remonter la Montagne-Creuse en sens inverse pour recouvrir sa taille ordinaire. La priorité était de renseigner son itinéraire.

« Pouvez-vous me dire où je me trouve ? » ; « Voulez-vous bien vous arrêter une seconde ? » ; « Serait-il possible de vous poser une question ? »...toutes ses demandes, même les plus joliment candides, se confrontèrent à la même irritation empressée de la part de cette faune incrédule. Aussi loin qu'elle pût s'en rappeler, Alice n'avait encore jamais été en butte à pareilles rebuffades (si ce n'est bien sûr en Angleterre, mais l'Angleterre occupait désormais une place lointaine dans sa mémoire).

Savaient-ils seulement parler, tous ?...Alice ne pouvait qu'en présumer.

Ses errements parmi la circulation la mirent bientôt sur les traces d'un être de sa taille en la personne d'un criquet, caché parmi de longs brins d'herbe, qui, à cause de son immobilité contemplative, lui parut plus sage que tous ces malotrus téléguidés. Ce genre d'insecte, préjugea-t-elle, devait avoir quelque chose à dire.

— Puis-je vous poser une question, criquet ?

À ces mots, le criquet se raidit.

— Je vous préviens ! la menaça-t-il. Ne m'approchez pas...*ou je saute !*

— Mais enfin, ne le prenez pas sur ce ton...Je voudrais seulement vous poser une question !

— De grâce, mademoiselle...*pas un pas de plus !* Je suis sujet au vertige, moi.

« Quel heureux hasard ! », se dit Alice, « je suis moi aussi touchée par le vertige ! ».

(Ce point commun ne lui parut extraordinaire, comprenez-le bien, qu'en raison de la situation bancale dans laquelle elle se trouvait.)

— Oh ! fit-elle en joignant ses mains, pleine de commisération. Moi aussi j'ai des problèmes de vertige : mais il ne faut pas en faire un fromage...

Elle lui expliqua pourquoi tout en se rapprochant de lui, en dépit de ses avertissement - mais avec beaucoup de douceur - quand, sans qu'elle y comprît rien, elle pénétra la limite de quelque rayon interdit autour de son être, située entre six centimètres deux et six centimètres trois. Le criquet, dès lors, se vit propulser en l'air au terme d'un bond comme vous n'en avez jamais vu personne faire et disparut dans les cieux en poussant un hurlement épouvanté, effaré semble-t-il par l'altitude où l'expédia son propre saut. Alice en resta baba ; ...en demeura amère.

Pendant de longues secondes, il ne se passa plus rien. Alice, pour la première fois depuis qu'elle s'était apitoyée sous l'horloge de la vieille dame, se sentit dévorée par la résignation. Son unique interlocuteur venait de s'envoler. Quant au décor monotone des herbes hautes, sous ses yeux, il ne se distinguait en rien de celui qui l'avait accueillie devant la cascade. Alice était perdue.

Le crâne insonorisé par ces mornes pensées, elle n'entendit pas le bruit à l'origine de l'agitation des fourmis, coléoptères et papillons, alentour, qui se disséminèrent partout dans leurs cachettes en un instant. C'est la chute lente d'aigrettes de pissenlit, pleuvant du ciel, qui d'abord l'éveilla à ce changement. Lorsqu'enfin elle se retourna pour s'informer du danger qui provoquait tant d'émoi dans la communauté de ses congénères, elle vit qu'un chiot titanesque sautillait dans sa direction.

« Mince ! », se dit-elle. « Il est peut-être très mignon mais...un coup de patte, et je suis morte ! ».

Cette dernière assertion était peut-être inexacte – elle n'en restait pas moins une superbe motivation à agir.

Consciente de lui être inférieure en course pure, elle joua de sa proximité avec les éléments pour tendre toutes sortes d'embûches à l'animal joueur, qui, n'en ayant jamais assez, tourna plus d'une fois sur lui-même avant de reprendre sa poursuite avec un entrain neuf.

« D'une manière ou l'autre il me tuera ! », se dit-elle, essoufflée, tandis que le chiot, encore et encore, jappait de plaisir.

Incapable de plus courir, elle s'abrita sous un grand chardon épineux où elle espéra se dérober à ses élans irréfléchis. Le temps d'une questionneuse perplexité, son « camarade de jeu » parut s'assagir mais, trop désireux d'attraper un si fascinant jouet, se hasarda très vite à glisser un coup de patte sous la fleur piquante qui lui arracha un couinement de douleur, tandis qu'Alice prit la poudre d'escampette.

« Que faire, maintenant ? ».

Alice n'avait pour perspectives que l'éternelle jungle miniature lui faisant désormais office de monde...ainsi qu'un sol jonché d'aigrettes blanches, soufflées là par on-ne-sait quel vent.

Abêtie par l'effort, sentant fondre sur elle la gueule haletante du chien, elle s'empara d'une de ces aigrettes qu'elle agita à toute force sous son museau, tel un flambeau, dans l'espoir de créer une énième diversion ; de surseoir un peu son dernier soupir...

L'effet fut supérieur à toutes ses espérances : on eût dit qu'elle agitait-là le sceptre magique réduisant tout être canin à l'impuissance ! Le chiot se cabra, dressant haut sa truffe ; ferma intensément les paupières ; fut saisi d'une atroce grimace...et éternua à la figure d'Alice qui, emportée par son simili parachute, fut projetée hors du sol à une vitesse impressionnante.

Quand elle rouvrit les yeux, elle vit qu'elle survolait maintenant de considérables étendues de pelouse et se cramponna plus fermement à sa tige, comme à l'instrument de sa survie.

« Je me demande si ce chiot était allergique aux poils de pissenlit ? », songea-t-elle après quelques secondes, snobant déjà par de triviales pensées une expérience censément fabuleuse.

Quoique voler ne guérît pas la peur du vide, cela ne procurait aucune sensation de vertige. Alice en profitait pour contempler, sereine, le paysage à la ronde, redevenu l'aquarelle colorée d'une nature en fleurs. Le chiot, loin derrière, s'était affalé dans l'herbe, les pattes écartées et la langue pendante. Quant à la cascade de la

Montagne-Creuse, ce n'était plus qu'un fin filet d'eau coulant en bas d'une butte, qu'on ne distinguait qu'à peine.

Sa croisière aérienne suspendit son vol pendant de longues secondes, favorisée par un doux courant d'air qui, de poussée en poussée, en différa indéfiniment l'ultime descension. Finalement, c'est dans l'ombre d'un chêne abrité du vent que l'aigrette délicate, ainsi qu'une plume, atterrit.

Alice sauta sur la terre ferme avec une curiosité mêlée d'appréhension et, le cœur pincé, jeta un dernier regard à son alliée de circonstance, l'abandonnant aux caprices d'un vent qui, elle le savait, ne tarderait pas à l'emporter…

Au pied de l'arbre, tout près des racines, une famille de cinq champignons rouges ponctués de points blancs, de tailles et de grosseurs différentes, attira son attention. Sur le plus haut et le plus large d'entre eux était allongée une chenille qui tournait les pages d'un livre avec un dandysme compassé, expirant la fumée du long narguilé que, sporadiquement, elle remettait en bouche en affectant de lentes et profondes inspirations.

« Enfin quelqu'un de civilisé ! », se dit Alice.

La chenille la vit mais n'en laissa rien paraître, se voulant à l'abri des regards et n'ayant aucune envie d'être dérangée. Ce fut sans compter sur l'indiscrétion incurable de cette enfant qui, déjà, marchait dans sa direction…

CHAPITRE VIII

Entretien avec Monsieur Chenille

Quel que fût le côté du chapeau par lequel Alice abordait le champignon, la chenille se retrouvait immanquablement de l'autre ! Alice y vit un effet du hasard assez extraordinaire.

« Il a suffi que j'arrive pour que cet insecte se mette à se tourner sans arrêt ! », se lamenta-elle. « Je n'ai pas l'habitude de m'adresser à quelqu'un qui me fuit du regard mais, si ça continue, je finirai par lui dire ma façon de penser ! ».

Il convenait sur ce point de ne pas se tromper car, si le monde adulte avait appris quelque chose à Alice, c'est qu'il existait toujours une formule pour tout. Les formules de politesse, chez les grandes personnes, faisaient office de formules magiques : les connaître étaient un sésame ; vous ouvrait la porte de leurs bonnes grâces. Quelle tâche plus inextricable cependant que d'avoir à *inventer* une clé, quand on ignore tout de la serrure ?... De guerre lasse, Alice prononça les premiers mots qui lui passèrent par la tête :

— Excusez-moi ? demanda-t-elle.

— *On ne dit pas « excusez-moi »*, répondit la chenille sans même se retourner, en expirant un filet de fumée. *On dit « veuillez m'excuser »*.

— Veuillez m'excuser, madame, se reprit Alice : je voudrais savoir où est passée cette porte qui gambade partout ?

À ces mots la chenille daigna enfin rejoindre son côté du champignon, où elle se dressa sur toute sa hauteur.

— Mon titre de civilité est « monsieur ». Quant à cette « porte qui gambade partout »...personne ne « voudrait savoir où elle est passée ».

Un mufle, finalement, que ce « quelqu'un de civilisé » ! Qui se fût attardé auprès d'un individu pareil ?

— Bien ! dit Alice. Je crois que vous n'avez pas tellement envie de me parler. Je vous souhaite une excellente journée.

Constatant son départ cependant, monsieur Chenille l'agonit d'une sérénade de nouvelles contradictions :

— Allez où bon vous semble, jeune fille ; mais laissez-moi vous dire que vous vous méprenez de bout en bout ! La vérité c'est que je meurs « d'envie de vous parler » et, qu'à cause de vous, je passerai une « journée » épouvantable…!

Cible de si flatteuses inversions, Alice fut contrainte de se retourner.

— *Que faut-il faire, alors ?*

Monsieur Chenille, dont l'inspiration s'interrompit brusquement à travers le tuyau de son narguilé, se découvrit la dupe de ses propres pinaillages.

— Je crois que ce qu'il convient de faire, dit-il avec mauvaise grâce, c'est de discuter ici et maintenant, sans plus tarder...

Alice grimpa s'asseoir au sommet d'une racine tordue, afin qu'ils pussent mieux se voir. « Abordons-le gentiment », se dit-elle, « ou il ne me dira rien de ce qu'il sait ». Après avoir avisé de la meilleure manière d'engager le dialogue, elle lui demanda :

— *Pourrais-je savoir ce que vous lisez ?*

La question était parfaite : il n'y avait rien à redire, rien à retrancher. De fait, le dandy ventripotent lui tendit l'ouvrage microscopique – quoique sans enthousiasme.

L'ennui abyssal où me plongea Tante Renée, titrait la couverture. Alice prit la liberté d'en lire quelques paragraphes. C'était d'un ennui abyssal, précisément ; l'ennui abyssal où la « tante Renée » avait dû plonger son auteur.

— C'est très réussi, je crois ? dit Alice en rendant sa lecture à Monsieur Chenille.

Ce dernier tira une drôle de figure.

— Bof ! On y trouve une très belle description de l'ennui mais...où sont les plaisanteries ? Où sont les sarbacanes et les cotillons ?

— Elles sortaient peut-être du projet ?...répliqua timidement Alice.

Monsieur Chenille haussa dédaigneusement les épaules.

— *Et vous madame, quel est votre projet ?*

— Oh ! Moi, je voudrais simplement rentrer à la maison.

— « À la maison »... *La belle affaire !* Et où est-elle, pour commencer, votre « maison » ?

— Ouh la, fit Alice. Elle se trouve loin d'ici !

Son contradicteur soupira un long et sceptique nuage de fumée.

— Loin *comment ?* demanda-t-il, le menton haut.

Prise de court, Alice écarquilla grand les yeux puis, égarant ses pensées parmi la flore écrasante qui l'environnait, secoua la tête à mesure que s'y neutralisaient des réponses insatisfaisantes.

— Je ne sais pas...dit-elle ; mais ça n'a rien à voir avec ce monde ! Enfin...cela y *ressemble* – mais c'est un autre genre d'endroit ; un endroit « normal ».

— *Et comment y « rentre »-t-on, dans cet « endroit normal » ?* insista monsieur Chenille en sourcillant.

— Je n'en suis pas encore sûre...marmonna Alice en tortillant ses mains. Ce que je sais, c'est qu'on ne peut pas y retourner à pied ! J'imagine que le moyen qui permet d'y retourner doit être assez subtil, étant donné que ça se trouve « ailleurs »...

— *Si vous venez « d'ailleurs », c'est trop loin pour y retourner !* décréta insensiblement Monsieur Chenille.

(À sa décharge, rappelons que l'horizon ultime d'une chenille ne dépasse pas quelque tige où aller se suspendre et se métamorphoser en papillon, et que, par conséquent, « ailleurs » lui est aussi exotique que n'importe quel point reculé de notre univers.)

— Ailleurs est *toujours* trop loin quand on veut rentrer chez soi...déplora Alice.

— *Et comment !* C'est le projet d'une vie...*Et tu m'as dit chercher cette porte itinérante ?*

Alice, au ressouvenir de ce que lui avait dit Bill, acquiesça avec rétivité.

— Je crois que si j'arrive à la traverser, expliqua-t-elle, j'arriverai peut-être à rentrer chez moi.

Monsieur Chenille s'esclaffa ; manqua s'étouffer dans sa fumée.

— *Qu'y a-t-il de si drôle ?* s'irrita Alice.

— Écrivez un poème à sa gloire si cela vous chante, mais je vous en prie : *ne poursuivez pas la porte itinérante !* C'est une chimère ; un être idéal, que nul n'attrapera jamais.

— *Ce n'est pas parce qu'on ne peut pas l'attraper qu'il ne faut pas la poursuivre !* protesta-t-elle. Il y a peut-être un moyen de se frayer un chemin. Je l'ai déjà rencontrée plusieurs fois, aujourd'hui : dans la forêt du bois des pins ; dans l'observatoire de la Montagne-Creuse...

— *Une montagne n'est jamais creuse !* l'interrompit gravement monsieur Chenille. Quant à la forêt du bois des pins…savez-vous seulement ce qu'est un « pin » ?

« Voici revenir cette maudite question ! », se dit Alice.

— C'est une espèce de conifère...non ?

— « Un conifère » c'est entendu…*mais encore ?* De quoi s'agit-il *exactement* ? Vous devriez en savoir un brin sur les pins, puisque vous prétendez avoir visité la forêt du bois des pins !

— Je n'en sais rien...commença par bougonner Alice.

« Qu'est-ce que ça peut lui faire ? »…à quel point faut-il s'encombrer de détails savants pour acquérir le droit de parler d'une chose ?

—...Si je le savais, est-ce que cela ferait de moi quelqu'un de meilleur ?

La chenille haussa à nouveau ses épaules dédaigneuses.

— Cela vous donnerait l'air de quelqu'un qui sait quelque chose... *Lisez-vous, au moins ?* Êtes-vous instruite des *formidables leçons de vie* léguées par nos grands maîtres ?

— Je dois dire, confessa timidement Alice, que mes parents me punissent rarement…

— *Trop naturellement sage pour être exposée au châtiment de la littérature, c'est ça ?* Dire que vous faisiez semblant de vous intéresser à mes lectures… *Citez-moi au moins un grand sage grec.*

Piquée dans son orgueil d'enfant, Alice se prit au jeu ; une foule de noms hellénophones se précipita aussitôt dans sa tête.

« Il me semble qu'il y avait un Dioxygène ? » s'interrogea-t-elle. « Non ! C'était Sinécure ! Je suis presque sûre qu'il y avait un philosophe qui s'appelait Sinécure... À moins que ce ne soit Schizophrène ? ».

Un nom émergea finalement de ce dictionnaire fantaisiste des grands sages grecs :

— ...*Hippocrite !* s'exclama-t-elle, comme frappée par une évidence.

— *Si c'est une plaisanterie à mon endroit, sachez que je la trouve scabreuse...*dit hautainement son correcteur en inspirant une pleine bouffée de son poison.

» ...Si toutefois il ne s'agit pas d'une proposition vicieuse, apprenez qu'aucune grande sagesse « hypocrite » n'a jamais été recensée. *Vous avez perdu, madame.*

— ...*Antigone !* s'écria sur le tard Alice, avec passion.

— C'est fini ! *On ne joue plus.*

— Mais...quelle était la bonne réponse ?

— *« Pouchkachnichniak »*, déclara sentencieusement monsieur Chenille.

Le mot était si affreux qu'il parut épouser la forme abominable des miasmes tabagiques qui, à l'énonciation de chaque nouvelle syllabe, fuirent hors de sa bouche. Alice, manquant de défaillir du haut de son pont - *pardon : de sa racine !* - en fut quitte pour quelques toussotements, fermant les yeux le temps que passât ce « brouillard ».

— *Et c'est grec, vous dîtes ?* demanda-t-elle en rentrouvrant un œil. Comment cela s'écrit-il ?

— *Cela s'écrit,* commença pompeusement le dandy en considérant le tuyau de son narguilé, pour dissimuler sa gêne...*cela s'écrit comme cela se prononce !* Quoique j'ignore si cela se prononce vraiment...

— Mais enfin...vous venez de le prononcer à l'instant !

— Pas exactement, dit-il en dodelinant de la tête. Pour être tout à fait honnête, j'ai sauté son nom à la prononciation…

— C'est vrai ? s'enthousiasma Alice. C'est fou...Je viens de le sauter à la lecture !

Une moue sarcastique étira les traits de monsieur Chenille.

— *Comment ça, « à la lecture » ?*

— Il est apparu dans ce nuage de fumée avec lequel vous avez failli m'intoxiquer...

— *Ça par exemple !* Cela voudrait dire que vous avez réellement appris à lire, vous aussi ? Tenez : concentrez-vous, un peu…

Il lui redit le mot ingrat à plusieurs reprises, prenant cette fois la peine d'en syncoper l'énonciation afin de lui accorder le temps de les lire – et de ne pas s'asphyxier.

Contenant sa colère, Alice obtempéra, fronçant les yeux ; s'efforçant de décomposer les syllabes ainsi formées dans l'air. « Pouch-kach-nich-niak » ; « Pouch-kach-nich-niak »...en fin de compte, c'était vrai : le mot s'écrivait exactement de la manière dont il se prononçait ! En fin de compte, *tous les mots* s'écrivaient de la manière dont ils se prononçaient.

— Et la prochaine fois qu'une personne vous dira qu'un mot ne s'écrit pas comme il se prononce, vous lui parlerez de « Pouchkachnichniak ».

— Je...je n'y manquerai pas ! dit Alice, qui n'était pas sûre de comprendre à quoi rimait cette leçon.

Un interminable et répugnant mille-pattes frôla à ce moment le pied du champignon, comme en vitesse accélérée, qui s'enfonça à travers les hautes herbes en serpentant. Offusqué par cette irruption vulgaire, monsieur Chenille leva de petits poings immobiles, crispés par le dégoût, sans quitter des yeux l'intrus avant qu'il n'eût parfaitement disparu.

— *C'est quand même formidable, ces insectes qui s'en vont et qui s'en viennent incessamment*...commenta-t-il d'un ton âcre.

— Oh, oui ! fit sincèrement Alice. Je me demande bien où ils vont...

— Bah ! *Sans doute dans des lieux d'insectes, pour s'adonner à des activités d'insectes, avec d'autres insectes*...soupira monsieur Chenille en expirant compulsivement de massives quantités de tabac, pour apaiser son système. *Ces termites-là ne sont rien, hors de leur cheptel !* Des entités interchangeables ; synchronisées. Tout le contraire des êtres distingués en quête de sens, tels que nous autres...

— « Tels que nous autres » ? répéta Alice avec ébahissement.

Elle devina que l'affection de monsieur Chenille lui était gagnée.

Celui-ci prit une expression de solennité particulière, s'assit en tailleur sur le chapeau de son champignon, de sorte à pouvoir la regarder dans les yeux, et lui déclara gravement ceci :

— Il faut bien vous instruire de mes conclusions, *philistine :* il semblerait que vous deviez être, *après moi*, la personne la plus intelligente de ce monde. Non pas que j'en conçusse du plaisir...*mais c'est ainsi.* Pour cette raison, j'ai délibéré à l'instant – figurez-vous *l'honneur* qui vous est fait ! – de donner suite à votre question relativement à la porte itinérante. Ma réponse sur ce chapitre sera lapidaire : *référez-vous en à la reine.* Elle a droit de vie et de mort sur ses sujets ; la moindre de ses ordonnances prime jusque sur les aiguilles des horloges du royaume. Si quelqu'un a le pouvoir de faire capturer pour vous la porte itinérante, c'est bien elle.

— Mais je n'ai jamais parlé de la capturer ! Je veux simplement la traverser...

— *Simplement, hein ?*

— Je sais que ce n'est pas facile...

— Trouvez un moyen d'obtenir une audience privée avec la reine : c'est votre planche de salut.

Quoiqu'elle ne sût pas ce qu'était une « planche de salut », Alice se sentit drôlement embarrassée d'avoir à quémander l'aide d'une reine dont, par ailleurs, elle avait brûlé la forêt. Pour autant, quel témoin eût pu éventer l'affaire, à l'exception du trop loyal casse-noisette ?

— C'est peut-être une bonne idée ! admit-elle. Mais comment faire ?

— Il existe plus d'un tour qui soit de nature à vous introduire en son palais...mais le plus noble, mais le plus chevaleresque, c'est encore celui consistant à rendre un service insigne à la couronne.

— « Un service-un cygne » ! s'exclama Alice. Et à quoi cela m'avancerait-il, de rendre un service contre un oiseau à une couronne ?

— Je voulais dire, reprit monsieur Chenille : un service « remarquable » ; « propre à susciter l'admiration de la reine ».

Alice soupira.

— J'ai bien peur que ce genre de chose soit hors de portée d'une fille de mon âge...

— *Bah !* Faire un coup d'éclat à la vue de tous, pour se voir offrir une médaille ? Secourir un chat coincé en haut d'un arbre, et prétendre qu'il est de haute lignée ? *Un peu d'imagination, que diable !* L'éventail des possibilités est *infini*....

Alice le regardait qui baillait ; qui s'étirait ostensiblement devant elle.

« Je ne pourrai plus rien obtenir de lui », se dit-elle.

Elle se leva, prête à partir.

— Merci beaucoup pour l'aide que vous m'avez apportée, en tous cas ! Je... (elle cherchait ses mots) *...je vous dois une reconnaissance éternelle !*

— *« Éternelle », vous dîtes !* feignit de s'étonner le pince-sans-rire, resté assis. Dois-je en déduire que vous n'avez aucune intention de régler votre dette ?

Riant de sa propre plaisanterie tout en fumant, il toussa, s'enroua bientôt tandis qu'Alice, ne sachant comment réagir, s'engagea dans la descente de la racine depuis laquelle elle l'avait écouté.

— *Minute !* ajouta monsieur Chenille d'une voix graillonneuse, quand il se fut remis. Il y a autre chose…

Alice l'écouta.

— Ce n'est peut-être pas très charitable à l'égard des gens de notre corpulence, mais il se fait que la reine n'aime pas tellement parlementer avec des nabots. *Or puisque vous avez eu l'objectivité de reconnaître mon génie,* en me créditant d'une « bonne idée », je vais vous prêter main-forte quant à ce « problème de taille »...

Il sortit de nulle part un minuscule canif en pierre, découpa au moyen de celui-ci quatre morceaux de champignon et les lança tour à tour entre les bras d'Alice, qui rangea chacun d'entre eux dans ses poches. Les deux premiers morceaux, extraits des points blancs piquetant la surface dudit champignon, s'apparentèrent à de petites pépites ; les deux suivants, retranchés du reste de sa chair rouge, furent mous et caoutchouteux.

— Manger les pépites blanches vous fera rétrécir, lui enseigna-t-il avec cérémonie ; quant aux morceaux rouges, ils vous feront grandir.

Alice regarda ces offrandes, à travers les poches rebondies de sa robe, comme de divines surprises.

— *Comment avez-vous découvert cela ?* s'extasia-t-elle, ivre d'espoir.

— Oh... « *cela* » *?* balança monsieur Chenille avec une évidente fausse modestie. En parcourant un traité d'herboristerie comparée...*Mais qui s'intéresse encore à ce genre d'ouvrage ?* Faites-en bon usage pour accomplir votre quête : c'est tout ce que je vous demande ! Quant à moi, je m'en vais faire un bon petit somme : cet effort physique m'a exténué...

Il se tourna de l'autre côté, se lova contre son immense matelas fongique et...s'endormit instantanément.

Arrivée au bas de la racine, Alice prit dans sa poche l'un des deux morceaux rouges destinés à la faire grandir. Dans un moment d'hésitation, elle le toisa avec angoisse, croyant pouvoir juger par l'œil si celle-ci était ou non empoisonnée.

« Il n'y a pas d'inquiétude à avoir », se dit-elle pour s'encourager : « soit elle te tuera, soit elle te fera grandir ! ». Puis elle croqua dedans sans plus réfléchir.

À sa grande surprise, ce fut un goût de *poisson* qui emplit son palais.

« J'imagine », élucubra-t-elle, « que si les champignons ont un goût de poisson, en ce monde, les poissons doivent y avoir un goût de champignon ? ».

Quelques instants plus tard, elle fut prise d'une croissance spectaculaire qui lui fit voir passer près de sa tête, tandis qu'elle grandissait, un criquet en plein saut poussant un cri d'épouvante. Le reconnaissant immédiatement pour le trouillard croisé tout à l'heure, elle tendit sa main à plat pour l'y faire atterrir puis le déposa doucement sur un coin d'herbe moussue.

— Ah ! Mademoiselle...on peut dire que vous m'avez fait un sacré choc ! lui avoua le criquet, tout époumoné. Je n'ai jamais vu personne grandir aussi vite...

— Je suis désolée ! lui répondit Alice, se courbant pour mieux l'entendre. C'est à cause du champignon…

— « Le champignon » ; « le champignon » ! hurla en sourdine l'insecte révolté. *Je n'ai jamais entendu une excuse aussi ridicule !* Je vous avais demandé de tenir vos distances, pourtant ! À chaque saut, je manque de faire une crise cardiaque...

— Oh ! fit Alice, qui pensa soudain à autre chose. Savez-vous ce que vous devriez faire ? *Vous devriez voler.* J'ai découvert tout à l'heure qu'on ne ressent pas le moindre vertige, en volant ! Cela pourrait peut-être résoudre votre problème ?

— *Ha, ha !* rit ironiquement le petit criquet. Et comment croyez-vous que je sois arrivé ici ? Je suis muni de petites ailes, pour les longues distances ! Le hic, c'est que je dois à chaque fois m'élancer pour quitter la terre...*et j'ai horreur de ça.*

— Dans ce cas, pourquoi sautez-vous sans arrêt ?

— Parce que c'est le lot des criquets, tiens !... *Quand on nous approche de trop près, nous sautons.* Croyez-vous que cela nous amuse ?

— Vous n'avez vraiment pas de chance...Nous, les êtres humains, nous faisons ce que nous voulons !

— Peut-être, dit le criquet. Mais la plupart du temps, *vous faites n'importe quoi !*

— Ce n'est pas vrai ! riposta Alice.

Mais elle n'avait aucun argument à faire-valoir en ce sens.

— *Si, c'est vrai !* renchérit le criquet. Quand on est libre, on est obligé de faire attention à ce qu'on fait, contrairement aux animaux et aux insectes, qui suivent leur instinct. Mais vous, les êtres humains, vous ne faites que de nous marcher dessus sans faire attention – et je ne parle même pas de vos rejetons qui, « pour s'amuser », nous arrachent les pattes ou les ailes dès que leur en prend l'envie !...

— Je vous promets de faire attention à ce que je ferai à l'avenir, lui assura Alice en hochant la tête.

— *Vrai de vrai ?* fit le criquet en fronçant un œil.

— Vrai de vrai ! acquiesça Alice. Je vois ce que vous voulez dire, maintenant, quand vous dîtes que les êtres humains font n'importe quoi...

— *Vous êtes une chic fille, mademoiselle*, déclara le criquet en s'inclinant humblement. Maintenant je vous laisse, car j'ai à faire. Bon voyage à vous !

Il souffla plusieurs fois pour chasser son stress puis, monté sur ressort, voleta au terme d'un bond maladroit en direction de la butte, où il devait probablement « s'adonner à des activités de criquet, avec d'autres criquets », pour reprendre les mots d'un grand sage.

Libérée de ces affabilités, Alice put enfin jouir du bonheur d'avoir grandi. La distance séparant sa tête de la branche maîtresse du chêne lui indiqua qu'elle avait retrouvé sa taille initiale. Quant au champignon où dormait monsieur Chenille, aucun narguilé n'y était plus visible, et bien malin celui qui eût deviné que cette misérable larve verte était éprise de littérature !

Mais ce qui acheva de ravir Alice, ce fut l'image qui l'accueillit lorsque, contournant le chêne par sa gauche, elle vit qu'en bordure d'un petit bois s'allongeait un étang pareil à celui aperçu par la lucarne de la vieille dame, bordé de joncs et de roseaux pareils à ceux aperçus par la lucarne de la vieille dame...et tout ceci au milieu de prés fleuris en tous points semblables à ceux aperçus par la lucarne de la vieille dame !

— Je savais que j'étais sur la bonne voie ! s'écria-t-elle en sautillant.

Pour compléter le tableau, elle vit même au cours d'un subreptice instant la porte itinérante qui, sortant du bois à toute berzingue, longea les rives de l'étang et fila au lointain à travers les bocages – ...à peu près de la manière, oui, dont Alice l'avait vu faire par la lucarne de la vieille dame !

« À tous les coups, elle répète en boucle le même itinéraire ! » se dit elle, fière de sa perspicacité. « Bien sûr pour en avoir le cœur net, je pourrais l'attendre ici et bondir sur sa poignée le moment venu mais, malheureusement, il n'y a qu'*une chance sur mille* pour qu'elle ne m'évite pas ».

Cette statistique désastreuse, tout droit sortie d'un chapeau d'enfant, découragea énormément Alice. C'est à ce moment que son regard tomba sur le profil mélancolique d'un canard blanc qui méditait au bord de l'étang, les deux palmes dans l'eau, sans paraître mû du moindre désir de se baigner.

« Est-ce que la cause de ce pauvre canard importerait à la reine ? », se demanda-t-elle, n'ayant rien oublié des conseils de monsieur Chenille. « Si c'était un cygne, je n'en douterais pas ! Mais peut-être que la reine ne serait pas très contente d'apprendre que je fais une différence entre le malheur d'un vulgaire canard et le malheur d'un symbole royal ?... ».

Bonne samaritaine en pèlerinage, elle s'approcha de l'animal.

CHAPITRE IX
Anémone la Narcisse

Lorsqu'elle fut près de lui, le canard la dévisagea d'un air indifférent, puis rejeta dans l'étang son regard trop-plein d'idées noires. À bien y regarder, il portait autour du cou une étoffe de tissu verte qui le distinguait du commun de ses congénères.

« Ce doit être un canard col vert ! », se dit Alice.

Elle crut cela en dépit de tout bon sens, le plumage du canard étant blanc comme neige, mais ce « détail physionomique » lui était bien égal : le « colvert » étant la seule espèce de canard qu'elle connût, elle trouvait dans le particularisme vestimentaire de cet individu une occasion trop belle de s'enorgueillir de sa science pour arrêter son classement taxinomique à des considérations bassement ornithologiques.

— C'est...c'est un élégant col vert que vous portez là, finit-elle par lui dire en guise d'introduction.

— *Un « col chic »*, insista le canard d'un air morose, sans quitter des yeux les eaux mortes et argentées.

« Oh », médita Alice…

— Je crois connaître une chanson sur ce thème. Elle parle d'un col chic perdu au milieu des prés, tout comme le vôtre !

— Je serais bien curieux d'entendre cette chanson, lui répondit le canard d'une voix absente. Qui sait si cela pourrait me remonter le moral ?

— S'il n'y a que ça pour vous faire plaisir, dit Alice en rougissant, je peux essayer de m'en souvenir...

Elle respecta un temps de silence, attendant que les paroles lui revinssent en mémoire. Puis, s'imaginant un air musical pour l'accompagner, elle s'éclaircit la voix et commença à chanter…

Au diable, pays des merveilles !

...Col chic dans les prés,
Tu es mon bon caprice,
Col chic dans les prés,
À quoi bon s'apprêter ?

Les feuilles d'Anémone
Emportées par le vent
En ronde monotone
Me laissent les bras ballants...

Canard dans son étang,
Fait « couac », fait « couac »,
Canard dans son étang...
« Couac ! » d'un coup s'en éprend ;

Des feuilles d'Anémone
Emportées par le vent
En ronde monotone
Me laissant bras ballants...

Châtaigne au coin de l'œil,
Ça pique ! Ça pique !
Châtaigne au coin de l'œil,
C'est piquant d'être amants !

Les feuilles d'Anémone
Becquetées par l'innocent
Qui son étang sillonne
M'incriminent manant...

IX. Anémone la Narcisse

Que sèchent dans mon cœur,
Ô palmipède ordure,
Que sèchent dans mon cœur
Ces feuilles de malheur !...

Alice ressortit de sa prestation le souffle coupé ; estomaquée par un horrible sentiment d'inadéquation. Était-ce l'ordre de l'univers qui était bouleversé ? Pire encore : *sa propre mémoire lui faisait-elle défaut ?* Il n'en restait pas moins que cette version de « colchique dans les prés » ne correspondait en rien à celle qu'elle croyait avoir toujours connue, et elle en éprouva un indicible, un *existentiel* malaise ! Elle n'osa pas même croiser les yeux du pauvre petit canard, dont la détresse morale n'avait pu qu'empirer...

— C'est mon histoire, hélas, que vous venez de me conter là...dit tristement ce dernier, sans laisser transparaître la moindre animosité.

— Et donc Anémone est partie à cause de vous ?

Le canard hocha vigoureusement la tête.

— Je crois bien avoir été à l'origine d'une dispute conjugale, confirma-t-il. Depuis lors, je porte ce col chic en gage de solidarité.

Alice tâcha de remonter dans son esprit le déroulement des faits.

« Il aura mangé les feuilles de cette Anémone et, furieuse contre son amant resté les bras ballants, celle-ci lui aura décoché une châtaigne et ils ne se seront plus jamais revus ? »...

— Savez-vous ce qui était écrit sur les feuilles de cette Anémone ? demanda-t-elle.

— Probablement un poème ! répondit le canard. Anémone est une poétesse reconnue, en ce pré. Ah ! Si vous saviez comme je me repens de ma gourmandise...

« Il faut voir les choses en face », se Alice, qui songeait à tout autre chose : « celui-là *n'est pas un canard colvert.* Et si tous les canards blancs du monde enfilaient un col vert, ça n'en ferait *toujours pas* des canards colverts ! ».

— Au fond c'est un peu absurde que vous ne soyez pas un canard colvert, poursuivit-elle à voix haute ; car si cela avait été le cas, vous n'auriez jamais eu besoin d'arracher ce col vert à une chemise pour montrer votre solidarité à l'égard de l'amant « d'Anémone »…

— Je vous fais part des misères qui me font porter un col *chic*, sursauta tout à coup le canard, devenu une boule de plumes, et tout ce que vous trouvez à faire, c'est me rappeler que je n'ai pas su naître « colvert »... *Croyez-vous que cela se choisisse, de naître ou non colvert ?*

« En voilà une manière brutale de sortir de la dépression ! », songea Alice, qui sursauta à son tour.

Il fallait trouver un faux-fuyant, et vite. Par chance, Alice avait en tête une digression à laquelle s'était un jour prêtée sa gouvernante, qui avait fait forte impression sur son esprit ; une digression touchant aux dépendances réciproques qu'entretiennent les notions de « différence » et « d'identité », qui, remaniée avec ruse, devrait lui remporter la considération du canard.

— Il ne faut pas vous énerver pour si peu ! lui dit-elle d'un ton caressant. Saviez-vous que si vous n'existiez pas, les canards colverts n'existeraient pas non plus ?

— *Comment ça ?* fit le canard, sur le visage duquel fut immédiatement perceptible une pointe de vanité.

— Eh bien oui, expliqua Alice : imaginez-vous un monde entièrement rempli de canards colverts ; un monde où *le moindre canard* serait un colvert…pensez-vous qu'on y appellerait encore les canards colverts des colverts ? *Certainement pas !* On dirait « des canards » tout simplement – parce que préciser « colvert » n'aurait plus aucun sens…

— *Et alors ?* demanda le canard, qui se complaisait à manifester encore un peu d'humeur (et qui voulait s'assurer d'avoir bien compris ce sabir).

— Et alors c'est *grâce à vous* ; c'est *grâce aux canards blancs*, qu'on peut distinguer les canards colverts des autres canards…car sans vous, *les canards colverts ne seraient rien !*

À ces mots, le cou du canard s'allongea et ses yeux s'illuminèrent.

« Mais c'est vrai ! », pouvait-on y lire : « sans nous, les canards colverts ne sont rien ! ».

Pris d'on-ne-sait quelle lubie, il plongea incontinent dans l'étang où il offrit à l'admiration de tous sa fierté de paon, agitant sa queue contre la surface de l'eau avec une morgue ostentatoire ; ne reconnaissant plus personne…Même « sa prophétesse », Alice, en fut reléguée d'un seul coup à la horde innombrable de ces existences superfétatoires qui, ne participant en rien à la distinction entre les canards, lui resteraient éternellement inférieurs.

« Je doute que ce service suffise à me faire remarquer de la reine ! » se dit Alice.

C'était peu dire...si tant est qu'on pût parler d'un service ! Maintenant qu'il barbotait dans le bain crasse de sa suffisance, le canard blanc avait tout oublié du remords qui, naguère, l'avait tenu éloigné de ces futiles jouissances aquatiques. Sa mélancolie, alors, avait au moins recelé quelque noblesse d'âme ! Espérant revoir un peu de celle-ci, Alice attendit incrédule durant une bonne minute puis, se résignant à croire en ce spectacle, elle s'écarta de l'étang en large comme en long, dégoûtée d'avoir servi un si ingrat spécimen.

Un rayon de soleil l'accueillit en cette aire plus exposée du pré, moralement plus respirable. La pointe du bois, plus courte que l'étang, y laissait entrevoir le paysage de bocage par lequel avait fui la porte ; perspective infinie de champs aux couleurs apaisantes, de vert et d'or pâle, qu'un réseau de haies bien taillées quadrillait inégalement telles les figures irrégulières, extravagamment emboîtées, d'une mystérieuse mosaïque. Mais on voyait par-là aussi, surplombant l'horizon lointain, la silhouette télescopique et pointue d'une montagne étincelante, aux reflets d'émeraude, dont les plus hautes aiguilles écartaient les nuages.

— Ce doit être la montagne d'émeraude dont parlent les contes de Grimm ! s'exclama Alice.

(Elle se trompait du tout au tout, car c'étaient des montagnes de *cristal* qu'évoquaient les contes de Grimm...mais quelle importance, puisque ce qu'*elle* voyait était une montagne d'émeraude ?)

— *On s'écarte, jeune fille !...* fit une voix venue de derrière tandis qu'un coup de canne lui frappa les genoux.

L'auteur de ce forfait était une dame d'une figure abominable, assise sur un banc accolé à un réverbère. Enveloppée dans une superposition de couches de tissus fleuris, elle tenait fermement dans sa main droite le pommeau de son arme et, de sa main gauche, imprimait un mouvement de va-et-vient permanent à un landau noir dont la capote grande ouverte dissimulait un bébé, qu'on n'osait croire le sien. Le visage boursouflé de cette horrible dame, caricature d'un vieil homme patibulaire, au nez et aux lèvres proéminentes, était surmonté d'une coiffure à cornes enserrant ses cheveux au sommet de laquelle était suspendu une loque lui traînant jusqu'à la taille.

« Pourvu qu'elle ne m'encorne pas avec son chapeau ! », se dit Alice, qui n'avait pas eu si peur du sanglier au début de son aventure.

— …*« Frères Grimm » ou pas*, poursuivit-elle, *cela fait deux heures que nous attendons de voir pousser cette fleur, mon fils et moi ; alors on fait la file, comme tout le monde !*

Alice devina au ton employé qu'elle oblitérait la vue d'un spectacle extraordinaire...non pas celui de la montagne d'émeraude ; mais d'une minuscule fleur promise à éclore, de l'autre côté de ce qu'il était désormais convenu d'appeler « l'allée d'un jardin public », où elle se découvrit entrain de marcher. S'acquittant d'un pas de côté pour libérer le champ de vision de cette vénérable dame, elle buta sur une pompe à bras qui lui inspira une subite et irrésistible envie de boire – un autre effet sans doute de la montagne d'émeraude, qui lui évoquait un sorbet à la menthe...

— Hé...attendez, dit-elle en arrêtant son geste : vous me dîtes que vous attendez *depuis deux heure*s de voir pousser cette minuscule fleur ?

— *Mais oui, parfaitement !* Suis-je libre de mes loisirs, ou devais-je te faire signer une autorisation ?

En temps ordinaire, Alice ne se fût pas permis de repartir à ce genre « d'ironie autoritaire » mais, après tout, cette rombière braillarde l'avait « apostrophée » de manière cavalière. Elle soigna cependant la forme, pastichant une déférence entendue ailleurs :

— *Loin de moi l'intention de vous manquer de respect*, souligna-t-elle, mais il me semble que vous perdez votre temps ! Savez-vous le temps qu'il faut à une fleur pour pousser ? Je l'ai appris un jour, en parcourant un livre...

— Tes lectures ne m'intéressent pas ! Maintenant pousse-toi et laisse-moi regarder pousser cette fleur, ou tu tâteras encore de ma canne !

Alice s'en retourna à la pompe à eau, entendant bien épancher sa soif, quand elle réalisa que le bras de levier lui arrivait désormais au niveau du bassin. À cause de l'exhortation à « pousser », elle avait pris plus d'un mètre de hauteur !

— *Que...que vous arrive-t-il, mademoiselle ?* dit l'occupante du banc, qui brandissait par devant-soi sa canne comme un club de golf, tout en grelottant avec un air agressif.

— Je ne sais pas ce qu'il se passe...confia Alice, qui inspectait effarée les énormes paumes de ses mains...je crois que c'est parce que vous m'avez demandé de pousser !

— Oh ! fit la dame en affectant un air badin...l'ordre n'était pas à prendre au pied de la lettre ! Je pouvais me contenter d'une obéissance approximative...

« Ce doit être un retard de croissance », songea Alice, « les bottes Wellington s'étaient mises à pousser longtemps après avoir mangé, elles aussi ! ».

Nonobstant son nouveau gabarit, elle employa toute son énergie de jeune fille à faire basculer le bras de levier qui, inévitablement, lui resta entre les mains, tandis que la pompe à eau se mit à recracher de longues gerbes d'eau pendant plusieurs secondes – ainsi que le ferait n'importe quelle pompe à eau victime de ce genre d'amputation.

— Oh ! s'écria Alice en s'apercevant que l'auguste spectatrice venait d'être éclaboussée. Je suis vraiment désolée ! Cette pompe à eau est incontrôlable...

— Ha, ha...*ce n'est rien !* répondit la vieille en s'essuyant les yeux dans ses couches de vêtement. Cela me fait retrouver ma jeunesse... !

Elle avait l'air parfaitement furieux.

Craignant de futures catastrophes, Alice grignota l'une des pépites de champignon blanches, devenues incroyablement petites au fond de sa poche.

— Regarde, cochon ! exulta cependant son interlocutrice. Ton amie est enfin arrivée !

Une petite tête de cochon émergea hors du landau, dont les yeux noirs débiles parurent émerveillés.

— Je vais prévenir les copains ! dit-il en bondissant hors de la nacelle pour s'enfuir sous une haie.

Les yeux d'Alice se dessillèrent.

— *Où suis-je ?*…fit une faible voix dans son dos, qui semblait émaner du ciel.

C'était la fleur ! La fleur qui, arrosée par ses soins maladroits, avait prodigieusement grandi…elle mesurait désormais très exactement la taille que venait de quitter Alice, comme par un étrange effet de transvasement. La crinière formée par sa corolle était si ample qu'elle constituait un véritable parasol, jetant une ombre ronde sur une large portion de la pelouse et du chemin, qui s'étendait jusqu'au banc de la mégère. Ne sachant où donner de la tête, Alice ne réagit qu'à la plus surprenante de ces deux dernières révélations :

— Une fleur géante ! s'exclama-t-elle...et qui parle !

— Oh...ne fais pas semblant d'avoir du goût ! balança sa voisine en secouant son couvre-chef orné de cornes ridicules. J'étais là bien avant toi…

» Avant que de céder à cette obséquiosité, poursuivit-elle à l'intention de la fleur, cette jeune fille niait que votre croissance fût un spectacle remarquable !

— C'est faux ! protesta Alice. Tout ce que je niais, c'était l'intérêt *d'attendre deux heures* pour regarder pousser une fleur !

— En tout état de cause tu niais, ce qui atteste bien que tu sois niaise...

Alice ne jugea pas utile de prolonger cette controverse et se tourna vers la fleur.

— Est-ce que vous seriez une pâquerette, par hasard ?

Cette probabilité lui parut d'autant plus forte que les pâquerettes étaient les seules fleurs qu'elle fût certaine d'identifier à coup sûr (à condition évidemment qu'aucune fleur similaire ne se trouvât à l'horizon, ce qui naturellement n'arrivait presque jamais).

— Ni par hasard ni par un effet calculé ! répondit la fleur qui, faute de pouvoir ouvrir la bouche, contractait la couronne jaune au milieu de ses pétales blanches et qui, faute de pouvoir claquer la langue, tortillait le pistil au centre de celle-ci.

» Je suis une Narcisse, au cas où vous ne l'auriez pas remarqué...*pas une vulgaire pâquerette !*

— J'avoue ne pas connaître la différence entre les deux, confia humblement Alice.

Cette confession parut lui attirer un brin d'indulgence de la part de la Narcisse, dont les traits soyeux se relâchèrent.

— Au moins n'êtes-vous pas de ces pédants qui connaissent le nom des fleurs et en ignorent le parfum...*Ceux-là, je les exècre.*

— La plupart du temps, je ne connais ni l'un ni l'autre, concéda encore Alice en baissant la tête. Il faut dire que je ne connais pas grand-chose...

— Allons, allons...n'allez pas vous dévaluer non plus ! Il doit bien exister une chose que vous savez que nous ignorons...votre nom, par exemple ? Faites-nous donc l'honneur de le connaître !

— Je m'appelle « Alice », répondit Alice avec un regain de fierté ; « Alice »…

— *...au-pays-des-merveilles, qui-croit-que-tout-le-monde-est-gentil !* se moqua en se dandinant la grosse dame fruste. *Quelle niaise, mais quelle niaise !...*

— N'accordez pas trop d'importance aux sautes d'humeur de la duchesse, chuchota la Narcisse pour la seule Alice : dans une heure, elle vous adorera...

— J'aimerais bien voir ça ! aboya la duchesse, qui avait tout entendu.

— ...quant à moi, je me prénomme Anémone – à ne pas confondre avec la fleur, bien sûr...

— *« Anémone » !* s'exclama Alice d'une voix suraiguë. La poétesse qui a perdu ses feuilles dans la nouvelle version de *Col chic dans les prés* ?

— « La poétesse qui... » ?

Les pétales blancs de la Narcisse, en un instant, devinrent rouge sang.

— Allons donc ! Où allez-vous chercher tout ça ? Croyez-vous quant à vous être l'unique « Alice » au monde ?

Alice n'eut pas le temps de lui répondre car un groupe d'animaux afflua autour d'elle qui, tout l'ignorant superbement, s'affaira à déployer une nappe à carreaux dans l'ombre de la Narcisse et disposer les provisions d'un savoureux pique-nique. Un rituel bien rôdé, semble-t-il, puisque tandis qu'un cheval tenait entre ses dents l'anse d'un panier en osier, un crapaud et le cochon de la duchesse en ressortaient, en vrac et sans arrêt, un bocal de biscuits secs au miel, une bouteille de limonade ou encore une assiette de pain perdu parfumé au beurre salé qu'ils transmettaient sitôt à une souris, un dodo et un castor, qui en étalaient harmonieusement les contenus sur la nappe pendant qu'un perroquet et un crabe disposaient dextrement cuillers, couteaux et verres aux emplacements adéquats.

Alice vit encore défiler une carafe de grenadine, des crêpes à la cassonade...mais aussi des biscottes au fromage de chèvre, du saucisson aux noisettes, des émincés de poulet à la cannelle et du thé vert à la menthe. Elle n'en saliva pourtant pas le moins du monde, comme si cette accumulation de douceurs n'étaient qu'étalage d'images insipides.

— Si vous êtes venus assister à la poussée de cette fleur, vous aussi, vous arrivez trop tard...leur dit-elle avec regret.

— Ils ne sont pas venus pour ça, rit Anémone : ce sont mes amis du club des poètes ! Chaque été, ils piquent-niquent à l'ombre de mes pétales afin que nous partagions nos dernières trouvailles poétiques, en manière de répétition générale au concours royal de poésie.

« Le concours royal de poésie », cogita Alice : « un bon moyen d'approcher la reine ! ».

— Êtes-vous nouvelle au club ? fit le crabe en s'approchant d'Alice pour lui serrer la pince. Hector Pincefort, ravi de faire votre connaissance !

Alice regimba un instant, puis, faisant une pince de son pouce et de son index, serra le bout de la véritable pince du crabe qui éclata de rire, sans qu'elle comprît lequel d'elle ou de lui était censé s'être gaussé de l'autre.

— C'est ce qui s'appelle être « pince-sans-rire » ! plaisanta le crapaud dans son coin.

— Et moi je suis « Alice-au-pays-des-merveilles », répondit-elle au crabe en jetant un regard noir à la duchesse. Savez-vous quel est le prix du lauréat, cette année ?

— *Le même que chaque année, lady d'Émerveille*, répondit le cheval qui vint se mêler à leurs salutations : *une audition privée avec la reine.*

— Ne vous faites pas trop d'illusion sur ce point, intervint la duchesse qui écoutait tout, postée sur son banc. J'ai envoyé ce matin mes deux valets de pied faire valider mon inscription, ainsi que celle de mon cochon...depuis lors, vos chances à tous de remporter le concours se sont considérablement amoindries !

—*...Mon nom est Gontran Saint-Hubert,* continua le cheval sans lui prêter aucune attention, les yeux dans les yeux d'Alice. *Artistiquement vôtre...*

Il s'inclina légèrement tout en lui tendant son sabot pour serrer sa main, comme le crabe il y a un instant. Quoique plus salissante, cette civilité parut moins dangereuse à Alice.

À la suite du crabe et du cheval, toute la ribambelle d'animaux se prêta à de semblables présentations – à l'exception du cochon, bien sûr, qu'avait embarrassé la forfanterie de sa mère. Vint finalement le tour du dodo, tenu à l'écart de cette procession par une timidité maladive.

— Moi c'est...moi c'est...*moi c'est Didier*, déclara-t-il au terme d'un effort palpable.

« Quelle drôle de façon de se présenter ! », s'étonna Alice. Mais elle était désireuse de satisfaire autant que possible aux us et coutumes des créatures autochtones s'efforçant de l'accueillir ici.

— *Enchantée, enchantée, enchantée de vous rencontrer !* lui répondit-elle gaiement en hochant la tête.

— *Oh !* tonna la duchesse comme un roulement de tambour. *Un peu de respect ! Ne voyez-vous pas que cet animal est bègue ?*

Alice demeura seule à se mouvoir encore au milieu des animaux pétrifiés.

— ...C'est à dire ? demanda-t-elle.

— *C'est à dire qu'il bégaie !*

« Oh...ce que je peux être bête ! » comprit Alice en couvrant ses yeux de ses mains.

— Je suis vraiment désolée, monsieur Didier ! C'est que...je n'ai jamais connu personne qui soit « bègue »...

— Ce, ce, ce n'est vraiment pas...*grave*, répondit le dodo. Ça, ça, ça, ça...*ça nous fait oublier le trac.*

— On peut dire que vous êtes drôlement gentil, vous ! lui répondit Alice en lui délivrant la plus aimable des frimousses.

— *Soit il est drôlement gentil, soit nous sommes drôlement stressés !* s'écria le perroquet juché sur le crin du cheval, qui s'agitait nerveusement.

Ce commentaire parut relancer un débat entamé durant leur voyage car, dès lors, toute cette ménagerie se mit à piailler, hennir, coasser, grouiner, couiner et gémir à tort et à travers, sans qu'il fût possible d'entendre le moindre argument.

— Ne vous en faites pas ! s'exclama Alice par-dessus la mêlée. Moi aussi j'avais peur de m'exprimer en public, quand j'étais petite.

— Ah ! s'esclaffa la duchesse. *Parce que tu es une grande personne, désormais ?*

— Ce n'est pas ça, dit Alice ; mais depuis que je fais du théâtre…

Elle n'alla pas au bout de son argument, réalisant que toute tentative d'échapper à sa condition par des phrases était inutile : l'ironie de la duchesse était sans réplique.

— Et vous, Anémone, dans quelle disposition vous trouvez-vous à l'approche de l'édition de cette année ? demanda le cheval.

C'était mettre les pieds dans le plat, car la question lui attira une cohorte de regards obliques. Anémone, au gré du vent, ondula de manière à évoquer un haussement d'épaules navré.

— Vous savez bien qu'étant plantée ici, je suis comme chaque année tributaire de qui veut bien me représenter là-bas ; or je ne veux contraindre personne...

— Moi ! s'écria Alice en levant la main. Moi je veux bien vous représenter au concours royal de poésie ! Seulement, j'y mets une condition...

Tout le monde demeura suspendu à ses lèvres.

—...Je veux, si votre poème l'emporte, que vous me laissiez rencontrer la reine de cœur à votre place.

Tous les animaux éclatèrent de rire.

— Bien entendu que vous pourrez jouir de cet entretien privé à ma place, répondit la Narcisse une fois le calme revenu. Comment voulez-vous que je fasse autrement ?

(Il va sans dire que le comique de cette situation déplut souverainement à Alice.)

— Voilà comment nous allons procéder, ajouta gentiment la fleur. Je laisserai tomber deux feuilles. Sur l'une d'elle figurera une attestation dûment signée vous autorisant à me représenter au concours : il vous faudra la présenter au comité d'organisation connu sous le nom de « club des encartés ». Je répète : « le club des encartés »…

Elle se tortilla et laissa choir l'une des feuilles évasées autour de sa silhouette. Une fois tombée au sol, celle-ci se fana, flétrit puis se racornit plus vite qu'on eût pu le dire, si bien qu'à la fin elle s'apparenta à un vieux rouleau de parchemin, facile à décrocher et à mettre en poche.

« Je soussignée Anémone la Narcisse, déclare par la présente faire de la petite Alice ma représentante légale au concours royal de poésie cette année, ne pouvant m'y déplacer en personne du fait de ma condition de plante » put y lire Alice en lettres liées, inscrites à l'encre naturelle.

— Sur l'autre, reprit la Narcisse, vous trouverez le poème que j'ai décidé de soumettre au jury. Chacun d'entre vous sait les circonstances qui m'ont….« séparée » des feuilles de mon chef-d'œuvre, il y a peu...

Un certain trouble parut gagner l'assistance ; le son étranglé de quelques déglutitions se fit même entendre. Sur la surface de l'étang, un glougloutement de bulles attira tous les regards vers le derrière aux palmes inanimées du canard, qui, pour enfouir sa honte, venait de piquer une tête.

— ...Évidemment, il ne m'a pas été facile d'en composer un autre mais...je crois y être parvenue peu ou prou.

Le même processus se remit à l'œuvre et un autre morceau de parchemin se forma aux pieds d'Alice. Après l'avoir déroulé, celle-ci écarquilla des yeux interloqués.

— C'est court, n'est-ce pas ? vint lui dire la souris. C'est à cause du règlement ! Article trois alinéa un : « les œuvres soumises au concours royal de poésie consisteront en des quatrains isolés ou se verront systématiquement refuser, la reine de cœur faisant de l'urticaire aux plaisirs trop longs ».

— Je vois...fit Alice.

Elle parcourut le poème des yeux puis, sous l'exhortation unanime des animaux à ce qu'elle en donnât lecture, leur fit à voix haute ce plaisir :

Il était une fois et tu n'étais nulle part ;
Aveugle à moi-même dans une nuit sans phare,
Je guettais ta lumière, ton amour en mémoire
...Miroir magique au mur !

Elle fixa le ruban brun avec circonspection.

— Cela a beau être court, ne put-elle s'empêcher de commenter, sur la fin, cela tombe un peu à plat...

Un soupir offusqué retomba des rangs : il n'était pas d'usage que l'on remît en cause le génie d'Anémone.

« Je ne peux pas présenter un tel poème à la reine », se dit encore Alice.

— *...Puis-je vous en proposer une réécriture ?*

La couronne de la Narcisse se crispa de vexation.

— Non, c'est *parfait* : la reine veut des poèmes *à chute*.

— Écoutez tout de même, sourit Alice, confiante en sa version :

Il était une fois et tu n'étais nulle part ;
Aveugle à moi-même dans une nuit sans phare,
Je guettais ta lumière, ton amour en mémoire
...Miroir, mon beau miroir !

— Alors ? *Qu'en dîtes-vous ?* demanda-t-elle triomphalement. N'est-ce pas mieux ainsi ?

— Hm…oui ; oui ! admit la Narcisse. Encore que l'on perde la rime entre « magique au mur » et « réécriture », évidemment…

— Quelle rime avec « réécriture » ? C'est moi qui ai parlé de…

— « Vous », toujours « vous » ! s'emporta la duchesse. *Faut-il donc toujours que vous rameniez le moindre mérite à votre personne ?*

— Mais enfin, pas du tout, je...

— *Il suffit*, petite impertinente ! Plus de « je » ; plus de « moi » : contentez-vous de vous en aller inscrire notre amie au club des encartés. Quant à vous, « pic nique-douille »...*pique-niquez, bande d'andouilles !*

Sous son commandement, toute la bande d'animaux s'aplatit sur-le-champ contre la nappe de pique-nique pour s'y bâfrer mécaniquement de crêpes et de tartines, claquant la mâchoire en cadence sur les « une, deux ! » militaires qu'elle leur déclamait. Investie de sa mission, Alice fila à l'anglaise.

« Cinq ans et demi et ça croit déjà tout savoir ! », entendit-elle proférer dans son dos, quand elle fut un peu loin. Une « fleur » de la duchesse, bien entendu.

« Les adultes sont décidément incapables de médire à la bonne distance », songea Alice en dodelinant de la tête.

Sur ces entrefaites, elle quitta le pré de l'étang pour rejoindre un sentier en terre longeant les champs.

CHAPITRE X

L'errance parmi les arbres-mondes

Au fil de sa marche, Alice regardait avec fascination des plantes magnifiques, dressées au bord des fossés, évoquant des blés aux épis hypertrophiés et multicolores. Chacune d'entre elle semblait célébrer le mariage particulier d'une certaine paire de tons pastel, à chaque fois assortis, qui étaient une illustration vivante du génie de la nature dans la répartition des couleurs. Les harmonies juxtaposées de leurs teintes de blond et de chocolat blanc, de violet et de jaune, de pêche et d'abricot, de vert pomme et de mauve ou de rose et de framboise formaient toutes ensemble un bouquet enivrant pour les yeux, fruité autant que lumineux, qui régalaient le sens esthétique.

« Je me demande bien comment s'appellent ces fleurs ? » se dit-elle.

— *Nous sommes des lupins tutti-frutti*, chuchota l'une d'elles en écartant les épis à sa pointe, telle une cocotte en papier.

De toutes ces superbes fleurs, ce « lupin tutti-frutti » était le seul à porter une veste de costume noir et une chemise blanche, dont on pouvait raisonnablement considérer le col « chic ». Du reste, ses « épis » étaient les seuls dont la bichromie fût de noir et de blanc.

— Mais...*vous étiez l'amant d'Anémone ?* s'écria Alice. Je comprends maintenant que vous n'ayez pas pu repêcher ses poèmes...*vous êtes une plante, vous aussi !* Le lupin tutti-frutti devint intégralement rouge – ce qui dans son cas d'espèce, fut facile à constater.

— Certes Anémone a fait appel à une société de pélicans pour se réimplanter aux abords de l'étang...mais quel rapport avec ma personne ?

Alice trouva qu'au contraire, l'étang était parfaitement visible depuis ce point de vue et que, par conséquent, il était plus que vraisemblable qu'elle se trouvât sur le théâtre des événements narrés par la nouvelle version de *Col chic dans les prés !* Anémone avait-elle vécu parmi les « lupins tutti-frutti » ? Enragée par l'incident, avait-elle quitté son incapable d'amant pour mener une toute nouvelle vie balnéaire ? L'hypothèse était crédible. Mieux valait toutefois ne pas en faire état auprès du lupin, suffisamment humilié par l'anecdote.

— Vous avez raison, dit-elle : vous n'avez rien à voir avec cette histoire ! Savez-vous où je puis rencontrer le « club des encartés » ?

— Suivez les trèfles à quatre feuilles : ils vous mèneront à l'arbre-monde où le chapelier et ses sbires s'adonnent à leurs activités.

— « Ses sbires » ? répéta Alice.

— Pour moi, ce sont des coquins. Mais si vous avez besoin de quelque chose, ils pourront très certainement vous le procurer.

— Mais...je veux seulement m'inscrire au concours royal de poésie...

— Oh ! soupira le lupin. Si ce n'est que ça, oubliez ce que je viens de vous dire : ils devraient s'acquitter de cette formalité sans trop vous tourmenter.

Alice sourcilla et, après l'avoir remercié, prit congé du lupin.

« Ils devraient s'acquitter de cette formalité sans trop vous tourmenter », se répéta-t-elle. Qu'était-ce à dire ? Elle n'en pouvait rien savoir, se contentant de suivre à chaque carrefour l'embranchement du sentier épinglé de trèfles à quatre feuilles.

« Après tout », se dit-elle : « des trèfles à quatre feuilles...ça ne peut que porter bonheur ? ».

Dans le ciel, la montagne d'émeraude était toujours visible, accrochée comme un soleil au nord-ouest de sa position. Tout autour, des arbres solitaires géants émaillaient l'horizon à des distances inégales, dont le feuillage sphérique semblait renfermer comme leur propre monde. Ils étaient des dizaines ; des centaines peut-être (qui peut savoir...des milliers ?) à s'ériger ainsi isolés au beau milieu des champs.

« Ce sont probablement ces « arbres-mondes » dont m'a parlé le lupin », songea Alice.

Restait à trouver celui où officiaient « le chapelier et ses sbires ». Mais quoi de plus facile, puisque la route était balisée par des trèfles à quatre feuilles ?

Bientôt, cependant, Alice se laissa intriguer par le sanctuaire apaisant d'un verger, en marge du sentier, à l'ombre des pommiers duquel elle s'imagina instantanément dormir, les jambes étendues dans l'herbe tendre. C'est qu'il était si fastidieux de fixer sans fin ces trèfles à quatre feuilles qu'elle commençait à en croire qu'ils avaient envahi la Terre, et il lui paraissait grand temps de se changer les idées ! Sous ces petits arbres garnis de savoureuses pommes rouges, jugeait-elle, la vue de la montagne d'émeraude devait être imprenable.

« En plus, je suis sûre que la porte itinérante raffole de ce genre d'endroits ! », s'imagina-t-elle, en quête d'un prétexte solide pour se reposer – et elle vit *effectivement* la porte itinérante slalomer d'un tronc à l'autre en bordure des allées de pommiers plantés en lignes parallèles, tant était suggestif le pouvoir de son imagination.

« Et puis...ce chapelier et ses sbires ne me disent rien qui vaille...je n'aurai rien contre l'idée de me sortir d'ici sans ce maudit concours de poésie ! ».

Ce dernier argument décida son choix. Elle esquissa un pas vers la pelouse claire du verger ; posa son pied par terre...et vit les brins d'herbes s'agiter d'avant en arrière autour de sa personne, comme pour se transmettre, par frottement, la nouvelle de sa présence. À la suite des brins d'herbes, les branches des pommiers se penchèrent les unes au contact des autres, donnant l'air de se relayer le message. Une volée d'oiseaux, enfin, jaillit du fond d'une allée pour s'éparpiller dans les airs, ainsi qu'à l'explosion d'un coup de feu...

« Je suis faite comme un rat », se dit Alice, que cette atmosphère glacée rendait à ses instincts.

Quoiqu'elle fût intimement convaincue d'être condamnée – ou peut-être, pour cette raison même ? – elle s'engagea plus avant dans le verger, curieuse de connaître la menace qui, d'un instant à l'autre, avait pu jeter un voile si froid sur un si chaleureux écrin. Par-dessus la montagne d'émeraude, remarqua-t-elle, un croissant de lune renversé était apparu, aussi vaste qu'une proche planète – symptôme supplémentaire de l'étrange « bascule » survenue ces dernières secondes.

Elle parcourut en diagonale les allées de cultures, multipliant les coups d'œil de haut en bas des pommiers dans l'espoir de débusquer son présumé prédateur, quand, placé en travers de sa route, le corps sans vie d'un épouvantail faillit l'enlacer entre ses bras en croix. Au sommet du chapeau coiffant sa tête bourrée de paille était *le corbeau*, qui, battant ses ailes d'aise, poussa un long croassement semblant valoir sentence de mort ! N'ayant nulle part où se cacher, Alice tourna toutes ses prières vers la montagne d'émeraude où, dans une position de surplomb magnifique, avait fini d'apparaître une version astronomique du chat du Cheshire, dont la tête occupait une part mégalomane du ciel...

— Ô chat du Cheshire ! feignit-elle de l'implorer. Faites quelque chose, je vous en prie !

Le corbeau tourna des yeux effarés vers le félin qui, loin d'être insensible au concept de mansuétude régalienne, se fendit du rugissant miaulement seyant à son nouveau format. Les plumes dressées sur la tête, le charognard lança à Alice un regard contrarié et s'en fut à tire-d'aile.

« Il ne se défend pas plus que ça ? », s'étonna-t-elle avec un air hébété.

— Il fallait suivre les trèfles à quatre feuilles ! la sermonna le chat du Cheshire. Voilà où ça mène, de ne faire les choses qu'à moitié…

Il prononça ces mots en roulant des yeux dépités à l'égard de son propre corps (ou plutôt à l'égard de sa propre absence de corps, ce dernier n'ayant pas résolu d'apparaître) comme pour incriminer de cela aussi la négligence d'Alice.

— Je...je voulais seulement me reposer un peu...répondit Alice d'une voix piteuse. Est-ce que vous m'espionniez, pendant tout le temps où vous aviez disparu ?

— *Ayant horreur d'avoir à justifier mes apparitions, j'apparais à point nommé ou n'apparais point du tout*, déclara royalement le chat du Cheshire.

— Oh ! fit Alice. Je vous demande pardon si je vous ai offensé…

— *Bien*, dit son interlocuteur céleste en haussant des épaules imaginaires. Et dans l'hypothèse où tu ne m'aurais pas offensé, quelle demande me formulerais-tu ?

Alice réfléchit un instant, méditant consciencieusement la tournure de sa phrase.

— Si je ne vous avais pas offensé, je crois que je vous formulerai la demande suivante : « sauriez-vous me dire plus exactement où se trouve le club des encartés » ?

— Ce serait une demande facile à satisfaire, répondit avec morgue le chat du Cheshire. Je m'exclamerai alors : « bien sûr, que je le sais ! Le club des encartés se niche dans une cabane perchée au milieu d'un village d'autochtones ». Puis nous poursuivrions notre conversation en enchantant nos esprits d'histoires invraisemblables...

— « Une cabane *perchée* » ? *Encore ?*

— Eh oui ! *« Encore »*... C'est ce que je te dirais si tu ne m'avais pas offensé, et si tu m'avais posé la question « sauriez-vous me dire, plus exactement, où se trouve le club des encartés ? ». Malheureusement il se fait que tu *m'as* offensé, à telle enseigne que ces délicieux échanges devront croupir à tout jamais dans les limbes de nos imaginations...*au revoir.*

Il disparut comme la première fois, finissant par son sinistre sourire et ses yeux fixes qui, pour quelques instants encore, flottèrent dans l'atmosphère en luisant, fantomatiques et inquiétants.

« Quel dommage qu'il soit déjà parti ! », se dit Alice. « J'avais encore une question à lui poser à propos de ce « village d'otoktone » … »

Le mot s'écrivait-il comme il se prononçait, d'abord ? Mais surtout : que signifiait-il ? « L'otoktone » était-il un matériau de construction ? Une peuplade primitive ? Alice n'en savait fichtre rien.

C'est seulement en regagnant le sentier qu'il vint à son esprit que, si le club des encartés était implanté dans « un village d'Otoktone », il y avait fort à parier que ledit village fût rattaché au *canton* d'Otoktone, ce dont elle crut devoir se réjouir sur le moment. C'était de ce genre d'informations, se félicitait-elle, qui eût à coup sûr rassuré ses parents ! Elle réalisa néanmoins que faute de savoir où se trouvait un tel canton, cet indice ne l'avançait pas à grand-chose, et c'est avec un désappointement marqué qu'elle se vit ratisser le sentier sillonnant les bocages le nez sur les trèfles à quatre feuilles, pendant des heures et des heures, sans plus oser se laisser distraire par rien…

Dans les faits, quelques secondes de marche lui suffirent à croiser la route d'un petit portail de bois, au seuil duquel s'arrêtait la prolifération des trèfles. Celui-ci appartenait à une clôture encerclant un champ de blé fauché, en forme de disque immense, au milieu duquel se trouvait un arbre tordu gigantesque coiffé d'un feuillage dense et arrondi...

— L'arbre-monde du club des encartés ! murmura Alice.

Elle voulut franchir le portail mais hélas, deux valets de pied en livrée en entravaient le passage, qui avaient élu cette parcelle de terre le lieu de leur colloque. Rien, jusqu'à leurs yeux accusés par des cernes violacées, ne distinguait les deux bonhommes, si ce n'est que la perruque poudrée de l'un encadrait une face de grenouille, et, la perruque poudrée de l'autre, une face de poisson. Tous deux portaient sous le bras des lettres démesurées qu'Alice devina instantanément être les formulaires d'inscription au concours de la duchesse et de son cochon.

— Que se passe-t-il ? leur demanda-t-elle.

Les deux alter égo s'échangèrent un même regard décontenancé.

— Nous sommes pour ainsi dire... « embarrassés », mon camarade et moi, commença la grenouille – non pas que je sous-entendisse, bien sûr, que vous me causassiez un quelconque désagrément, cher Victor...

— *Allons allons, mon bon Arthur !* Où il n'est point de faute, il n'est nul besoin de pardon.

Alice comprit immédiatement comment ces deux empotés avaient pu se retrouver à faire le pied de grue toute la journée durant.

— Une fois encore, vos gentils mots me touchent, reprit la grenouille, mais il me faut vous le redire : tout depuis ce matin accuse davantage ma peccabilité, de seconde en seconde...aussi : *passez donc !* Passez et lavez l'affront que vous cause mon attitude...

Le poisson leva au ciel ses yeux inintelligents.

— « Un affront », dîtes-vous ? Le seul « affront » que je vous voie à peu près, mon très cher, est celui qui se trouve par-dessus votre nez ! C'est *moi,* qui vous cède le pas.

— Puisque vous me le permettez, concéda la grenouille, j'admets que parler « d'affront » était un tantinet excessif de ma part – *encore que je ne veuille surtout pas minorer le tort que je vous ai fait…*

— Taisez-vous, Arthur ! *Taisez-vous.* Je vous l'ai assez répété depuis le début de la journée : je *suis* celui qui ai « embarrassé » cette situation, que vous avez su si parfaitement qualifier...

— *Pourriez-vous me laisser passer ?* demanda timidement Alice.

Aucune requête n'eût pu ravir davantage les deux valets à la fois.

— *Mais après vous !* lui répondirent-ils joyeusement en chœur, formant même pour elle une haie d'honneur.

Elle passa ce péage sans encombre – c'est à dire, sans s'enliser à son tour dans un marécage d'aménités.

« M'est avis que la duchesse ne remportera pas le concours de si tôt ! », rit-elle secrètement.

Elle traversa en toute hâte le chemin de terre semé de cailloux menant à l'arbre-monde, qui formait une ligne droite interminable dans le désert de plaine blonde laissé par la dernière moisson. À bien y regarder, observa-t-elle, ce n'étaient en fait pas des « cailloux » mais des bêtises de Cambrai qui composaient ce chemin ; toutefois, elle préféra n'y voir aucun présage.

« La seule chose, c'est de s'abstenir de les manger », s'ordonna-t-elle. Cela pourtant lui rappela le goût de poisson qu'avait eu le morceau de champignon, tout à l'heure, et elle en saliva à la pensée du suc mentholé que devaient, sensément, sécréter les cailloux d'ici. « Si j'en trouve, je les goûterai ! », se promit-elle. Trouver un caillou sur un chemin, pourtant, eût été ici aussi improbable que de dénicher un bonbon dans une mer de pierre...

Elle passa bientôt sous les ramifications les plus avancées de l'arbre-monde, qui ombrageaient environ un tiers de la surface du champ. Le tronc dont ils s'originaient était à peine visible, large mur noir, à l'horizon, dissimulé par une ramure en étoile faisant autour de lui comme une boule hérissée de branches feuillues. Alice, cependant, crut pouvoir estimer sa circonférence à plusieurs dizaines de mètres. Écartant de ses mains plusieurs branches pendantes qui touchaient presque le sol, elle pénétra enfin sous le couvert du dôme que figurait cette force de la nature.

Sous le ciel englobant de sa verte canopée sphérique, l'arbre-monde n'abritait qu'une forêt d'arbres rabougris -d'ailleurs tout à fait gris- dont le bois semblait depuis longtemps pétrifié. Chacun de ces arbres était creusé par un ou plusieurs trous qui, pareils à des yeux noirs, formaient une constellation de destinations intrigantes, dûment renseignées par une myriade de poteaux indicateurs aux positions parfois acrobatiques. Un dédale anarchique de sentiers serpentait en tous sens vers ces poteaux et ces trous d'arbre, au moyen parfois de planches jetées d'une branche à l'autre.

Pour ce qu'Alice pouvait lire de poteaux indicateurs, tous ces trous menaient à « Autochtone » – sauf un, extraordinairement grand, qu'on avait planté au pied de l'arbre-monde, marqué du mot « Autochtones » en capitales d'imprimerie.

« Si celui-là est écrit en capitales d'imprimerie, c'est sûrement parce qu'il mène à la « capitale » ; *au canton !* », pensa-t-elle.

À la vérité, il paraissait tout naturel à l'esprit d'Alice (dont les inclinations aristocratiques ne laissaient aucun doute) qu'un seul poteau fût détenteur contre tous de la graphie correcte du nom, et cette intuition l'avait d'emblée emporté en son for intérieur. Au surplus, le pluriel affiché par l'intrus laissait à penser que, dans cette direction au moins, les « Autochtone » seraient plusieurs, ce qui est toujours plus commode pour former un village.

Obéissant à cette logique bizarre qui, dans les rêves, se révèle souvent d'un étrange secours, Alice se décida ainsi à suivre la voie indiquée par ce poteau dissident. Cela lui fut à la fois simple et malaisé car le drôle, seul de sa race à ne désigner aucun trou, n'invitait que grossièrement à faire le tour du tronc de l'arbre-monde.

Livrée aux aléas de cette signalisation flottante, Alice se laissa errer au gré des monticules, des détours et des boucles où la conduisirent les sentiers entremêlés de cette forêt extravagante, peuplée d'autant d'arbres que d'indications, où elle retomba sans cesse sur une flopée d'autres écorces mortes, creusées par d'autres trous noirs, pointés par d'autres panneaux fléchés accusant d'autres « Autochtone », et…*quid du trou d'arbre sensé donner accès au* village « *d'Autochtones* » ?

— *On se moque de moi !* s'insurgea Alice en frappant un grand coup dans une motte de terre. *Si quelqu'un est là, qu'il me dise où se trouve ce fichu village* « *d'Otoktone* », *à la fin !*

Tout en déclamant ces mots elle prenait le ciel à témoin, le poing brandi vers lui, quand lui apparut en pleine rétine la vision d'une cabane perchée en haut d'un arbre, autour du tronc duquel s'enguirlandait un escalier de bois.

« Il n'y a pas d'erreur », se dit-elle, exaucée. « Le chat du Cheshire m'avait parlé d'une cabane perchée ! ».

Elle accourut sous cet arbre qui, sans surprise, était fendu à sa base d'un énième trou, s'apparentant à une porte.

« C'est sûrement un raccourci pour le club des encartés ! » voulut croire Alice, qui, sous n'importe quel prétexte, se fût épargné l'ascension de l'escalier.

Elle s'apprêta à bondir dedans mais au dernier moment, son regard buta sur un minuscule écriteau émergeant d'un groupe de champignons. Désignant le trou, cet écriteau portait ces mots, que tout œil alphabétisé déchiffrait spontanément : « la cabane perchée du REDOUTABLE club des encartés ».

Jamais Alice ne se reprocha tant d'avoir appris à lire. Son élan spontané l'avait poussée à bondir à l'intérieur du trou, sur-le-champ ; mais il avait fallu que cette légende, que cet écriteau la renseignât de ce que le club des encartés était « redoutable » et, désormais, aussi sûrement que Pouchkachnichniak avait la figure d'un ancien sage grec, le club des encartés était devenu un gang de malfaiteurs armés jusqu'aux dents !

« Quel dommage que je ne sache plus regarder les lettres pour ce qu'elles sont ! », soupira-t-elle. « Cela m'éviterait d'hésiter toujours entre ce qui est écrit et ce que je ressens... ».

Elle crut que ce dilemme, « s'engager dans le trou ou prendre l'escalier ? », la tenaillerait pour toujours. Elle fit pourtant tôt de réaliser qu'en toute logique, trou ou escalier n'y changeraient pas grand-chose : ce serait le même « gang redoutable » qui l'attendrait là-haut. Ou bien cela changerait-il tout ? *À tout prendre, mieux valait s'épargner une grimpette inutile !* N'y tenant plus, elle sauta donc dans le trou noir.

CHAPITRE XI
Un thé chez les encartés

À l'issue de son saut dans l'inconnu, sa déception n'eût pu être plus grande. Alice s'était imaginée que ce trou l'eût propulsée directement dans la cabane perchée, à l'instar d'un canon, mais quand elle rouvrit les yeux, elle se découvrit seulement de l'autre côté du tronc...voilà que tout à coup, ce monde étrange se piquait d'obéir aux lois atterrantes de la physique !

— Fichu menteur d'écriteau ! pesta Alice en époussetant sa robe.

Elle se releva dans une charmante petite clairière de forme ovale, toute semblable à un jardinet, que cloisonnait un mur végétalisé. Une immense et longue table en pierre en occupait tout l'espace, aux angles de laquelle étaient sis quatre fauteuils ridiculement éloignés.

— Si les gens qui s'asseyent ici avaient pour deux sous de jugeote…! commença-t-elle de s'exclamer – mais elle n'acheva pas sa phrase, arrêtée par la vue d'un animal qui, sa tête entre ses bras, dormait comme un loir contre la table...quoiqu'à mieux y regarder, *c'était* un loir.

— Mmmmmgnmmgn...grommela celui-ci en entrouvrant un œil. Que faites-vous ici...jeune fille ?

— Je...je suis venue ici sur le conseil du chat du Cheshire, répondit prudemment Alice, croyant citer un nom faisant autorité.

— Et que peut-il me faire...ce « chat du Cheshire » ?

— Il m'a dit que le club des encartés se trouvait dans les parages, « niché dans une cabane perchée ».

Le loir lança un regard paresseux en direction de la cabane perchée, fixa Alice avec des yeux de merlan frit puis, se redressant péniblement sur le dossier de son fauteuil, parut s'extirper d'une lutte surhumaine contre le sommeil pour maintenir ses yeux ouverts.

— Ce « chat du Cheshire », dîtes...il doit avoir des amis haut placés, pour être si bien renseigné ?

— Alors là, ça m'étonnerait ! C'est quelqu'un de très isolé, qui n'apparaît que lorsque ça lui chante.

— Il est...forcément lié à des personnes...articula péniblement le loir tout en baillant ; il doit bien avoir de la famille ; des amis ?

— Oh, non ! Enfin je ne crois pas...C'est un chat très peu lié, vous savez ! Les deux fois que nous nous sommes croisés, nous étions seul à seul !

— *Et...est-ce que ce « chat peu lié » portait un chapeau ?* demanda un chapelier apparu sur le fauteuil faisant face au loir.

Il sirota une courte gorgée de thé brûlant. En même temps que lui étaient apparus, sur un énorme plateau d'argent, un service à thé en porcelaine et des biscuits sablés empilés en colonnes.

Il trempa dans sa tasse l'un de ces biscuits qui, lorsqu'il l'en ressortit, reparut décoré du croquis d'un joueur de croquet, dans un style de gravure.

— *Ces biscuits sont magiques*, expliqua-t-il en portant aux nues l'objet de son adoration. Ce que j'aime chez eux, c'est que leurs croquis s'animent quand on les met en bouche.

Il illustra ses dires en engouffrant sur-le-champ le biscuit tout entier dans sa mâchoire que, tel un garnement, il se mit à croquer le plus bruyamment possible en affectant les grimaces les plus outrées.

— Comment les croquis pourraient-ils s'animer dans votre bouche, puisque vous les croquez ? demanda candidement Alice.

Le chapelier poursuivit sa mastication en la couvant d'un œil noir.

— Je sens que vous êtes ce genre de personnes qui d'une seconde à l'autre, me soutiendra *mordicus* qu'imploser n'est pas une manière de s'animer ! déclara-t-il, la bouche pleine.

Il laissa croustiller sous ses dents les dernières miettes de son biscuit, hochant la tête de consternation.

— *Que faites-vous ici, d'abord ?* Je ne sache pas que vous vous soyez présentée ?... Pour ce qui nous concerne, raccords avec notre délibération du jour, *nous ne faisons rien.*

Il avait de ces voix ambiguës, soufflant le chaud et le froid, qui n'avaient rien pour rassurer.

— Je crois que pour l'instant, je ne fais pas grand-chose non plus…

— *À la bonne heure !* s'exclama le chapelier. J'adore faire les choses collégialement…Allons ! Ne me faites pas ces yeux en ronds de flancs : venez vous joindre à nous !

Alice s'apprêta à s'asseoir sur l'une des chaises restantes, mais ce n'était manifestement pas ce qu'avait en tête le chapelier.

— Hop hop hop ! s'écria-t-il en se levant brusquement. Je ne me souviens pas vous avoir conviée à vous « asseoir » ? Je vous ai simplement demandé de « vous joindre à nous ». Savez-vous quelle différence cela fait ?

Alice avoua son ignorance sur ce point.

— La différence, c'est que « vous joindre à nous » n'implique que de vous avancer d'un mètre ou deux, de ne toucher à rien et de nous accompagner dans notre détermination à ne rien faire.

Le toupet de ce « chapelier » exaspéra Alice.

— C'est drôle, déclara-t-elle d'un ton piquant : j'aurais juré que vous étiez entrain de prendre le thé en grignotant des biscuits !

—*Bien observé*, répondit du tac-au-tac le chapelier en secouant la tête, *mais « prendre le thé en grignotant des biscuits » fait partie de ces prérogatives dont seuls peuvent jouir les membres du club.*

Il fit semblant d'avoir reçu l'adhésion du loir, tombé endormi, et se servit d'un autre biscuit que, les yeux dans les yeux d'Alice, il plongea à plusieurs reprises dans le jus bouillant de son thé pour la mieux narguer.

— J'imagine, dit-il en claquant des dents contre cette nouvelle victime, que vous nous avez trouvés grâce à la piste de trèfles à quatre feuilles ?

— C'est exact ! se réjouit Alice. La seule chose dont je m'étonne, c'est que contrairement à ce que m'a indiqué le chat du Cheshire, vous ne soyez pas « nichés » dans « une cabane perchée » ?

— Oh ! fit le chapelier en levant la tête... « *la cabane perchée* ». Nous y « nichons » la majorité de l'année bien entendu, mais...l'automne venu, nous quittons le nid pour migrer vers d'autres horizons... *Comme tous les drôles d'oiseaux de notre espèce, d'ailleurs...*

Il parut vouloir esquisser un sourire mais, aux yeux d'Alice, il n'en ressortit qu'un rictus inquiétant.

« Ce doit être l'humour en vogue au sein du club ! », se dit-elle. « Et puis, s'ils ont été mandatés par la reine pour organiser son concours de poésie, ce ne peuvent pas être de mauvais bougres ? ».

— Pardonnez la rudesse de nos manières, reprit le chapelier. Le fait est que « nul ne s'assied parmi nous qui ne soit encarté » : *c'est écrit dans les textes ; c'est ainsi...*

— Que voulez-vous dire par « nul ne s'assied parmi nous qui ne soit encarté » ?

— Je veux dire par là que tant que vous n'adhérez pas au club, il n'est pas loisible à cette chaise d'accueillir votre séant. Oh…tout cela est *absurde*, j'en conviens ! Mais « la loi est la loi ».

— Peut-être que tout cela tombe très bien : une poétesse m'a demandé de la représenter lors du concours royal de poésie.

Alice sortit de sa poche l'attestation produite pour elle par Anémone et la confia aux mains du chapelier. Celui-ci la parcourut des yeux et, après l'avoir repliée, frappa la table d'un fracassant coup de poing.

— *Secrétaire !* hurla-t-il en bondissant sur ladite table, tel le capitaine d'un navire en perdition. Un nouvel aspirant sur l'Encarté ! *On ouvre le registre, et vite !*

Il décocha une série de baffes en aller-retours sur la figure du pauvre animal ; lui tira les oreilles ; lui shampouina la tête et, bon gré mal gré, le loir finit par se réveiller.

— ... « *tout candidat au concours royal de poésie se doit, préalablement à son inscription, d'avoir réglé ses frais d'adhésion au club des encartés* », récita-t-il en levant le doigt en l'air, le visage hagard.

Alice écarquilla grand les yeux.

— Ajoute-moi cette jeune fille au registre des inscrits, je te dis ! Regarde : « je soussignée Anémone la Narcisse, déclare par la présente faire de la petite Alice ma représentante légale, blabla blablabla »... *C'est bon !*

Le loir chaussa ses lunettes, inspecta le document puis, jetant par-dessus sa monture un œil de fonctionnaire mal luné, inspecta Alice elle-même.

— Cette « jeune fille » n'est-elle pas un peu...« jeune », pour se faire la représentante légale de quelqu'un ?

— Et alors ? s'exclama le chapelier. D'après mon expérience, c'est une qualité qui ne dure pas longtemps.

— Pardonnez-moi, fit le loir en se tournant vers Alice : quel âge dîtes-vous avoir ?

— *Environ neuf ans et demi*, déclara Alice.

(Elle considéra son sens de la nuance du premier chic, ayant souvent entendu dire qu'une femme mûre ne doit pas avouer son âge.)

Le loir adressa au chapelier un regard équivoque.

— *Ah non !* s'écria le chapelier avec dégoût. On ne va tout de même pas attendre onze ans et demi pour reprendre cette conversation, quand elle ne sera plus qu'une vieille de vingt-et-un ans ?!

— Bien, continua le loir. Et…quid des droits d'entrée dont celle-ci doit s'acquitter pour intégrer le club ?

— Mais enfin, l'ami...*c'est parfaitement solvable, ça !*

— Vous voulez dire « soluble » ?

— *C'est pareil !…* Vous n'avez aucune monnaie sur vous, je présume ?

Alice lui fit signe que non.

— Cependant vous avez vos chaussures...

— Évidemment que j'ai mes chaussures ! Quelle question...

— Il se trouve que les droits d'entrée au club des encartés sont payables de diverses manières...et même en différé !

Le loir voulut protester, mais le chapelier lui intima le silence.

— Je vais peut-être vous paraître stupide, dit Alice, mais je comprends de moins en moins où vous voulez en venir…

— C'est *simple*, lui répondit le chapelier. Supposons que je prélève un centième de votre chaussure par jour. Y consentiriez-vous ?

— Un « centième de ma chaussure » ? Ça n'a pas l'air de faire beaucoup...

— Ça ne fait rien du tout, « un centième de votre chaussure » ! *Ça ne peut même pas exister*, « un centième de votre chaussure »...

— Bien *!* s'impatienta Alice. *Et alors ?*

— Et alors que se passera-t-il, au bout de cent jours ?... À quoi cela peut-il bien correspondre, « cent centièmes d'unités chaussuresques » ?

Alice comprit maintenant où le chapelier « voulait en venir ».

— *Vous voulez me faire payer mes droits d'entrée au prix de ma chaussure ?*

Un éclair tonna et l'ombre du chapelier lui parut définitivement celle d'un pirate…en fait d'éclair, ce fut l'explosion d'un coup de canon dans le lointain. Trois secondes plus tard, le corps roulé en boule d'un lapin atterrit sur la table qui, de pirouette en pirouette, acheva d'atterrir devant le service à thé, contre lequel tinta son nez.

— Le lapin blanc ! laissa échapper Alice. Moi qui vous croyais toujours en avance...

Mais l'invité surprise, « tourneboulé », n'était pas en état de lui répondre.

— *Ce lapin a le goût de la gesticulation*, lui chuchota dans l'oreille le chapelier. *S'il n'a pas trois rendez-vous au cours d'une même soirée, il a le sentiment de manquer quelque chose !*

Quand il eut recouvré ses esprits, le nouveau venu alla s'asseoir en face de la place inoccupée du chapelier et d'Alice, restée debout à l'angle de la table.

— Oh, Wendy ! fit-il en l'apostrophant. Je ne vous avais pas reconnue. Puisque vous êtes là, servez donc les membres du club ! Un encarté a soif.

« C'est la meilleure », se dit Alice : « voilà qu'il me prend pour sa bonne ! ».

— Je ne suis pas celle que vous croyez ! lui rétorqua-t-elle. Je m'appelle Alice, et, avant que vous ne receviez ce coup sur la tête, vous ne me parliez pas sur ce ton ! Vous en souvenez-vous ? « La forêt du bois des pins » ? « L'observatoire de la Montagne-Creuse » ? Tenez ! J'ai quelque chose pour vous qui devrait vous rafraîchir la mémoire...

Le lapin blanc plissa de grands yeux amnésiques, curieux de découvrir ce que cette insolente pouvait bien avoir pour lui.

— *Mon éventail ! Mon précieux éventail !* hurla-il en agitant ses pattes par-dessus la table quand les mains d'Alice lui tendirent l'accessoire chéri.

Il le pressa tendrement contre sa joue puis, piqué par on-ne-sait-quelle mouche, tenta d'en tirer profit pour fouetter la main de sa bienfaitrice.

— Vous étiez triomphante, au moment de me le voler, n'est-ce pas ?... *Vilaine pie !* Ce cadeau m'a été offert par maman ; il m'est plus cher que ma propre vie !

Alice ne put réprimer un regard en direction des autres, comme pour les prendre à témoin de ce qu'elle venait d'entendre.

— Mais enfin, bafouilla-t-elle ; je n'ai jamais eu l'intention de vous voler ce cadeau de votre mère...

— *Menteuse ! Menteuse !* l'accabla le lapin blanc en la pointant du doigt.

Toute dénégation eût été inutile. Le chapelier, debout sur la table, se contenta de hausser le sourcil. Le loir, quant à lui, venait de tirer sa tête hors de ses bras croisés et de rouvrir ses yeux endormis...ce qui ne l'empêcha pas de donner son avis.

— Le fait est, dit-il tout en baillant, que vous croyez dire des mots...mais que nous en entendons d'autres...Dîtes un peu le mot « paix », pour voir ?

— « Paix » ? dit Alice d'un air penaud.

— *Succube !* s'exclama le lapin en lui jetant son éventail à la figure, qui frôla de peu son visage. *On ne profère pas de menaces, comme ça !*

— Mais enfin, je n'ai pas proféré de…

— Ne dîtes rien ma chère enfant, lui conseilla le chapelier venu lui caresser la main. Faites-moi confiance : *plus un mot.* Cela ne ferait qu'envenimer la situation...

— Tss ! « Plus un mot »...voilà qui est commode ! Et si vous disiez le mot « liberté », qu'on rigole ?

— Ah non ! Ah non ! Je refuse de dire le mot « liberté »...éclata Alice, au bord du sanglot.

— Et vous faites fort bien, bailla une fois encore le loir ; car sans peut-être vous en rendre compte...*vous venez d'entonner une ode au despotisme.*

Alice les regarda fixement, tous, en se prenant la tête à deux mains.

— Mais enfin…est-ce que vous êtes devenus fous, tout à coup ? Que se passerait-il si je vous disais de véritables méchancetés ? Entendriez-vous des compliments ?

Le loir et le lapin s'échangèrent un regard incrédule.

— *Ça ne marche pas comme ça !* protesta le lapin.

— Ça alors...soupira Alice. Il ne vaut donc plus la peine de dire quoi que ce soit dans votre fichu monde...

— *Raison pour laquelle vous devriez faire appel à un expert tel que moi !* rebondit le chapelier, derrière elle, qui coulissait d'une épaule à son autre.

» Déléguez-moi votre parole, et je parlerai pour vous ! « Dans un monde où les notions de bien et de mal sont devenues sauvages, rien n'importe plus davantage que la parfaite neutralité du message »...or en tant qu'expert du « doux commerce », je suis la neutralité incarnée !

— Mais...et la reine de cœur ? A-t-elle perdu le sens du bien et du mal, elle aussi ?

Tous s'observèrent avec circonspection.

— La reine exerce un pouvoir symbolique *de la plus haute importance*, insista le chapelier. Un pouvoir tout à fait considérable...

— ...*Dans l'enceinte du parc royal*, gaffa le loir. Tout-à-fait considérable...*dans l'enceinte du parc royal !*

Le chapelier écrasa quelque injure entre ses dents.

— J'espère qu'elle a un peu plus de pouvoir que ça, dit Alice, car c'est pour la rencontrer que je participe à ce concours !

— « La rencontrer » implique d'avoir gagné, « petite Alice »...l'auriez-vous déjà oublié ?

— Mais je crois dans le poème de la Narcisse ! Pensez-vous que la reine soit capable de faire arrêter la « porte itinérante » ? Il se peut que j'en aie besoin pour rentrer chez moi.

Le chapelier entra quelques secondes dans une méditation intéressée.

— Oh...*c'est dans ses cordes !* lui assura-t-il en décochant un clin d'œil. Seulement si vous souhaitez *réellement* rencontrer la reine, il vous faudra « détremper » un peu ce tempérament et vous affubler d'atours un peu plus « conformes »...

Alice repensa au maquillage qu'avaient voulu lui appliquer les cartes peintres, dans la forêt du bois des pins.

— Cela n'a pas l'air de vous ravir, mais je connais un endroit où cela pourra être fait dans les règles. *Je vous garantis qu'avec moi, vous complairez au conformisme échevelé de sa majesté.*

Alice se chercha une échappatoire mais le chapelier l'empoigna fermement et, après avoir tiré sa propre chaise, l'invita mielleusement à s'y asseoir. Lorsqu'elle y fut cossument installée, il adopta une posture solennelle pour s'adresser à ses camarades.

— Il y avait des façons autrement élégantes de remercier une jeune fille qui vous rendait votre éventail, cher lapin blanc, que de le lui jeter à la figure. Je suggère qu'en vertu de sa « bonne action citoyenne », bien nommé loir, Alice soit exemptée de droits d'entrée et inscrite *illico presto* dans le registre des participants au concours royal de poésie en tant que « représentante légale d'Anémone la Narcisse ».

Le loir hocha mollement la tête, sortit de sous la table un épais registre ainsi qu'une plume aiguisée et y notifia ces résolutions du chapelier.

Alice, que ces formalités rebutaient, observait le reflet de sa silhouette sur la surface laquée du bois. Elle croyait y voir le corps inversé d'un personnage de jeu de cartes. « C'est peut-être cela qu'ils appellent « être encarté » ? », songea-t-elle. Mais sa rêverie fut interrompue par le chapelier, venu sauter sur le bord de la table pour la soumettre à une sorte d'interrogatoire.

— Une dernière petite chose, lui dit-il. Une petite fille blonde a été aperçue dans la forêt du bois des pins le soir de l'incendie du plus grand de tous les non-feux d'artifices – un feu d'artifices appartenant à la reine, qui n'eût jamais dû être tiré...

Il planta dans les yeux d'Alice le plus impitoyable des regards...puis, doucement, lui chuchota à l'oreille :

— J'ai trouvé ce crime *excessivement* amusant.

» ...*D'après le témoignage rapporté par deux peintres de service ce soir-là*, poursuivit-il avec emphase, *c'est sans conteste cette petite fille qui déclencha l'incendie*. C'est entre gens de bien que je vous le demande, chère petite Alice : que mériterait la coupable d'un tel crime – mettons : *si de surcroît c'était le jour de son anniversaire ?*

« Ces gens-là savent tout de moi », frissonna Alice, « et pourtant je ne leur ai rien dit ! ».

En attendant sa réponse, le chapelier piocha dans la pile renversée un autre de ces biscuits fétiches, qu'il fit craquer sous la dent avec un air satisfait. Ayant compris qu'ici tout allait de travers ; qu'elle n'avait aucune réponse à donner qui fût de nature à l'innocenter et parce que ces « biscuits magiques » lui faisaient horreur, Alice finit par répondre :

— À mon avis, la coupable d'un tel crime mériterait un « biscuit magique » sans magie, sans biscuit *mais avec une délicieuse crêpe au chocolat.*

— *Ha, ha, ha !* s'écria le chapelier en poussant un rire dément : *tu viens de prononcer ta sentence !*

Il pointa du doigt l'une des piles évasées de biscuits qui, instantanément, se changea en une délicieuse crêpe au chocolat présentée dans une assiette, qui reposait sur le plateau en équilibre instable.

— Bienvenue au club, Wendy ! fit le lapin blanc en se relevant pour l'applaudir. Tu as passé l'épreuve avec brio !

— Mais enfin, monsieur le lapin blanc...puisque je vous dis que je ne *m'appelle pas* Wendy !

— Tu ne t'appelles pas Wendy ?

La nouvelle suscita en lui une surprise inédite.

—...*Eh bien dans ce cas tant pis !*

Il se rassit sur sa chaise avec un air absent, comme si cet instant d'enthousiasme n'avait jamais existé.

— Tenez cher ami, lui dit le chapelier : pendant vous êtes rassis, que diriez-vous de vous relever pour servir à cette jeune fille une tasse de cette *fantastique* tisane à l'eau de roche ?

— *B, b...bien !* bredouilla le lapin en se relevant.

— *Sans façon,* déclara Alice en y opposant un geste distingué.

— *J'y insiste,* déclara le chapelier en lui soutenant un regard appuyé. Puisque nous sommes destinés à collaborer au sein du club des encartés, autant partir du bon pied, non ?

Alice n'avait pas tellement confiance dans les combines du chapelier.

— Qu'a-t-elle de si fantastique, cette « tisane », pour que vous insistiez tant à me la faire goûter ? Elle « éclaircit la gorge », c'est ça ?

— La gorge ?... Pas tellement, figurez-vous ! Mais les idées : *fameusement.*

Le lapin, pour s'emparer de la théière, glissa sa main entre Alice et le chapelier assis au bord de la table. (Ces détours absurdes, semble-t-il, n'étaient destinés qu'à affirmer l'ascendant pris sur lui par le chapelier.) Quand son larbin eut rempli la tasse d'Alice, le chapelier confia à cette dernière un simulacre de carte de visite, toute blanche, en papier buvard. L'expression d'incrédulité qu'inspira chez la « jeune fille » ce billet inutile, vierge de toute inscription, l'encouragea à prendre les devants :

— *Pas de questions intempestives qui gâchent le suspense, je vous prie !*

« Ça y est » se dit Alice : « voici venu le tour de la tisane de faire apparaître une image ! ».

Un tel dommage collatéral ne lui parut pas bien fâcheux. Elle but la tisane sans plus d'arrière-pensées, voulant en finir rapidement de ces bêtises.

Quelques instants plus tard, un message s'épancha sur la texture immaculée du papier. « J'ai terriblement envie d'aller faire les boutiques avec le chapelier, dont l'expertise commerciale me permettra d'acquérir une personnalité seyant à la reine et au marché », y lut Alice, comme hypnotisée.

Elle bondit tout à coup hors de sa chaise, animée par un entrain nouveau.

— *Monsieur le chapelier ?* s'écria-t-elle.

— Mademoiselle Alice ? lui répondit hypocritement son vis-à-vis, qui brandit par devant-soi son chapeau comme son serviteur obligé.

— Que diriez-vous d'aller faire un tour en ville ?

— *...mais ce serait un plaisir !*

Le chapelier sauta à son tour hors de la table et, avidement, déroula un carré de pelouse dans un coin comme on déroulerait un pan de tapis. Celui-ci recouvrait un escalier secret s'enfonçant sous terre.

— *Par ici, jeune fille*... fit-il en lui cédant le passage.

Elle le précéda à l'intérieur.

Quand ils eurent descendu quelques marches, le lapin jeta un œil à sa montre à gousset et s'en fut ailleurs. Seul le loir demeura dans la clairière, la tête endormie contre la longue table de réunion.

CHAPITRE XII

Chez les marchands de fausse conscience

Un procédé mécanique s'enclencha et, aussitôt, les marches de l'escalier se dérobèrent aux pas d'Alice et du chapelier qui, de cognements intempestifs en brèves chutes libres, dérapèrent sans fin dans un long et sinueux conduit métallique.

— Ouf ! s'écria Alice au terme de leur folle dégringolade, trop heureuse de se réceptionner.

Par-dessus leurs têtes, une énorme gouttière surplombait de quelques mètres les trottoirs pavés de la ville, qu'une bruine rendue grise par les halos des réverbères humectait en continu.

— Comment allez-vous, chapelier ?

— *Tout va bien, tout va bien !* répondit-il en s'époussetant d'un air contrarié.

— Attendez ! Votre carte ressort de votre veste de costume, regardez...Elle est tout de travers !

Elle se mit sur la pointe des pieds pour la lui redresser, mais il l'en dissuada d'une tape sur la main.

— *Pas touche !* rugit-il, des flammes au fond des yeux. *Ce document est confidentiel.*

— Que cela veut-il dire, « C.K.J.V. » ? J'eus le temps de lire ces initiales...

— *Ajoute un « e » à la prononciation de chaque lettre et tu comprendras*, répondit sèchement le chapelier en se mettant en train.

— « Ce que je veux » ? lui proposa Alice, tout en accourant devant lui pour juger de ses réactions.

— *C'est exact*, affirma le chapelier.

— Ça signifie que vous pouvez faire ce que vous voulez ? Que vous vivez-vous au-dessus des lois, ou quelque chose comme ça ?... *Et la reine ? Obéissez-vous à la reine ?*

— *On se mêle de ses affaires et on regarde devant soi*, l'arrêta d'un ton glacial le chapelier, qui rapprocha son front du sien ; *ou l'on sera livrée aux rats et aux criminels, ce soir.*

Alice se demanda si cela changerait grand-chose. Il lui paraissait désormais avéré que, loin de se cantonner à sa prérogative de « comité d'organisation » du concours royal de poésie, le club des encartés était l'instrument de pouvoirs plus « redoutables ».

N'ayant soudain plus le moindre souvenir des événements de ces dernières minutes, elle se demanda également ce qu'elle faisait parmi ces ruelles sombres, à longer cette saleté citadine et ces enseignes déteintes, aux volets invariablement fermés…

— *Nous allons t'affecter à un cheptel afin que la reine puisse identifier ton genre de « personnalité »*, déclara tranquillement le chapelier, comme s'il avait perçu son trouble naissant.

« Un cheptel ! », sursauta Alice. Voilà dans quelles circonstances devait reparaître la marotte de la vieille folle de la forêt du bois des pins...

— *Ne fais pas ta forte tête, Alice !* Un tas de labels seront à ta disposition. Et si aucun ne trouve grâce à tes yeux, nous en créerons un *spécialement pour toi.*

Cette perspective semblait lui procurer une excitation particulière, qui lui attira toute la répugnance de la jeune fille.

— *Vous feriez bien de conserver le vouvoiement*, dit-elle avec un aplomb qui le déconcerta, *car vous ne me connaissez pas encore.*

— Oh si, que je te connais ! *Tu es têtue comme une mule.*

Il lâcha un petit rire grave, affectant désormais une démarche de promenade. Jugeant vain de disputer plus longtemps contre cet aristocrate sans noblesse, Alice déporta son regard ailleurs. Au bout d'une impasse perpendiculaire, un gros monsieur portant un énorme sac rempli de ses économies était entrain de se faire détrousser par une bande d'individus encapuchonnés.

— *Cette franchise du verbe, entre nous, sera d'un secours inappréciable lors de nos opérations futures : tu verras !* se félicitait le chapelier en hochant la tête, comme si rien de scandaleux n'était entrain de se passer.

— J'espère que votre argent à vous est bien au chaud, fit remarquer Alice, car les rues ne sont pas sûres...

— *Penses-tu vraiment que cette engeance ait un quelconque intérêt à s'attaquer à quelqu'un comme moi ?*

À son expression, Alice put voir qu'il en avait trop dit. S'il ne participait pas directement à ces prédations, il était de ceux qui les laissaient faire avec une perverse délectation – elle en était sûre. Ce fait divers ne fit qu'entériner entre elle et lui des différences inconciliables.

Devenus silencieux, ils passèrent bientôt une petite place ronde décorée d'une fontaine, depuis laquelle semblaient rayonner tous les fiacres de la ville...des fiacres pas bien nombreux. La pluie semblait avoir barricadé chacun chez soi et, à cette heure, seuls de rares spectres sombres rasant les murs, anonymisés par des capuchons ou des parapluies, circulaient encore en bordure des sporadiques véhicules.

Passée cette place, ils bifurquèrent à gauche dans un nouveau méandre de ruelles descendantes qui, promit le chapelier, aboutissaient à une avenue où se tenait le point de chute de leur itinéraire. À l'occasion d'un de leurs nombreux tours et détours, il heurta de plein fouet l'une des silhouettes noires fuyant ici et là mais, sans lever les yeux, sans s'excuser ni rien, chacun d'eux reprit le cours de ses affaires ordinaires, comme si l'autre n'existait pas.

« C'est drôle », pensa Alice, « on se croirait parmi le trafic d'insectes au pied de la Montagne-Creuse ! ». Non, ce n'était pas ce qu'elle avait en tête…

— *On se croirait à Londres !* s'exclama-t-elle.

— *Croyez-vous où vous voulez, bon sang de bonsoir, mais faites-moi le plaisir de vous taire un peu !* pesta le chapelier.

« Pour le chapelier je ne sais pas », se dit Alice, « mais en fin de compte, ce piéton n'a pas eu tort de chercher à s'épargner une mauvaise rencontre ! ».

Lorsqu'ils arrivèrent sur le trottoir longeant l'avenue, la première image qui lui vint en point de mire fut un large perron sur les marches duquel, tête basse, fumait une autre de ces entités privées et anonymes. Un mouvement brusque, pareil à une tornade, pénétra alors sa vision périphérique : c'était *la porte itinérante* qui, emportée dans sa valse tourbillonnante, dévalait la route avec une prestesse de plume et qui, à l'approche du fumeur, ralentit...*ralentit doucement,* comme pour le titiller. Mais celui-ci ne lui accorda qu'un coup d'œil blasé, retournant dans l'instant à sa rêveuse léthargie. La porte itinérante s'en approcha, encore et encore ; alla jusqu'à lui effleurer l'épaule...mais rien n'y fit : il resta figé dans sa posture morte. Au moment où l'on eût cru la voir se laisser choir contre lui, elle se redressa d'un seul coup, comme fouettée par une invincible vitalité, et remonta l'avenue en toupillant de plus belle pour s'enfuir dans le lointain.

« Une belle chance de perdue ! », se dit Alice, qui avait toujours vu en elle une issue à ce monde absurde.

Elle demeura de longues secondes stupéfaite par cette volonté de ne se laisser surprendre par rien. Était-elle la seule intruse, parmi les existences trop bien réglées des sociétés modernes, à se laisser encore émerveiller par le miracle de l'imprévu ? Était-elle seule à jouir d'une conscience, pendant que les autres êtres humains étaient des sortes d'automates ? On avait envie de tester ce genre d'hypothèses : de toucher l'être humain apathique pour vérifier s'il était réel ; de l'exposer à des questions inattendues pour piquer son humaine curiosité...*elle le fit.*

— *Hé !* s'écria-t-elle pour apostropher le fumeur, lorsqu'ils l'abordèrent.

Elle s'était préparée à cette entrevue ; s'apprêtait à lui demander : « incroyable cette porte magique, hein ? Je me demande où elle peut bien mener ! Pas vous ? ». Mais lorsque l'inconnu tourna la tête, un masque remplaçait son visage : un masque blanc, sans défaut ni nuances, où la singularité de l'être humain s'effaçait sous la production standardisée d'un type de l'époque...sous ce masque de parfaite identité, ses propres traits devaient être entrain de fondre !

Alice poussa un cri de terreur et s'enfuit en courant.

— *Quand vous vous adressez à quelqu'un, vous devez vous attendre à ce qu'il porte un masque !* lui expliqua le chapelier, hors d'haleine, une fois qu'il l'eût rattrapée pour l'empoigner.

Alice ne put s'expliquer ce retour au vouvoiement qu'en raison du réconfort procuré par l'habitude.

Ils se trouvaient désormais au pied d'un établissement imposant dont la façade, rouge et théâtrale, était comme en proue d'un grand quartier chic. Des lettres en relief y composaient les mots « Cheptel Company », en ligne verticale, qu'Alice interpréta comme une arrivée à destination.

Ils gravirent ensemble le porche richement décoré de ce grand magasin sous le toit duquel, flatté par tant de luxe, tout client se figurait immédiatement abrité de la pluie comme de la misère. Penché sur la serrure d'une double porte d'entrée, le chapelier y cherchait une clé parmi un trousseau. De part et d'autre de sa personne s'élevaient de hautes fenêtres noires, vit Alice, d'où émanait une faible lueur de lumière par-dessus laquelle flottait un autre de ces visages blancs…Elle se mit à couvert. « Je n'ai pas fermé ! », fit une voix à l'intérieur. Le chapelier frappa du plat de la main la poignée qui, comme par magie, leur ouvrit la porte sous les yeux.

— *Après vous, ma chère !*

Alice s'engagea avec appréhension dans ce temple du commerce.

L'immense hall d'accueil lui parut un lieu sinistre, à cause du lourd désert de silence qu'avaient laissé retomber entre ses murs, à la nuit tombée, les animations de la vie quotidienne. On distinguait presque dans ces ténèbres enfumées les ombres rémanentes de la foule ; leurs rires et leurs murmures...mais il n'y avait rien.

S'avançant d'un pas hésitant, elle vit progressivement apparaître les contours carrés et le bois laqué d'un comptoir central d'où étaient provenus la lueur de lumière et le visage blanc. Il s'agissait d'un kiosque de couleur bordeaux, le long duquel se succédaient une série impressionnante de guichets où trônaient des caisses enregistreuses d'un éclat mordoré. Chacun de ces guichets, vide de tout employé, ne faisait qu'ajouter à cette atmosphère de mort...tous : sauf un.

— *Nous vous attendions, jeune fille*, fit une vieille brebis en levant les yeux lorsqu'ils l'approchèrent.

Éclairée par une lampe à pétrole, elle lisait quelque roman en vogue, la tête appuyée contre l'encadrement de son propre guichet.

« Ce doit être la tenancière », se dit Alice, convaincue par sa mise trop distinguée et son regard évaluateur. Était-il possible qu'elle eût veillé rien que pour elle ?

— J'emmène cette jeune fille rencontrer le styliste, lui dit le chapelier. Ensuite, elle reviendra vers moi afin que je prenne ses mesures puis nous achèterons les accessoires seyant au « label différence » qu'elle se sera choisi.

Alice n'en revenait pas. C'était donc la manière par laquelle on entendait l'amadouer ?

Le chapelier, avec son manque de tact caractéristique, la saisit par le poignet et l'entraîna avec lui dans l'allée principale du magasin, qui formait un arc de cercle derrière le comptoir central. Cette allée, plongée dans une pénombre à peine atténuée par l'éclairage des réverbères extérieurs, donnait sur une ribambelle de cul-de-sac pareils à des rayons de bibliothèque où, en fait d'étagères, se trouvait une véritable catacombe de niches bourrées de tissus de toutes matières et de tous motifs, roulés ou empilés – avec, ici ou là, un tiroir laissé ouvert sur un assortiment d'outils de coupe et de mètres-rubans.

Au bout du parcours où la conduisit le chapelier, un singe minuscule revêtu d'une blouse de scientifique se tenait debout devant une table à dessin industriel, un bras armé d'un crayon, l'autre l'éclairant au moyen d'un chandelier en bronze.

— *Vous aiderez cette jeune fille à déterminer le label correspondant à sa personnalité*, lui ordonna le chapelier qui, sans arrêter sa marche, partit vaquer à d'autres occupations.

Le singe interrompit son travail, l'air ahuri, avisant Alice de la tête au pied.

— J'aime créer parmi les tissus *parce que cela m'inspire !* se justifia-t-il tout de go. Montez donc sur le pupitre : je verrai ce que je peux faire pour vous…

Alice monta effectivement la petite marche du pupitre de conférence placé en face de sa table à dessin.

— Tout ce que je voudrais, dit-elle, ce serait acquérir des vêtements qui me permettent de faire bonne figure devant la reine.

Pas le moins du monde impressionné par cette requête, le petit singe dodelina de la tête d'un air navré.

— Nous ne vendons pas des « vêtements », ici : nous vendons de la *différence*, répondit-il d'un ton docte.

Alice roula des yeux. Jamais encore elle n'avait entendu dire que la différence s'achetât.

— J'aimerais bien voir ça ! rit-elle. Comment voudriez-vous me vendre une « différence » différente de la mienne ?

Le petit singe plissa des yeux fatigués tout en reposant son chandelier.

— Porter seul sa différence est chose difficile...c'est pourquoi nous revendons à nos clients des différences qui ont déjà été portées par d'autres personnes.

Le cœur d'Alice bondit. Il lui revint en mémoire ce jour où, venues à la maison pour goûter, Ada et Mabel avaient porté exactement la même tenue qu'elle ; cette robe bleu azur et ce tablier blanc qu'elle arborait si souvent. Ce jour-là, Alice avait presque eu le sentiment qu'en donnant l'air de se déguiser en elle, ses deux amies avaient espéré qu'elle leur abandonne sa personnalité.

— Nous appelons cela « le label différence », compléta le singe. Cela permet à nos clients d'intégrer un cheptel déjà existant sans avoir à craindre le regard des autres, ni avoir honte de se présenter tel qu'ils sont tous seuls.

— Mais...je ne veux pas porter la différence de quelqu'un d'autre ! se récria Alice.

— Ne vous en faites pas, dit le singe : tous nos articles sont certifiés cent pour cent pur neuf. D'ailleurs, tel que vous me voyez, je suis entrain de concevoir l'un de nos futurs modèles.

— L'un de vos futurs modèles...de « différence » ? tâcha de comprendre Alice, qui soupçonnait une arnaque sous ce babillage.

Elle s'en insurgeait secrètement. N'était-ce pas une manière de faire payer pour quelque chose de gratuit ?

— *« Un modèle de différence », c'est cela !* Si personne ne se distinguait plus, comment pourrait-on encore se targuer d'« être quelqu'un » ? Pour qu'il y ait « identités » il faut qu'il y ait « différences »... C'est pourquoi la création d'un « label différence » était nécessaire !

Alice reconnut ici l'argument qu'elle avait soufflé au canard à col chic, lorsqu'elle avait voulu le décomplexer de n'être pas un colvert. Placée dans la bouche marchande de ce singe, cette idée simple, selon laquelle « la préservation de toutes les différences conditionne la survie de toutes les identités », devenait une caution commerciale. Une caution commerciale qui, tout en prétendant « garantir » la jalouse originalité de chaque être humain, consignait chacun d'entre eux dans son vaste catalogue de « différences labellisées », où panoplie vestimentaire et psychologie politique se confondaient en un stéréotype immédiatement perceptible.

« Et alors ? », se dit Alice, qui se laissait entraîner par ce raisonnement comme on se laisse entraîner par une histoire.

Et alors, effrayés par la perspective de devenir « différents tous seuls », d'être rejetés ; se cramponnant au « label différence » auxquels ils avaient souscrits comme à leur identité profonde, tous les êtres humains ayant accepté d'être consignés dans ce catalogue se retrouvaient à former ensemble, sans même avoir à se concerter, sans nécessairement en être *conscients*, un cheptel homogène d'individus labellisés, dont les réactions étaient aussi prévisibles que leur comportement était modulable...tels de « vulgaires » animaux. Des animaux qui n'étaient pas gouvernés par leurs *instincts*, mais par leurs *propres congénères* ; par *d'autres hommes* qui, sous couvert de leur rendre « service », circonscrivaient leur « liberté » à un nombre limité de choix dont ils étaient seuls garants, et pour lesquels ils leur faisaient grassement payer.

— *Vous allez bien, jeune fille ?* lui demanda le singe. Vous semblez un peu perdue ? Si cela peut vous aider, j'ai ici quelques « labels différence » qui ont très bien marché ces dernières années...

Il fit coulisser un épais rideaux le long d'une tringle tout en marchant. Derrière celui-ci étaient suspendus à des cintres tout un tas d'uniformes différenciateurs, conformistes comme fantaisistes, qui firent instinctivement frémir Alice. En fait de vêtements, son imagination ne put s'empêcher d'y voir une série de pendus...*les corps résiduels des âmes vampirisées par la Cheptel Company ?* Elle hésita à fuir...mais, retenue par l'attente de quelque meilleure opportunité, elle se composa un semblant d'intérêt pour la garde-robe idéale que lui présentait le styliste.

— Mettons que j'achète cette jupe, lui dit-elle ; serai-je obligée d'acheter ces escarpins et ces gants ?

— Vous n'y seriez pas « obligée »...mais mélanger les labels fait mauvais genre ! déclara la vieille brebis venue prêter main forte à son employé.

— Oui ! Oui ! fit le singe. Un peu comme si vous disiez : « les chaussettes de l'archi-duchesse...sont-elles mouillées ? ».

— C'est très joliment dit, mon chéri !

— Ou bien : « un chasseur sachant chasser sans son chien...grand bien lui fasse ! ». Hein, madame ?

— C'est ça !... Et puis réfléchissez : comment les autres membres de votre cheptel pourraient-ils vous identifier ? Comment ne passeriez-vous pas pour traîtresse, à leurs yeux ?

Alice feignit de méditer le fait, puis regarda la vieille brebis droit dans les yeux.

— Et vous, lui demanda-t-elle : avez-vous déjà vu un arc-en-ciel qui, tout à coup, décide de ne montrer qu'une seule de ses couleurs ?

La vieille brebis échangea avec le petit singe un regard incrédule.

— *Si vous voulez porter toutes les couleurs de l'arc-en-ciel...*commença-t-elle de dire.

Mais Alice ne l'écoutait plus. « On n'imprimera jamais mon âme sur un morceau de tissu », se jura-t-elle, « que ce soit pour être maudite ou que ce soit pour être adorée ».

— Et si au lieu de tout cela, je décidais d'appartenir à un groupe différent – *hors-label, toute seule ?* s'empressa-t-elle de demander.

À ces mots la voix de la tenancière se changea en stalactites.

—*Il n'est pas de « différence » qui tienne « hors label », chère Alice...*

— *Parce que vous connaissez mon prénom ?*

— Tss ! Facile...Il est écrit sur la couverture du livre !

Elle tira sur une cordelette pendant près du pupitre et, en un instant, des parchemins se déroulèrent de haut en bas du plafond, tout autour d'Alice, qui formèrent un véritable sanctuaire de papier autour de sa personne. Recouverts de croquis, ils la représentaient comme l'héroïne d'un livre, mais également sous la forme de jeux pour enfants, de masques, de déguisements, de poupées, d'illustrations glamour...et toutes autres sortes de mises en scène participant d'une prostitution dégradante de son image. Écœurée par tous ces plans visant à enfermer sa personnalité dans une chapelle publicitaire, elle se jeta hors du pupitre, déchirant comme à grands coups de griffes les morceaux restés collés sur son visage.

— Faites-nous ce coup-là, poursuivit la vieille brebis en la montrant du doigt : entêtez-vous dans cet héroïsme stupide...et nous nous chargerons de vous l'écrire, votre légende ! Nous déformerons l'histoire de votre vie pour lui faire dire ce qu'il nous importe qu'elle signifie ; nous mettrons votre petite « différence » sur un piédestal et vendrons des accessoires à votre effigie…alors, *toutes les petites importunes de votre genre voudront devenir « Alice »*. Ah ! Quel beau cheptel elles formeront, toutes ensemble…

— Vous voulez rassembler les gens qui résistent à votre modèle pour mieux les contrôler, n'est-ce pas ?

— *Personne ne peut échapper à la logique des cheptels, ni aucune différence manquer à sa labellisation par la Cheptel Company.* Cela répond à un besoin humain, et la Cheptel Company devrait être *récompensée* pour la neutralité dont elle fait preuve dans sa bonne administration de la vie sociale. Tout ce dont vous avez peur, c'est qu'une de ces jeunes filles vous détrône un jour comme reine du « label Alice », avouez-le !

Alice secoua la tête qu'elle se prit à deux mains, dépassée par un tel délire.

— Mais je n'en ai cure, moi, de tous ces cheptels et de toutes ces rivalités que vous voulez créer...tout ce qui m'intéresse c'est d'être libre de grandir, d'apprendre, de changer ! De parler à qui j'en ai envie !

— *Égoïste ! Asociale ! Va-t-en guerre !* s'égosilla la brebis.

— La cheffe a raison, ajouta le petit singe en fronçant des yeux : *il faut choisir.* « Devenir » un modèle de différence ; ou « suivre » un modèle de différence. Les gens ont horreur des petits malins qui rejettent le principe même du cheptel.

— *Bien !* fit la voix du chapelier (qui, pour une fois, tomba à pic). J'imagine que notre amie s'est affiliée à un cheptel ?

— J'ai bien ma petite idée, répondit Alice avec à-propos ; mais je ne me sens d'en parler qu'à vous...

Le chapelier haussa les épaules d'un air ravi, lui offrit son bras et l'entraîna à travers les petits couloirs sombres de l'arrière-boutique, mollement accroché par sa main.

— *J'ai tout entendu*, lui chuchota-t-il tout en marchant, quand ils furent éloignés.

— *Oh, vraiment ?...*

— Inutile d'ironiser, Alice ! Je vais vous donner un petit conseil. Ambitionner de rencontrer la reine de cœur et de s'épanouir en dehors d'un cheptel est contradictoire. Si vous voulez *réellement* faire votre entrée dans le monde...vous *devez* vous choisir un cintre.

Il interrompit leur mouvement commun et lui dit encore, les yeux dans les yeux :

— Cela ne vous a sans doute pas échappé ?...*tout le monde* est *cintré*, ici.

Il laissa s'écouler quelques secondes, balaya du regard comme une mouche invisible et relança leur déambulation.

« Ça alors ! » se dit Alice. « On jurerait entendre le chat du Cheshire ! ».

Quelques instants plus tard, le chapelier s'enferma avec elle dans quelque pièce isolée, au centre de laquelle il se posa en procureur.

— Maintenant faites-moi savoir quel « label différence » vous voulez adopter, *qu'on en finisse.*

Cet accès d'autoritarisme surprit beaucoup Alice.

— J'aimerais pouvoir vous proposer quelque chose, lui répondit-elle...mais le problème, c'est que je change tout le temps !

Le chapelier hocha vigoureusement la tête en faisant les cent pas, comme si ce « problème » le tracassait beaucoup.

— Pour une tuile c'est une tuile, hein ? Tout change sans arrêt ; on n'a jamais le temps de prendre la mesure de rien...

— C'est ça ! C'est exactement ce que je voulais dire ! Il est si difficile de « se fixer » pour choisir un « label »...

— Il existe heureusement une solution simple à un tel problème.

Il la toisa d'un air malin, sans étayer son affirmation.

Malaisée par son attitude, Alice jeta un coup d'œil à la pièce circulaire, tout en clair-obscur. Il y luisait une myriade d'ornements et de dorures qu'éclairaient, par une fenêtre ronde haut perchée, les réverbères de la rue dehors. Une table de maquillage proéminente, surtout, y laissait croire à la loge d'une comédienne prisée. Enfin, Alice vit dans l'encadrement de bronze d'un miroir sur pied, posé derrière le chapelier, un reflet de sa personne affublée d'un masque blanc. Horrifiée par cette mystification, elle se palpa aussitôt le visage, toute tremblante...mais aucun artifice n'entravait ses traits.

— Et...laquelle est-elle, « cette solution simple » ? demanda-t-elle finalement au chapelier.

— *Eh bien*...fit le chapelier en s'approchant, *lorsque les gens sont trop changeants pour « fixer » leur personnalité tous seuls, la solution consiste tout simplement à la leur fixer « d'autorité »*...

— « La leur fixer d'autorité » ? répéta fébrilement Alice tout en reculant, tandis que le chapelier lui apparaissait toujours plus grand, et ses dents toujours plus pointues.

— C'est cela, Alice...en leur collant au visage un masque de fausse conscience ; en attendant que sèche l'éponge de leur âme...*pour leur plus grand confort, pardi !* Pour leur éviter de finir tous seuls...*Alicia ?*

Celle qu'il hélait ainsi, tout en se retournant, ne se manifesta d'abord pas...puis, du fond du miroir, la jumelle d'Alice esquissa plusieurs pas dans leur direction et, sous une explosion de verre, traversa le cadre pour les rejoindre.

C'était, habillement compris, un parfait alter ego d'Alice – à ceci près qu'était collé sur son visage un masque de porcelaine, fendu d'un sourire peint.

— Qu'est-ce...*qu'est-ce que c'est ?* demanda Alice, prise d'un spasme de dégoût.

— Un exemple de « fixation », bien sûr ! Alicia ne se sentait pas très bien, autrefois…mais depuis qu'elle a requis nos services, le sourire ne la quitte plus !

Alice se tourna vers sa quasi homonyme, sous le masque de laquelle il lui sembla entendre s'échapper de courts sanglots étouffés.

— Dès le moment où on l'a affectée au cheptel des « insolentes en robe bleue et tablier blanc », elle ne s'est plus souciée de « devenir elle-même » – et ne s'en est portée que mieux ! Comme tu la vois, elle est désormais parfaitement épanouie ; parfaitement...*intégrée.* Tous ses actes, toutes ses pensées, sont celles d'une « insolente en robe bleue et tablier blanc ». Tous ses amis, tous ses partis-pris, sont ceux d'une « insolente en robe bleue et tablier blanc ».

Alice devina qu'à travers cet odieux tour de passe-passe, le chapelier lui donnait à voir un aperçu de son propre devenir, si d'aventure elle s'attardait ici...

— Je...*je ne pense pas qu'on puisse vraiment devenir autre chose que soi-même !* dit-elle en reculant encore, faisant chuter dans sa hâte un grand cadre qui lui tomba entre les bras. Du reste, *il faudrait être drôlement étroit d'esprit pour réduire quelqu'un à une « insolente en robe bleue et tablier blanc » !*

— Oh...mais tu as *mille fois raison*...répondit le chapelier avec l'air de ne pas y toucher, en s'approchant d'autant plus. Seulement, cela supposerait une *drôlement subtile* « tolérance à l'ambiguïté » ! Or qui crois-tu bien pouvoir être, toi, au-delà de toutes tes petites contradictions, au-delà de toutes tes petites « nuances » insignifiantes ?... Il te faut *choisir un cheptel*, Alice, ou *tout le monde t'abandonnera...*

— *Je veux voir le visage d'Alicia !*

— *Alice…voyons !* À quoi rime cette suspicion puérile, tout à coup ? À quoi bon se *prendre la tête*, quand on pourrait s'amuser comme des fous avec ses petits copains ?... Tiens : *avale-moi ce p'tit bonbon...*

Alice s'empara du cadre comme d'une batte de baseball, bien décidée à faire respecter ses distances.

— Je vous préviens, chapelier : n*e m'approchez pas !*

Mais il ne tint aucun compte de cet avertissement, lui soutenant un regard fixe en brandissant son bonbon comme une hostie maléfique. Arrivé à sa portée, il n'eut pas le temps de détendre son bras qu'elle abattit contre sa tête l'œuvre d'art, qui, telle un couteau dans une motte de beurre, fendit son corps d'outre en outre en projetant des éclaboussures rosâtres.

— *Qu'est-ce...qu'est-ce que j'ai fait ?* lâcha-t-elle d'une voix éteinte, tout en relâchant le cadre brisé.

Il ne restait plus du chapelier qu'une masse de vêtements rabougris qui, de seconde en seconde, enflait en gargouillant. C'était macabre...et dégoûtant.

Deux mains en profitèrent pour attraper Alice à la gorge, la serrant si fort qu'elle crut mourir sur le champ...celles d'Alicia bien sûr, vengeresse de son bourreau !

« Je ne peux pas le croire ! », se dit Alice : « elle va me battre en servant les méchants ! »

C'était si révoltant pour sa pureté d'enfant que, fouettée par l'indignation, elle rassembla ses forces dans un énorme coup de poing qu'elle asséna en plein cœur du masque de porcelaine, dont se fissura le sourire de façade. Projetée par terre, Alicia caressa sa face meurtrie d'une main étonnée, sous laquelle s'écaillèrent les fragments de son visage de substitution...

Pendant ce temps, Alice reprenait sa respiration, les yeux vers le ciel et les mains sur les hanches. Devant elles, une forme de vie toujours plus grande se contorsionnait à l'intérieur du tas de vêtements du chapelier...

— Vous feriez mieux de déguerpir avant qu'il ne montre son vrai visage ! lança Alicia, dont l'expression était transfigurée.

Sans méditer son geste, Alice l'embrassa sur le front et s'évada par une porte de service qu'elle venait tout juste de remarquer, entre la table de maquillage et le miroir détruit. D'un côté à l'autre du mur...on était libre.

« La liberté est une chose si étrange ! », s'étonna Alice.

Partagée entre la jubilation de son soulagement et le désespoir de ne savoir où aller, elle demeura quelques instants suspendue à son bout de trottoir, comme incertaine du train dans lequel embarquer. Le temps d'un doux espoir, elle se surprit à porter un regard candide et bienveillant sur la route, les réverbères, les immeubles…quand son regard tomba sur les yeux fixes d'un masque blanc l'épiant du haut d'un balcon.

— *C'est elle !* déclama-t-il en la pointant du doigt. *C'est l'enfant qui nous a méprisés en insultant la Cheptel Company !*

Le premier élan d'Alice l'eût poussée à se défendre...mais ses dénégations lui moururent aussitôt en gorge : une multitude de visages blancs était apparue sur les balcons de l'avenue, dont les cous pivotèrent dans sa direction. En toute synchronicité, ceux-ci hochèrent la tête puis, au cours d'un même mouvement, enjambèrent leur balustrade pour atterrir dans la rue.

« Que vont-ils faire, maintenant ? » trembla Alice. » Ils ne vont tout de même pas me tuer ? ».

Au retentissement d'un coup de sifflet, pourtant, la conjuration de ces aliénés poussa un même cri de ralliement et se rua à sa poursuite...*la chasse à l'homme était ouverte !*

« Ils sont fous ! » pensa-t-elle – et lancée dans sa propre échappée, elle bifurqua dès le prochain tournant pour se dérober à leur champ de vision.

« Ils ont tellement peur de n'être rien sans leurs masques et leurs uniformes qu'ils tueraient père et mère pour la survie des cheptels ! ».

Pendant que des menteurs tels que le chapelier s'enrichissaient sur leurs dos, en effet, tous les aliénés du monde croyaient sauver la face en s'abritant dans le déni. C'était ce monde que fuyait présentement Alice, traçant dans sa course folle le plus emberlificoté des itinéraires en priant qu'aucune impasse ne la livrât à leur fureur. Zigzaguant de ruelle exiguë en ruelle exiguë, ricochant d'un taudis à l'autre, elle réduisait de seconde en seconde le tambour produit contre ses tympans par les pas démultipliés de ces traqueurs.

— *Chat du Cheshire !*...s'exclama-t-elle bientôt, essoufflée, à la vue d'un chat perché sur le bord d'un toit.

Mais le chat ne lui répondit rien. Elle en conclut que ce matou-là n'imitait le chat du Cheshire que pour « se donner un genre ».

« Même les animaux sont indignes de confiance, ici : certains vous parlent et d'autres pas ! ».

Elle songea qu'il lui tardait de reprendre ses conversations muettes avec Dinah quand, au bout d'une énième ruelle, lui apparurent les halos embrumés d'une petite place émaillée de réverbères…

Ici, les sabots de la meute ne résonnaient plus. En revanche, l'air était saturé d'une blanche humidité qui prenait aux narines. L'œil attentif d'Alice y débusqua, juchés sur des échelles adossées à des réverbères, les silhouettes épaisses comme du papier à cigarette de deux falotiers en pleine conversation.

« Mais je connais ces voix ! », se dit-elle.

Elle s'en laissa rapprocher par la curiosité.

— ...Allumer ces réverbères, j'regrette infiniment, c'est quand même nettement moins dangereux que d'peindre ces pins d'artifice de malheur ! disait l'un.

— *Chut !* fit l'autre. *Devine qui revoilà…*

— Dame ! La donzelle qui nous a fait faux bond ! On d'vrait p'têt lui d'mander comment qu'elle va ?

— Pour qu'elle nous snobe comme la dernière fois ?... *Ce sera sans moi !*

« Cette carte a raison », se dit Alice. « Si je ne décampe pas d'ici immédiatement, je suis fichue ».

Elle jeta des coups d'œil alentour, ne vit rien, et délaissa son projet d'aller à leur rencontre pour se chercher une cachette – sinon une échappatoire.

— *Qu'est-ce que je te disais…!* entendit-elle derrière son dos.

Mais elle n'en avait cure. Au coin d'une rue proche, la façade latérale d'une taverne, peinte d'une publicité murale, lui inspira une idée. Elle sortit de ses poches sa palette de couleurs et son pinceau. La palette était pimpante et fraîche ; quant au pinceau...il lui semblait que le pinceau était magique !

— *À monde absurde...solution absurde !* s'exclama-t-elle avec un air de défi.

Elle étala d'épaisses couches de couleurs contre le mur, de sorte à se peindre en quelques secondes une porte de sortie. Bleue dans un chambranle rouge, sa création était parfaitement assortie à sa taille, quoiqu'un peu de travers. Ne restait qu'à y apporter la touche finale : un bouton de porte doré et bien rond, facile à appréhender.

Elle fut sur le point d'apposer cette dernière touche quand, venu des airs, un vrombissement hideux attira son regard : l'ombre d'une énorme mouche était entrain de survoler la place, qui patrouillait à sa recherche en fendant la brume...

Vite ! Elle enduit de jaune les poils de son pinceau et patouilla contre le mur une « poignée » de fortune ; jeta un œil par-dessus son épaule…la mouche la vit ; s'élança du ciel pour lui fondre dessus ! Prise d'un accès de panique autant que de foi, elle saisit le bouton de porte sans relief qui, par miracle, prit du volume dans la paume de sa main ; fila comme une anguille à l'intérieur et...à l'instant même où elle claqua la porte, l'insecte dégoûtant se fracassa contre cette dernière.

« Quel horrible bonhomme ! », se Alice.

Elle avait eu le temps d'apercevoir qu'à hauteur de ses pattes postérieures, l'immonde créature avait été affublée du pantalon à-demi déchiré du chapelier…

CHAPITRE XIII

« Pas n'importe quelles boules de cristal »

La porte s'incrusta instantanément dans le mur. Les quatre pattes antérieures de la mouche, qui dépassaient du chambranle, en furent broyés sur-le-champ...elles churent aux pieds d'Alice telles quatre branches noires épineuses. Quoiqu'elle se sentît coupable de nourrir un si méchant espoir, elle espéra que le chapelier fût mort.

« Si c'est le cas, je dois me rendre au concours royal de poésie avant que la nouvelle ne s'ébruite ! ».

À sa forme de rotonde, ses six portes peintes et son dôme géodésique, elle reconnut immédiatement l'observatoire de la Montagne-Creuse. Son nouvel ami « Bill » la reconnut aussi, qui accourut à sa rencontre.

— Alors c'était vrai, s'exclama-t-il : « nous nous retrouverons en temps voulu » ! As-tu retrouvé trace de la porte itinérante ?

— C'est une longue histoire, soupira Alice. Je devais participer au concours royal de poésie dans l'espoir d'y remporter une audience privée avec la reine, qu'on m'avait dit capable de l'arrêter – mais il a fallu que je tombe sur ce maudit « club des encartés » et ce maudit chapelier, qui m'a forcé à le suivre dans cette maudite ville !

Bill écarquilla les yeux.

— Que te voulait-il ?

— Il a... « voulu faire de moi ce que je ne suis pas » – comme pas mal de monde, d'ailleurs ! À cause de lui, un tas de gens manipulés par la Cheptel Company m'ont poursuivi à travers un labyrinthe de ruelles. Dieu merci grâce à ton pinceau magique, j'ai pu trouver refuge ici !

Le caméléon turquoise parut médusé par le nombre d'aventures dans lesquelles était parvenue à s'empêtrer cette jeune fille au cours d'une même journée.

— Au moins il n'est plus question de bottes Wellington ! sourit-il. Pour ce qui est du pinceau, il était magique, en effet – pouvait-on s'attendre à autre chose de la part du pinceau trouvé dans le débarras d'un magicien ?... Je suis bien heureux qu'il t'ait permis de te tirer d'affaire !

— C'est plus que ça, dit Alice : sans vous, je serais peut-être morte. Connaîtriez-vous un moyen de se rendre rapidement au concours de poésie ?

Bill éclata de rire.

— J'en connais un, certes ! Mais il faudrait, pour le dénicher, que je réveille mon ami magicien…

— *Vous ferez cela pour moi*, acquiesça vigoureusement Alice. Après tout : ne vous dois-je pas une fière chandelle ?

Bill l'invita à le rejoindre dans le débarras, amusé de la voir si bien se jouer des codes absurdes de ce monde. Ils en ressortirent tous deux avec un bac à légumes qu'ils déposèrent au centre de la pièce, sur la petite table de verre où elle s'était réveillée la première fois.

— Il y a là une lumière propice aux résurrections, lui expliqua le reptile. J'arrive !…

Il revint encore du débarras avec un seau d'eau, dont il arrosa parcimonieusement le terreau garnissant le bac où dormait son ami. Patiemment, Alice et lui attendirent, sans piper mot, que celui-ci se réveillât.

— Voudrais-tu entendre l'histoire de *La princesse au nez de patate ?* finit par lui dire Bill.

» C'est l'histoire d'une princesse qu'aucun prince ne veut épouser et qui en rejette toujours la faute sur son nez disgracieux. « J'ai un nez de patate ! », « j'ai un nez de patate ! », se plaint-elle sans arrêt à son père. Un beau jour, ce dernier l'emmène dans la grotte d'une fée dans l'espoir qu'elle résolve son problème. « Je suis madame la fée », lui dit la fée, « je suppose que vous sollicitez ma magie dans un but esthétique ? ». La princesse hochant la tête avec ravissement, la fée pointe sa baguette vers elle en prononçant une formule magique : « et voilà ! » lui dit-elle une fois l'enchantement réalisé, « grâce à moi, ces oreilles disgracieuses ne sont plus décollées ! ».

Alice fronça les sourcils.

— J'avoue ne pas connaître cette histoire, lui dit-elle, mais je ne suis pas sûre de vouloir en entendre la version complète...

— C'est chose faite ! lui répondit Bill.

— Dans ce cas, je ne vois pas bien quelle morale il faut en tirer...

— Je n'ai rien promis à cet égard : je t'ai simplement demandé si tu voulais entendre l'histoire de *La Princesse au nez de patate.*

— Je crois que la morale qu'il faut en tirer, continua Alice (dont le regard perdu fixait la citrouille), c'est qu'il ne faut pas s'attendre à trouver son bonheur tant qu'on ne s'assume pas – ou bien l'on finira avec les projets de quelqu'un d'autre sur les bras...

— *...ou sur le visage !* compléta Bill.

— C'est ça, alors ? *C'est la morale de cette histoire ?*

Bill haussa les épaules.

— La morale *éprouvée* de cette histoire, en tout cas...*par toi.*

Cette pirouette ne satisfit en rien Alice. Elle leva les yeux vers la boule de cristal fêlée que figurait le dôme, dont les facettes vitrées semblaient catalyser l'air marin et les rayons du soleil. De parfaites surfaces où fixer des pensées moroses.

— Tout ce que je puis dire, reprit Bill, c'est qu'il n'est pas désirable de vivre la vie de quelqu'un autre. J'en sais quelque chose en tant que caméléon : plus souvent qu'à mon tour j'ai fait semblant d'être une autre personne pour surprendre les gens…à chaque fois qu'ils ont préféré « l'autre », je leur en ai amèrement voulu ! C'est humiliant. Tes propres joies ne sont plus les tiennes….

Mais Alice ne l'entendait plus, qui, lasse des virtualités creuses de ce « pays des merveilles », regrettait le réconfort perfectible mais bien réel de sa famille, de ses amis, de la simple mais chaleureuse compagnie de Dinah.

— Que cela peut-il te faire, pourvu que tu sois aimé ? fit une voix inconnue.

— Cela me fait que je ne me sens pas à l'aise ; voilà ce que cela me fait !

Alice sortit brutalement de sa rêverie et vit qu'à l'instar d'un diable sorti de sa boîte, la citrouille dépassait du bac à légumes ! Il s'y était creusé des yeux inquisiteurs, un nez discret, une bouche remuante...mais elle n'eut pas le temps de l'examiner plus avant car, sitôt déterré, l'ami de Bill se propulsa hors de son « jardin secret » avec l'agilité d'un acrobate, retombant sur le sol de l'observatoire au terme d'un salto avant impressionnant. Il révéla ainsi un corps filandreux, tout tissé de racines, que les proportions et l'anatomie apparentaient à celles d'un être humain. Les bras derrière le dos, il semblait en passe de donner libre cours à quelque mauvais tour...

— Tiens donc ! s'exclama-t-il, les yeux dans les yeux de son partenaire. Et comment te sens-tu, maintenant ?

Il sortit un flacon vaporisateur dont il aspergea faussement la figure de Bill, qui feignit de toussoter.

— *Parfumé*, déclara ce dernier. Mais là encore je sens bien que je vis dans l'odeur de quelqu'un d'autre, et cela m'incommode…

— Il est vrai qu'on se sent toujours un peu puant tant qu'on n'est pas au parfum de qui l'on est. *Est-ce à dire que l'on est un peu « asperge » si l'on nourrit un goût prononcé pour les asperges ?*

— Mais je le crois ! Pour qui aime les asperges, le monde devient asperge à travers ses yeux ; « l'aspergité », sous toutes ses formes, devient pour lui perfection désirable !

— Quelle éloquence ! Le digne discours d'un adorateur des asperges...en fait je crois que vous mériteriez *d'être* une asperge.

— Moi ? Mériter d'être une asperge ?...mais enfin je *déteste* cela !

— *C'est ce que nous saurons dans une seconde…*

L'homme-citrouille tira de son dos son autre bras, prolongé d'une baguette magique, qu'il pointa en direction de Bill. Ce dernier se changea dans l'instant en un gros légume vert (ou plus exactement en une sorte d'artichaut, Alice n'étant plus certaine de ce à quoi ressemblait une asperge...).

— *...et maintenant faites votre possible pour aimer les asperges !* lui asséna son compère en le montrant du doigt.

— Ça suffit ! s'écria Alice. Rendez-lui son apparence ! Bill vous a *dit* qu'il n'aimait pas ça !

— Oh là, jeune fille ! Restons courtois. Tout ceci n'était qu'une mise en scène : regardez…

L'homme-citrouille fit claquer ses doigts et en un tournemain, Bill reprit sa forme et sa couleur ordinaires.

— Il faut nous excuser, dit le caméléon. C'est l'enthousiasme des retrouvailles…

— ...à chaque fois que je sors de terre, nous ne pouvons nous empêcher de répéter notre nouveau numéro !

— Tout ça a l'air très amusant, dit Alice ; mais je n'ai plus le temps pour tous ces jeux. Je dois me rendre au concours royal de poésie au plus vite et, si vous ne pouvez pas me venir en aide, je devrai partir immédiatement.

Bill lança à l'homme-citrouille un clin d'œil appuyé, concluant entre eux une affaire entendue.

— La clé de votre problème, fit l'homme-citrouille en s'enfonçant une main dans la gorge...la clé de votre problème se trouve dans le coffre de la malle ! *Suivez-moi !*

Une clé rouillée dans la main, toute engluée de salive, il entraîna à son tour Alice dans le débarras où il s'accroupit en face de la vieille malle, qu'il déverrouilla prestement. Quand il en souleva le couvercle...

— *Des boules de cristal !* s'exclama Alice.

Il y en avait des tas, reposant en équilibre les unes au-dessus des autres.

— C'est ça, petite ! *L'emblème de l'observatoire*. Mais ce ne sont pas n'importe quelles boules de cristal. Ce sont les boules de cristal de *Jack*, le magicien de l'observatoire de la Montagne-Creuse...

— Je serais drôlement curieuse de rencontrer ce personnage ! s'ébaudit Alice.

Jack fronça sur elle des yeux amusés.

— Nous n'en avons pas le temps aujourd'hui, mais qui sait ? Peut-être nous rencontrerons-nous un jour…

» Le secret, avec ces boules de cristal, consiste à les enserrer de ses mains et à les placer devant ses yeux. Il faut alors fixer l'image d'un lieu dans son esprit en répétant mentalement cette formule...

(Il chuchota à l'oreille d'Alice quelque incantation, inentendue de votre narrateur.)

— ...ne cessez jamais ni de penser à ce lieu, ni de répéter en vous-même la formule. Au bout d'un moment, une image du lieu invoqué tapissera l'intérieur de la boule, qui s'illuminera…à condition bien sûr que vous en soyez digne ! Si la chose advient : bravo ! Vous voilà arrivée à destination.

— Voulez-vous dire que l'on peut voyager grâce à ces boules ?

— Absolument ! Je les ai d'ailleurs créées pour cela. Chacune d'entre elle permet d'aller et revenir d'un point à un autre, *une fois pour toutes* – l'équivalent d'un aller-retour, si vous préférez.

— ...Ce qui signifie que vous pourriez revenir ici quand bon vous semble si les choses venaient à tourner mal ! précisa Bill.

— Allons, Bill ! sourit Alice. Pourquoi les choses tourneraient-elles mal ?

— *Pour vous soutenir dans votre poétique conquête du cœur de la couronne*, lui déclama soudain Jack en s'agenouillant, *le magicien de la Montagne-Creuse vous fait don de cette boule de cristal unique. Veuillez en faire bon usage…*

— Oh ! fit Alice en s'emparant de l'objet globuleux, debout dans l'encadrement de la remise. Mais il y a un petit problème...je n'ai aucune idée de l'endroit où se déroule le concours !

— Ça n'a pas forcément d'importance ! assura Jack en levant les mains. Concentrer vos pensées sur l'événement en lui-même devrait suffire.

— Bien ! s'exclama Alice en expirant un bon coup. Tant que je ne me retrouve pas encore dans une espèce de labyrinthe...

Elle plaça ses mains autour de la boule de cristal, plongeant ainsi ses parois translucides dans une obscurité complète. Plaquant ses yeux contre elle, elle pensa intensément au concours royal de poésie en se répétant mentalement la formule.

Bientôt, une sorte de vapeur phosphorescente tapissa l'intérieur de la boule, qui épousa la forme et les reliefs d'un véritable monde en miniature : une maquette de l'enceinte du parc royal...et du labyrinthe qui l'entourait !

— Oh non ! fit Alice.

Mais c'était trop tard. Happée par ce décor pareil à celui d'une boule à neige, elle sentit son corps advenir à lui ; en vit dangereusement approcher le sol…Seul l'écho lointain de la voix de Bill lui parvint encore, qui s'évanouit dans le ciel : « souvenez-vous, Alice : vous avez droit à un voyage retour ! »…

CHAPITRE XIV
« Le mariage de la carpe et du lapin ! »

Elle se retrouva entrain de marcher près de la duchesse qui, véhiculée par ses deux valets sur une chaise à porteurs, terminait de lui récapituler quelque itinéraire en comptant sur ses doigts.

— ...puis nous avons tourné trois fois à gauche ; deux fois à droite ; et pour terminer une fois à gauche, deux fois à droite, une fois à gauche, trois fois à droite...puis tout droit.

— C'est une chance que j'aie pu vous rencontrer, s'entendit dire Alice, car sans vous, je n'aurais probablement jamais pu traverser ce labyrinthe !

Elle réalisa avoir entre les mains une gigantesque plume rose, destinée à rafraîchir la duchesse, dont elle se débarrassa sur le champ. Quel étrange concours de circonstances avait-il bien pu les mettre dans de telles dispositions l'une à l'égard de l'autre ?

— C'est tout naturel entre gens de bonne éducation ! balaya la duchesse. Le labyrinthe est truffé de pièges ; je n'aurais pas aimé vous savoir embarrassée lors de votre trajet retour.

Réalisant qu'elle n'avait pas décroché des yeux la boule de cristal depuis son arrivée (et que cela lui donnait l'air parfaitement idiot), Alice la déposa précautionneusement au fond de sa poche.

Le chemin de terre qu'ils parcouraient était encadré par des dominos gigantesques – si gigantesques, à vrai dire, qu'Alice se fût crue à nouveau atteinte de rabougrissement. Fort heureusement, ses compagnons de route lui fournissaient cette fois un élément de comparaison !

Les deux porteurs étaient bel et bien les valets de pied qu'elle avait vu se chamailler devant la clôture de l'Arbre-monde.

Essoufflés et ruisselants de sueur sous le poids de leur maîtresse que, agrippés à leurs brancards de bois, ils transportaient à bout de bras, la grenouille et le poisson emperruqués, les rares fois où ils lui accordèrent un regard, ne la reconnurent pourtant pas. Fallait-il avertir la duchesse de ce qu'ils n'avaient pu l'inscrire au concours de poésie, elle et son absent d'enfant » ? Non, cela ne valait mieux pas. En revanche...

— Je me demandais...commença Alice.

— Je t'écoute ? fit la duchesse.

— Seriez-vous capable de me répéter notre itinéraire en sens inverse ?

— Eh bien, répondit pensivement la duchesse, cela te surprendra peut-être...mais oui : je serais parfaitement capable de te le répéter en sens inverse !

Sa réponse n'alla pas plus loin. Ne voulant cultiver aucun malentendu avec cette grosse dame lunatique (qui, si la sélection naturelle l'exigeait, serait tout à fait encline à l'écraser), Alice n'osa reformuler sa question.

— La morale qu'il faut en tirer, continua la duchesse, c'est que l'on n'est jamais mieux servi que par soi-même !

— C'est...*c'est parfaitement exact !* déclara Alice avec dépit.

À cette pensée, la duchesse hocha joyeusement la tête en joignant ses mains l'une contre l'autre, causant une telle secousse à la cabine que ses valets faillirent ne pas la redresser.

— Nous avons tant de choses en commun, toi et moi !

Elles ne se dirent plus un mot du reste du trajet.

La dernière encablure les séparant du terme du labyrinthe ; les derniers dominos à l'angle desquels tourner dans un énième couloir vide parurent infinis à Alice.

« Quelle idiote ! », se dit-elle. « Si j'avais pensé à ma chambre, je serais déjà chez moi ! ».

La pauvre Alice ne se rendait pas compte que, « dans son monde à elle », la boule de cristal n'existait pas.

Ils aboutirent bientôt à l'une des nombreuses entrées du parc auxquelles donnait accès le labyrinthe : une arcade végétale piquée de fleurs blanches et rouges, dont l'assemblage composait en lettres majuscules les mots « PARC ROYAL ». Celle-ci intégrait une haie faisant office de mur d'enceinte dans laquelle avaient germé des sucettes rondes en spirales et des cannes de sucre d'orge.

— Quel drôle de parc ! s'exclama Alice.

— *Je l'aime beaucoup aussi*, lui confia la duchesse en se penchant – et ses deux valets eurent fort à faire une fois encore...

De l'autre côté de l'arcade, une placette ronde ponctuée d'une fontaine en marbre accueillit la petite troupe, où Arthur et Victor lorgnèrent sans espoir sur quatre bancs dont la forme épousait la courbe de la haie. Garé là comme au milieu d'un rond-point, un imposant wagon de cirque, de couleur rouge cire, fit sourciller Alice – mais son regard fut aussitôt capté par le sifflet d'une locomotive à vapeur, dans le lointain, qui crachait sa fumée en défilant sur un aqueduc.

Au fond du parc, en contrebas d'un sentier disparaissant derrière une butte d'herbe, une grande-roue rayonnait tel un soleil sur un square dominé par une petite tour d'horloge blanche, de style gothique, au pied de laquelle avait été montée une estrade de la même couleur. Un trône surdimensionné régnait au centre de cette dernière – explication, sans doute, de la foule étouffante s'étant massée autour. Alice guetta en vain l'uniforme du garde qui eût dû assurer la protection d'un tel trésor ; ceci dit, hormis cette impardonnable omission du service de sécurité, rien n'avait jamais flairé si bon le concours royal de poésie.

— *Soldatesse ! Soldatesse !* fit une voix sortie du passé.

(La voix provenait en fait du wagon de cirque, à travers les barreaux duquel apparurent les doigts de bois et le visage rose du casse-noisette.)

— Veuillez m'excuser, madame la duchesse ! se réjouit Alice : je dois rejoindre un ami !

— *« Rejoindre un ami »* ? répéta la duchesse en poussant le nez hors de sa cabine. *Dans une cage remplie d'animaux ?...* Quelle formidable ouverture d'esprit ! Adresse-lui donc mes salutations !…

Et la duchesse disparut, inexorablement emportée par ses forçats en livrée.

Le casse-noisette cohabitait dans sa prison itinérante avec un cheval endormi, dont la robe blanche était zébrée par l'ombre des barreaux, un gorille refusant de décroiser les bras et un lion au regard hagard. Chahutant au milieu d'entre eux, le cavalier d'un jeu d'échec ne cessait de japper de petits hennissements, tel un chiot chevalin, charriant dans le sillage de ses va-et-vient les copeaux de sciure de leur couche de fortune...

— Votre wagon a-t-il été laissé à l'abandon par le train ? demanda Alice.

— Ce n'est pas cela...rit nerveusement le casse-noisette ; c'est qu'en tant que criminels, nous ne sommes autorisés à assister aux festivités que de loin…

— Oh !...

— Eh oui…

» *J'ai endossé toutes les responsabilités dans l'affaire du feu d'artifices*, poursuivit-il en chuchotant. *Dans ce cadre, je purge la peine de travaux d'intérêt général à laquelle m'a donné droit la cour : j'officie comme animal...dans un cirque.*

— Et...*viens pas m'pomper l'air !* lui rota à la figure le lion en lui tapant dans le dos d'un air rigolard.

— Oh ! Je n'ai même pas songé à vous présenter à mes compagnons de cellule...

» *Voici celle dont je vous ai parlé, camarades !* Celle qui me sortit de ma torpeur, quand je croyais avoir la vie devant moi. Celle grâce à qui je compris que ce n'est pas « le temps », qui passe...*mais nous !* Que le temps, c'est ce qu'il subsiste d'une flamme quand « la chandelle est morte », qu'« il n'y a plus de feu » !...

Pas un de ses compagnons de galère ne daigna lever le regard – à l'exception peu flatteuse du lion qui, parfaitement stoïque, l'observait d'un œil ahuri.

— ...Celle grâce à qui je compris que garçons, filles ; jeunes, vieux : nous ne sommes rien de plus, tous, que des mèches de bougie plus ou moins longues au milieu d'une nuit éternelle ! Qu'égaux les uns aux autres – et également insignifiants – nous consumons en permanence la flamme de nos rêves de jeunesse...et nous éteignons à mesure que nous nous réalisons !

— Et...*viens pas m'pomper l'air !* brailla à nouveau le lion d'un air entendu.

Le casse-noisette lança à Alice un regard pathétique.

— Mes codétenus ne brillent hélas pas par leur éducation…

Il baissa les yeux et regarda la pièce d'échec venue sautiller à ses pieds. Un coup de langue jovial sur ses bottes suffit à fendre ses commissures de l'esquisse d'un sourire...Il était trop tard : le piège du bonheur se refermait déjà sur l'aigreur du casse-noisette.

— Au moins vous avez ce petit cavalier avec vous ! se réjouit Alice. Il semble beaucoup vous aimer. Comment s'appelle-t-il ?

— Qui ça ? Celui-là ? Oh...ça n'a pas de nom, ces bêtes-là ! *C'est un fripon !* Hein que tu es un fripon, Babou ?

Il grattouilla vivement le petit cheval derrière les oreilles, qui hennit de contentement.

— Je suis tombé sur ce chenapan le soir de l'incendie de la forêt du bois des pins, après avoir offert de vous dévouer ma lame. Il n'est pas comme ses congénères...*c'est un fieffé pacifiste !* Tout au contraire de certain « pyrotechnicien » dont je tairai le nom...

— Tout au contraire de *moi*...admit Alice en joignant ses mains devant sa robe d'un air désolé.

— Comment cela ? s'étonna le casse-noisette. Tout au contraire de *moi*, voulez-vous dire ! L'avez-vous déjà oublié ?... *« J'ai fait pyrotechnique » !*

Alice lui rendit son sourire.

— Je ne peux malheureusement pas m'attarder : je candidate au concours royal de poésie pour le compte d'une fleur et les festivités devraient commencer d'un instant à l'autre...

— Faites donc ! Faites donc, chère amie ! Vous m'avez révélé à moi-même ; puisse ce concours vous révéler au monde. Adieu, alors...et bonne chance ! Je contemplerai d'ici le film de vos exploits !

— Adieu, Casse-noisette. Et merci !

Alice le salua une dernière fois, puis entama la descente du sentier longeant la butte.

Au détour du long virage, elle fit la rencontre d'un imposant éléphant en sculpture végétale qui manqua la faire sursauter. De cet autre côté du parc, de nombreux autochtones en art topiaire tels que lui peuplaient un vaste jardin vallonné, fourmillant de visiteurs et de distractions.

À sa droite, Alice vit des enfants accourir vers le sommet d'une petite colline dans l'espoir d'embarquer à temps à bord d'un carrousel qui, entouré d'arbres aux feuilles de cristal, magnétisait tous leurs regards. En marge du bosquet, un stand de confiserie les encourageait à emporter sur leur cheval de bois pomme d'amour ou cornet de barbe à papa, suspendus d'une seule main à la barre torsadée animant leur monture.

Sur la gauche d'Alice, un peu plus bas, un bonimenteur faisait tournoyer sa canne devant l'entrée d'un chapiteau aux rayures bleu et or, promettant aux badauds ameutés que les attendaient à l'intérieur « un phénomène unique, comme vous n'en avez jamais vu ! »...

« Sûrement une femme sans tronc, un géant ou un nain ! », s'imagina Alice.

À côté de cet « entre-sort » était un stand de tir près duquel un marchand vendait son popcorn, debout derrière son chariot…

Tout était à l'avenant. Partout, tout le monde s'ébattait sur les pelouses, papillonnait d'une attraction à l'autre, raflait l'une ou l'autre douceur tant convoitée ; additionnait son propre élan folâtre au maelström enivrant de mouvements et d'effluves sillonnant monts et vaux. L'air lui-même semblait saturé de cris ; d'agitation ; ...*des autres*. Plus que n'en pouvait supporter Alice, qui, submergée par tant de stimuli, dut quasiment fermer les yeux et se boucher les oreilles pour résister à l'appel de tant de tentations enfantines...ou se prémunir de leur désagrément ! D'un pas résolu, elle s'enfonça tête basse en direction de la grande-roue, formant des œillères des paumes de ses mains pour s'abstraire des excès de cette folie douce.

Parvenue en bas du sentier, elle dut jouer des coudes pour fendre une foule plus dense encore, affluant de tous les points d'entrée pourvus par le labyrinthe. Une haute grille de fer clôturait ici le square, provoquant un engorgement autour des portes ouvertes d'un portail majestueux. Surnageant du brouhaha ambiant, depuis l'autre côté de la grille, un air de fanfare émanait d'un kiosque juché en haut d'un monticule fleuri dont le parterre reproduisait l'écusson royal. À demi plongé dans l'ombre d'un bois, ce kiosque faisait face à la tour de l'horloge, à l'autre bout de la longue estrade blanche où la reine devait apparaître. La grande-roue, impériale et immobile, fournissait un arrière-plan candide à ce cadre solennel. Venu nombreux en l'honneur des festivités, le public attendait, debout.

Lorsqu'elle se fût décroché une place de choix à travers la cohue, Alice remarqua qu'une statue avait été érigée près du trône, sous une rotonde encerclée de colonnes, que ses maigres connaissances lui firent aussitôt reconnaître pour une représentation d'Apollon. Elle nota aussi, dans sa recherche constante d'inédit, que l'orchestre du kiosque était intégralement composé d'animaux en uniforme qui, dès l'arrivée de leur chef d'orchestre, cessèrent le badinage musical qu'ils improvisaient jusqu'alors en réaccordant leurs instruments. Parmi ces musiciens, une oie saxophoniste, que rien d'insigne ne distinguait de ses congénères, se retrouva par hasard l'objet privilégié du regard d'Alice quand, tout à coup, la section cuivre se leva, pavillons bien en vue, pour attaquer quelques notes d'un timbre magistral.

Un carrosse fit son entrée par la pente droite de l'estrade – carrosse blanc aux panneaux encadrés de rouge, porteurs des armoiries royales, dont le toit était empanaché d'un ornement cordiforme en plomb. À sa tête, le lapin blanc officiait comme cocher !... Tout le monde se tut.

XIV. « Le mariage de la carpe et du lapin ! »

Dans une atmosphère de cathédrale à ciel ouvert, le square ne se fit plus l'écho que de bottes claquant en coups métronomiques contre le parquet de l'estrade…des cartes à figure humaine, réglées comme du papier à musique, se dispatchèrent en un instant du marchepied du carrosse à celui du trône, formant une haie de soldats gardant l'itinéraire de la reine. Lorsqu'un dernier soldat planta sa lance au sol, ayant pris à son tour position, tout le monde se raidit.

On n'attendait plus que Son Altesse qui, soustraite à tous les regards par les rideaux occultant de sa fenêtre, attendait « l'heure dite » pour apparaître. Le temps s'écoulait, interminable...

Lassée d'attendre, Alice vit qu'un cheval surplombait la ligne de crête formée par les têtes environnantes, qui la saluait humblement. C'était Gontran Saint-Hubert, des amis d'Anémone !

« Tout le club des poètes doit être à ses côtés », frissonna-t-elle, « je n'ai pas intérêt à faillir ! ».

Elle lui rendit son salut en tâchant de sourire, puis s'enquit à nouveau des (non-)événements agitant l'estrade.

Assis sur son siège, le front perlant de sueur, le lapin blanc s'éventait anxieusement toutes les trois secondes, jetant coup d'œil sur coup d'œil à la tour de l'horloge (ou plutôt « à l'horloge de la tour ») pour signaler une énième fois au portier, sur le flanc du carrosse, de ne rien entreprendre encore.

— Pardonnez-moi monsieur, mais qu'attendent-ils ? demanda Alice à un vieux pélican debout près d'elle.

— ... *« le protocole » !* abrégea l'oiseau en haussant les épaules.

— Met-il longtemps à arriver, d'habitude ?

— Tout protocole « arrive » toujours, comme chacun sait, autour des heures piles – ce qui devrait advenir dans un instant...

Mais à « l'instant » même où il prononça ces mots, les aiguilles de l'horloge ralentirent considérablement, comme ramollies par la chaleur...puis « pilèrent » net.

— Et un « instant », monsieur ; combien de temps cela est-il supposé durer ?

Le pélican haussa à nouveau des épaules – avec une once d'agacement cette fois...

— *Que la cérémonie commence !* gueula la reine par le cadre de sa fenêtre.

Elle claqua ouverte la porte du carrosse (écrasant au passage le malheureux portier), puis, d'un pas de pachyderme sentencieux, rejoignit son trône avec une mauvaise humeur ostentatoire. Pendant ce temps, les aiguilles de la tour furent prises d'une véritable crise de panique horlogère, accomplissant toujours plus rapidement des tours de cadran toujours plus nombreux tandis que l'orchestre du kiosque, dirigé par un héron de plus en plus déchaîné, interpréta son hymne de circonstance en accéléré. Non moins diligent, le lapin blanc « mit ce temps à profit » pour sauter du carrosse, changer son éventail en un paravent et en ressortir vêtu des « atours » d'un héraut.

Lorsque Son altesse fut assise en haut de son trône surdimensionné, la tour de l'horloge affichait son heure favorite ; l'orchestre en avait fini de ses fanfreluches musicales et le lapin blanc se tenait près d'elle, un long parchemin tendu au bout d'une patte, paré à entonner son élocution dans un porte-voix.

— Damoiselles, damoiseaux ; gentilshommes, gentillesdames…

» Comme vous le savez tous, la générosité, la gentillesse, la douceur, l'aménité, la bénévolence, l'équanimité, la bienveillance, la magnanimité…sont autant de mots qui caractérisent *très mal* notre reine...

Il écarta soudain les yeux de son support, croyant entendre le roulement du tonnerre gronder dans le lointain...c'était la reine qui grognait, rouge de fureur, le menton engoncé entre ses bras croisés !

— *...mais sous ce masque de marâtre ne se cache-t-il pas la fleur la plus délicate du jardin du parc royal ?* Sous cette façade revêche, ne se cache-t-il pas un petit cœur sensible, prompt à se laisser attendrir par les plus insignifiantes manifestations de la vie ?

— *Le concours de poésie !* lui rugit la reine dans l'oreille.

Le cri fit détaler le lapin blanc derrière son paravent qui, dans la foulée, réapparut avec un pantalon à rayures, une redingote qu'il rafistola tant bien que mal ainsi qu'un chapeau haut de forme – qui lui tomba des oreilles. Quand il retrouva sa position, un homme-carte lui remit entre les pattes une urne transparente remplie de bulletins blancs.

— À l'appel de son nom, chaque candidat montera sur l'estrade pour déclamer son poème, expliqua l'huissier du jour.

« Quel procédé horrible ! », se dit Alice en couvrant ses joues des paumes de ses mains. (C'est que, ses petites expériences théâtrales à elle n'avaient jamais impliqué un public si nombreux...)

Le lapin blanc tira au sort un premier bulletin.

— *...le numéro cent trente-six : Jean Séthrorien pour « Des jours comme ça » !*

Il déplia le bulletin à la vue de tous tandis qu'un homme fendit la foule. Sourire musculaire, regard à double fond, simplicité affectée, noblesse vestimentaire...le personnage sentait sa suffisance bourgeoise des miles à la ronde. Il gravit les quelques marches menant à l'estrade et, portant un œillet à ses narines, énonça gravement son œuvre :

« Triste jour pour réciter un poème ;

Au diable, pays des merveilles !

Jour trop plat pour faire du ski ;
Jour trop « nu-tête » pour porter une casquette ;
Jour trop sec pour danser sous la pluie »...

Puis pareil à un Prince du lyrisme ayant gracieusement offert à des âmes apoétiques l'or de son génie, il quitta la scène ; le square et bientôt...le parc.

Alice ne revenait pas qu'on pût lire un poème si bancal avec un tel aplomb devant une foule si nombreuse ! Cela dénotait d'un tel mépris pour le travail ; d'un tel manque de conscience de soi...et pourtant ! pourtant la foule entière y alla de ses applaudissements – à *l'inclusion* même de son altesse qui, après avoir réprimé un bâillement, frappa ses royales mains l'une contre l'autre.

Un drôle de pressentiment commença à l'envahir. Le poème d'Anémone pressé contre sa poitrine, elle craignit de ne pas s'être rendue au bon événement ; de s'être retrouvée dans le mauvais monde. Un monde contrefait par la boule de cristal ; un monde où les valeurs eussent été entièrement inversées...*un monde marchant sur la tête ?*

— Veuillez m'excuser une fois encore, monsieur le pélican...s'agit-il *vraiment* du concours royal de poésie ?

— Non non : *c'est le mariage de la carpe et du lapin !* lui répondit sèchement le volatile.

— C'est vrai ? s'étonna Alice. J'ai bien vu le lapin, mais...*une carpe avec une robe de mariée ?!*

— Pour sûr que c'est le concours de poésie ! Que cela pourrait-il être ? La reine vient de le dire !

— « Jour trop ronchon pour poser une question » ? ironisa Alice en se dandinant.

Indigné par son outrecuidance, le pélican marmonna quelque réplique inaudible en agitant son goitre, tenta de se frayer un passage pour s'installer ailleurs, puis, rabroué par un chœur de voisins mécontents, demeura à sa place en faisant les gros yeux. On avait cependant tiré un autre numéro…

— *…Geoffrey Bouledogue pour « My dear Médor » !* déclama le lapin blanc.

Un chien avec un chapeau, plus prestement, se précipita sur l'estrade. Pressé d'en finir et visiblement ému, il cogna son poing à l'endroit de son cœur et livra une interprétation mélodramatique :

« Si nous nous marions tous deux, my dear Médor...
Maudit l'indu individu qui médirait des deux molosses ;
Si nous nous marions tous deux, my dear Médor...
Maudit l'indu individu qui mettrait sa truffe dans nos noces ! »...

— *...Nonos ?* répéta subitement le chien tout en dressant l'oreille.

Et il accourut partout au milieu des spectateurs en quête d'un os à ronger.

« Alors là, bravo ! » se dit Alice. « Celui-ci semble ne s'être même pas relu ! »

Emplie d'un doute nouveau, elle replongea les yeux dans le poème de la Narcisse, dans l'attente d'un tour qu'elle s'imaginait imminent...

« Il était une fois et tu n'étais nulle part ;
Aveugle à moi-même dans une nuit sans phare,
Je guettais ta lumière, ton amour en mémoire
...Miroir, mon beau miroir ! »

C'était un peu surfait ; conventionnel, peut-être...mais enfin loin d'être ridicule, à défaut d'être génial.

« Quand bien même », se dit Alice : « si les poèmes de la concurrence sont aussi mauvais, le concours est gagné d'avance ! ».

C'était oublier que la victoire était fonction des critères du jury, qui pouvaient n'être *pas du tout* les siens...

Et de fait, la foule applaudit encore, chahutée par celui-là même qu'elle célébrait. Irritée par tout ce désordre, la reine fourra sa joue contre ses phalanges et soupira interminablement. Près d'elle, sous la petite rotonde encerclée de colonnes, la statue d'Apollon se mit à bouillonner sur son socle en s'agitant et, à la stupéfaction générale...s'arracha à sa coquille de pierre en brandissant ses poings vers le ciel, proférant sentencieusement ces vers en pointant du doigt son auditoire :

« Si tels sont, ingrats, vos hommages au dieu poète,
Il faudra que je prenne la poudre d'escampette :
Car quoique hypocrite, la foule le dissimule,
J'ai beau être de pierre, je le dis : ils sont nuls ! »

Il toisa tout le monde une dernière fois, jeta sa cape sur son épaule et, drapé dans son divin orgueil, déserta cette mascarade indigne de son nom.

Pendant de longues secondes, l'assemblée tout entière se figea dans un mutisme recueilli. Le bouledogue lui-même en oublia son os, cessant incontinent de perturber les rangs…ce n'était pas tous les jours qu'Apollon lui-même prenait congé d'un concours de poésie !

XIV. « Le mariage de la carpe et du lapin ! »

— *…Le concours continue, avec ou sans dieux !* hurla la reine devenue rougeaude.

Bon gré mal gré, l'événement reprit donc son cours, le lapin blanc tirant un nouveau nom dans l'urne. Cependant, personne ne s'y trompait : un climat étrange s'était emparé du square, fébrile et inquiétant, que le contraste aveuglant d'un soleil menteur soulignait encore. Comme un auspice définitif, un battement d'ailes noir zébra le ciel trop pur : venu se poser sur l'horloge de la tour, *le corbeau* guettait la présence Alice…!

— *Et maintenant...maintenant un candidat anonyme pour... « Rien » !* lut, incrédule, le lapin blanc.

Une silhouette vêtue de noir monta sur l'estrade, à l'allure militaire, dont le tricorne occultait l'intégralité du visage. Se plaçant face à la foule, il prononça ces mots :

« Je la veux rapide,
Je la veux insipide,
Je la veux indolore…
Ma mort. »

Un cri fendit l'air ; c'était la reine…

— *Qu'on leur coupe tous la tête !*

Mais nul autre mouvement que l'écho de sa voix ne répondit à cet ordre...d'un côté et de l'autre de la scène, spectateurs et soldats se regardèrent en chiens de faïence, à l'affût réciproque d'une bavure. Sur leurs visages immobiles, l'ombre d'un voile de nuages défila bientôt ; s'y appesantit...

— *Qu'on leur coupe tous la tête ! Qu'on leur coupe tous la tête !* s'égosillait la reine en serrant les poings, ses ongles enfoncés jusqu'au sang.

Un flash opalin passa sur l'œil rond du corbeau : un éclair avait frappé le ciel...À son envol, une pluie drue s'abattit sur le parc, devenu gris et terne ; le vent se libéra, soufflant partout objets volants et affiches. Emporté par une violente bourrasque, le tricorne du poète roula par terre...et son uniforme décapité chuta sur les planches.

Un échange de regards se fit…

Les cartes se jetèrent dans la foule, fendant l'air de leurs lances. Animés par un même mouvement répulsif, les spectateurs s'en écartèrent en poussant d'horribles cris stridents ; se bousculèrent, trébuchèrent les uns sur les autres devant l'entrée du square d'où, pareils à une masse grouillante de poulets sans têtes, ils s'éparpillèrent aux quatre coins du parc vers n'importe quelle issue. Bon nombre de soldats traquèrent ces malheureux jusque dans le labyrinthe, fauchant l'air dans leur dos en espérant les étêter.

Alentour, l'averse faisait sur toute chose l'effet d'un puissant acide. Haies, sculptures végétales, manèges, chapiteaux, sous les coups de boutoir décapants de ses salves corrosives, voyaient leurs couleurs rincées, diluées et déversées dans la boue ; leurs volumes fondus, puis réduits goutte après goutte à des carcasses fil-de-ferrique fumantes. Alice se demanda ce qu'étaient devenues les sucettes en spirale et les cannes de sucre d'orge qu'elle avait premièrement remarquées, lors de son arrivée. Soumis au même traitement, leur enrobage acidulé laissait apparaître les saillies métalliques de boucliers et de hallebardes. Cramponnée aux accoudoirs de son trône haut perché, la reine, cependant, s'apprêtait à rejoindre son carrosse…

— *Non ! Attendez !* l'apostropha Alice.

Elle grimpa quatre à quatre les marches de l'estrade et se précipita au pied du trône...las ! Deux lances entrecroisées l'entravèrent.

— *On ne passe pas !* aboya l'un des gardes.

La reine contemplait ennuyeusement la scène du haut de son trône, rassise dans sa posture ratatinée.

— Sinon quoi ? dit Alice en roulant des yeux candides. Vous ne feriez tout de même pas de mal à une jeune fille ?...

— Quoi ? « Nous » ? fit le garde en se montrant du doigt. Nous ne ferions pas de mal à une mouche !

— Peut-être, répondit Alice sur un ton malin ; *mais je ne suis pas une mouche...*

— *D...dans ce cas gardez vos distances !* l'intima le garde d'un air confus.

— *Laissez-la venir...* se plaignit la reine d'une voix traînante, agitant ses mains comme des vagues pour remonter cette prise. *J'adore les enfants !* Parfois ils se taisent et se tiennent tranquilles.

Ce fut la première fois qu'Alice vit nettement son visage. Ce choc esthétique la laissa déconcertée – et pour tout dire *consternée :* la reine de cœur était en tous points semblable au portrait officiel de la reine Victoria ! (Quand elle y repensa par après, elle ne trouva rien que de très banal dans ce détail, la reine Victoria étant la seule figure royale qu'elle eût identifiée à l'époque – mais les rêves favorisent tant d'attentes illusoires…)

Assise sur son trône comme au sommet d'une pyramide, elle surplombait la masse beuglante de ses contemporains avec une rayonnante condescendance. Pour ne pas entamer l'éclat d'une si glorieuse image, la pluie s'arrêta même de tomber. Des porteurs de parapluie à long mât, qu'Alice n'avait pas remarqués jusqu'alors, s'écartèrent pour leur ménager un simulacre de discrétion. Il fallait se plier aux courbettes de rigueur...

— *Votre altesse...*fit Alice avec un air d'excuse.

L'agrément de quelque éloge flatteur était à ajouter pour se mettre dans ses bonnes grâces – Alice le sentait.

— ....C'est...*c'est une bien jolie robe, que vous portez là !*

— Ha, ha ! fit la reine. *Passez-moi ces sornettes !* Nous savons toutes les deux que cette robe est hideuse. Que me vaut cette intrusion ? Quelle *excellente raison* vous êtes-vous façonnée pour perturber mon départ ?...

Alice entrouvrit la bouche pour répondre, mais l'assaut n'était pas terminé.

— ...Comment osez-vous vous présenter dans un tel accoutrement devant votre monarquesse ? Qu'en est-il de votre maquillage ?... *Ignorez-vous que le jour de mon nanny-versaire, tout doit être parfait ?!*

— Je...je ne l'ignore certainement pas, mais...

— Quid de votre cheptel ? *Déclinez-le moi !* Que je sache avec quel genre de personne je suis entrain de perdre mon temps.

Alice haussa insolemment les épaules. Pour un instant, une moue répugnée lui pinça les ailes du nez.

— Si j'en crois ce que m'a dit le chapelier, j'appartiendrais au cheptel des « insolentes à robe bleue et tablier blanc », *mais...*

— ... « Le chapelier » ? Parce que vous fréquentez les cercles du chapelier ?

Les paupières de la reine, à la seule pensée de cet être, papillonnèrent de ravissement. Transportée de haut en bas de son piédestal sur la pointe de ses pieds, plus légère qu'une ballerine, elle étreignit puissamment les mains d'Alice dans les siennes.

— Que me vaut le plaisir ? *Dîtes-moi tout !* Vous découvrirez que je suis toujours disposée à servir mes amis – après tout : ce n'est pas sans raison que l'on m'appelle « reine de cœur »…

— Eh bien, « votre altesse »…je viens de faire une route interminable pour m'entretenir avec vous, et…

— *Venez-en au fait ; venez-en au fait...*

— Je vous serai infiniment reconnaissante si vous pouviez arrêter pour moi la porte itinérante. Vous savez ? Cette porte qui fait le tour de votre royaume en tournoyant...

Une certaine expression de perplexité étira la face de la reine.

— *Ne l'écoutez pas ! Ne l'écoutez pas !* glapit le lapin blanc qui s'en revenait à toute vitesse à travers le bourbier enfumé. *C'est la petite blonde qui a réduit en cendres votre feu d'artifices !*

Cette réapparition surprise fit monter le sang aux joues d'Alice.

— D'où sortez-vous comme ça, vous ? De la hutte que vous vous êtes fait construire en haut d'un arbre, pour vous cacher ?... Vous n'êtes qu'une *balance* !

Le lapin blanc s'enfonça tout à coup les deux pieds dans le sol boueux et, effaré, vit sa tête s'en approcher dangereusement avant de basculer violemment en arrière…puis en avant...puis en arrière...il n'était plus qu'un culbuto !

Stupéfaite par l'impact de ses propres mots, Alice balbutia une série de syllabes interrompues, puis, contrainte d'aller au bout de l'un ou l'autre commentaire, imputa au karma son nouvel état :

— Ça vous apprendra à avoir un pied dans chaque camp : *voilà !*

Cette plaidoirie ne convainquit qu'à moitié la reine, qui dodelina la tête d'un air chicanier.

— Ce lapin blanc n'est qu'un délateur obséquieux, c'est un fait...mais ce type de comportement n'est pas très beaufortain !

Elle médita une seconde, et trancha :

— ...*Qu'on la fouille !* Je ne serais pas surprise que l'on retrouvât quelque allumette accusatrice dans la robe de cette ensorceleuse de lapins. Sa chevelure de feu me menait sur cette piste dès le départ. L'on peut immédiatement percevoir en celle-ci la manifestation extérieure d'un tempérament combustible prompt aux épanchements et autres insurrections, dont je ne m'étonnerais pas qu'il abritât aussi des tentations régicides envers mon être ! Et puis...je ne suis pas persuadée que le casse-noisette fasse un lion très rugissant au cirque...

Le garde « ami des mouches » agrippait fermement l'épaule d'Alice depuis quelques secondes. Son compère allait à présent lui fouiller les poches.

— Venez-vous de me dire que mon comportement n'était pas très « beaufortain » ? grimaça Alice. Que voulez-vous dire par là ?

— *Le mot revêt plusieurs acceptions*, déclara fièrement la reine (comme s'il s'agissait d'une invention de son cru). Dans une forme négative, cela veut littéralement dire « contraire aux bonnes mœurs », « imponctuel », « peu sylvestre », « lapinophobe ». Dans certains cas particuliers, cela signifie également qu'on n'imaginerait pas une fille de bonne famille laisser sortir de sa bouche pareils sortilèges, ni pareille réjouissance naître du malheur d'autrui. Appliqué à votre cas personnel immédiat, cela veut dire : « ah ! voilà une attitude de nature à jeter un discrédit sur les liens que vous vous flattez d'entretenir avec le chapelier, *vile pendarde !* ». *Voilà* ce que le mot « beaufortain » veut dire.

— Vous en faites dire des choses, à un seul mot !

— *Et je vous prierai de garder vos marques d'admiration pour vous !* Les mots sont mes chiens : je les dresse à servir mon usage personnel. *Qu'a-t-on là ?* Oh...

La reine prit des mains du garde la palette de couleurs.

—...du nécessaire à maquillage ! Ça se met sur le visage, savez-vous ? *Pas dans les poches !*

Alice ne jugea pas utile de disputer la reine sur le sens des mots – et pour cause...

— Un quartier de pomme rouge, maintenant…madame croit nécessaire de nourrir ses haillons ! – *ça ne rendra pas votre robe plus belle !...*

La reine enfourna l'aliment dans sa bouche du bout de ses doigts.

— Ne faites pas ça ! s'écria vainement Alice. C'est...c'était un champignon « magique »...

— « Magique », dîtes-vous ? Ce quartier de pomme avait un goût de poisson rouge ! On reconnaît décidément le menteur à ce qu'il s'emmêle dans ses propres mensonges. *Et ensuite ?*

La reine inspecta la pépite de champignon blanche que lui confia le fouilleur.

— Oh ! Je ne me ferai pas avoir deux fois...ce flocon à la noix de coco a probablement quelque affreux goût de fromage de chèvre, ou de bisque de homard...Vous pouvez vous le garder !... *Quoi d'autre ? Aucune trace de l'allumette ?…*

Hormis le poème d'Anémone, il ne restait plus dans la poche d'Alice que sa boule de cristal. Il eût suffi de l'apposer quelques instants devant ses yeux en méditant l'incantation et, en un clin d'œil, elle se fût retrouvée dans l'observatoire de la Montagne-Creuse...mais comment échapper à l'attention des gardes et de la reine ? Comment éviter qu'ils ne la lui subtilisassent ?

« Et que fait le casse-noisette ? » se demanda Alice en levant les yeux vers la plus haute butte. « Il m'avait dit qu'il suivrait « le film de mes exploits » ? ».

— « Aveugle à moi-même dans une nuit sans fard... », citait théâtralement la reine en encrassant la feuille de ses doigts luisants. Que vous négligiez de porter votre maquillage lors de vos épisodes somnambuliques indiffère la populace, juvénile sujette ; en revanche, l'importance de paraître devant sa reine en bonne et due toilette eût fait un thème lyrique tout à fait édifiant !... *Pour la prochaine fois, peut-être ?*

Elle chiffonna la feuille et la jeta par terre, tel le déchet subsistant de sa consommation poétique. Comme pour lui donner tort, le sautillement spongieux du cavalier-chien vint l'arracher à son tas de boue pour en lécher les traces de champignon subsistantes…et, incidemment, le remettre entre les mains d'Alice !

— « Babou » ! se souvint Alice en lui grattant la crinière.

— *Ah-ah !* s'écria triomphalement la reine en la pointant du doigt. Cet « hippo-canidé » belliqueux était donc l'expédient par lequel vous entendiez renverser la couronne...Coupez-lui la tête, tous les deux ! *Coupez-lui la tête !*

Les gardes se regardèrent avec des yeux de merlans frits, incapables de déterminer lequel du cavalier ou d'Alice était visé par la sentence. Pendant ce temps, le bruit d'un grognement hostile roulait dans la gorge du cavalier-chien, qui, d'un pas menaçant, s'était interposé entre le trio et la reine…

— Faites quelque chose, mauviettes résiduelles ! Ne voyez-vous pas que cet animal est une arme de guerre dressée contre ma personne par cette péronnelle ? Regardez l'ampleur que sa rage lui fait prendre de seconde en seconde...À vos lances ! *Piquez-le moi !*

Ce fut sans compter sur l'opinion du cavalier-chien qui, de but en blanc, se lança en chasse du souverain postérieur ! Poursuivie par lui, la reine tourna sans fin autour du petit groupe comme autour d'un totem.

— Qu'attendez-vous, existences surnuméraires ? s'essouffla la reine après quelques secondes de ce manège. Piquez-le ! Piquez-le !

— Pardon votre majesté...mais je ne suis pas sûr que cet animal soit vraiment méchant, osa « l'ami des mouches ». Je crois que ce qu'il y a, c'est qu'il sent votre peur...

— Ah ! C'est le moment de faire de la psychologie, c'est sûr ! *Qu'y puis-je, moi, si cet animal n'a aucune ouverture d'esprit ?!*

Alice ne perdit pas l'occasion et sauta sur l'énorme tête de cheval pour l'enfourcher, s'accrochant à ses deux oreilles pour se maintenir en scelle. Perturbée par cette intrusion, sa monture se débattit sur elle-même, chargeant les deux gardes comme un bélier fou.

— On s'en va, Babou !

Alice donna deux coups de talon sur les joues du cavalier-chien qui fila droit dans le bois calciné, au fond du square. La structure dénudée d'une arcade était en vue, synonyme d'accès au labyrinthe.

— Seriez-vous...sujette aux allergies alimentaires ? entendit-elle dire dans son dos.

C'était un garde, qui, par cette habile référence à son ingestion d'un champignon, tentait de questionner la reine quant à son accroissement fulgurant des dernières secondes. D'ordinaire plus grand qu'elle, il ne lui arrivait plus qu'à mi-hauteur depuis qu'à la suite d'un hoquet, celle-ci avait d'un seul coup enflé de volume !

On entendit maudire « l'incompétence congénitale de ces deux gros balourds », puis de graves pas vengeurs tambourinèrent de plus en plus vite sur les traces d'Alice...

Par bonheur, la monture de celle-ci n'était pas difficile à manœuvrer : tirer l'oreille droite la faisait virer à droite, tirer l'oreille gauche la faisait virer à gauche, et tirer sur les deux oreilles à la fois la faisait ralentir. Alice parvint de cette manière à se frayer un chemin à travers le dédale de murs épars qui jalonnaient cette autre portion du labyrinthe – quoique le cavalier-chien se refusât très vite à tout compromis sur la vitesse et, qu'à chaque virage, elle dût l'orienter au dernier moment à coups d'actions réflexes !…

Les rares instants où ses yeux purent s'extraire de ce point de fuite, elle entrevit les ruines ensauvagées de mauvaises herbes qui lui tenaient lieu d'aire de jeu, partout alentour. Les fragments résiduels de ces architectures défigurées évoquaient les vestiges d'une Cité oubliée, à perte de vue, que l'orange clarté du crépuscule nimbait d'une vie étrange. Peut-être aurait-elle le loisir de profiter de ce panorama lorsque la reine se serait épuisée ?

Ce fut au détour d'un de ces croisements que la porte itinérante déboula soudain, dérapant d'un air affolé avant que de reprendre son échappée virevoltante. Peu surprise de la retrouver là, Alice la suivit dès lors comme son ombre, convaincue qu'elle tenait le cap d'une quelconque solution.

Dans leur sillage, le tam-tam tapageur des foulées royales affirmait une menace de plus en plus pressante, charriant sur son passage fracas de pierres et éboulis. Curieuse du devenir de sa prédatrice, Alice s'en remit quelques secondes à l'instinct de pisteur du cavalier-chien pour lancer un regard en arrière...

Une effroyable géante : voilà ce qu'était devenue la reine ! Haute de sept à huit mètres, qui semblait ne plus devoir cesser de grandir, comme pressurisée par son propre courroux ! La moindre flexion de ses genoux envoyait au tapis les pans de mur s'opposant à son anatomie, les arrachant à leur terre comme des dents à leur gencive ; provoquant des écroulements en chaîne...

Sans qu'Alice y fût pour rien, son destrier bifurqua brusquement sur sa droite, s'engageant sur le pont de bois vers lequel s'était faufilée la porte itinérante...un pont-levis surplombant une large douve ! Des flèches se plantèrent de part et d'autre de leur course, décochées du sommet de tours jumelles où pendaient de longs étendards. Un roulement de chaînes cliqueta : la passerelle commença à pencher…la herse -par chance !- fut lâchée après leur passage, et leur percée atteignit une cour pavée de pierre où, sous leurs yeux, la porte itinérante se jeta dans un puits...

— *Bandez arcs !* ordonna par-dessus leurs têtes une sorte de demi-analphabète.

Le gros bonhomme avait sous ses ordres une escouade d'archers postés sur le pourtour du chemin de ronde encadrant la cour. Leur arc tendu le long du corps, ils étaient vêtus de surcots imprimés de l'écusson royal. Alice leva les mains d'un air hésitant.

— *Épargnez...vies ?* formula-t-elle sur le même mode sa demande d'armistice.

Mais cet effort de diplomatie n'attendrit pas leur cœur. Tout au contraire, ces serviteurs de la couronne parurent en concevoir de l'hostilité.

Cherchant une issue, Alice remarqua l'écriteau suspendu au toit couvrant le puits : « méfiez-vous de ce que vous souhaitez ! », indiquait-il. C'en était trop pour le cavalier-chien qui, mis au supplice par cette configuration cornélienne, bondit se nicher dans le seau d'une catapulte, en croqua la corde et se retrouva propulsé dans les airs…

Alice rit à gorge déployée – mais c'était à mettre sur le compte « des nerfs ». Le placide commandant resta quant à lui de marbre, roulant seulement des yeux au fil de sa trajectoire d'étoile filante.

— *Tenez arcs !* poursuivit-t-il d'un ton égal.

Sans quitter des yeux ses oppresseurs, Alice s'approcha à reculons de la margelle du puits, jetant discrètement un œil à l'intérieur...le trou semblait sans fond.

— *Décochez flèches !*

Une grêle de flèches aux pointes en forme de cœur s'entrechoqua par-dessus le puits...d'extrême justesse, le corps d'Alice avait déjà chu !

Une ombre passa alors sur les têtes des archers. Se croyant menacés par un cumulonimbus, ils s'enquirent de l'état du ciel...

« Un cumulonimbus » ? C'était le visage titanesque de leur reine qui, par-delà les hauteurs de l'édifice, était venu épier sa proie ! Son gros œil veineux glissa le long de la muraille, puis, au son d'un grognement excédé, celle-ci balança vers l'horizon sa corpulente silhouette de dinosaure humain…

CHAPITRE XV
Le laboratoire du n'importe quoi

Alice chuta longtemps, longtemps...fit plusieurs rotations sur elle-même, telle un astronaute livré à l'apesanteur ; craignit de traverser l'autre côté de la terre ; d'être éjectée dans l'espace. Lorsqu'elle en vint à se demander s'il existait la moindre différence entre tourner sans fin au milieu des étoiles ou tomber sans fin dans le trou d'un puits, un petit filet la heurta en pleine face qui, à sa grande surprise, lui fit éprouver un doux sentiment cotonneux. Elle y demeura allongée quelques secondes, laissant flotter son corps comme sur un nuage à un mètre ou deux du sol.

Son nouveau décor était une grande pièce cubique, plongée dans l'obscurité. Le plafond en était découpé d'une ouverture cylindrique d'où retombait un infime rayon de lumière, pareil au point clôturant cette phrase.

« Je ne peux pas croire que je sois tombée de si haut ! », s'étonna Alice.

La surface bosselée des murs réverbérait la lumière émanant des lanternes suspendues aux quatre coins de la pièce, révélant par leurs contours luisants de grosses pierres humides, semblables à des galets. On eût cru des oubliettes, ou la cellule surdimensionnée d'un géant.

Un plan de travail en U la bordait de la tête aux pieds. Fixés à des supports en acier, une ribambelle de tubes à essai, de fioles ou de ballons en verre, raccordés les uns autres par des tuyaux, érigeaient autour d'elle un véritable rempart d'instruments de chimie.

« Le repaire d'un savant fou ! » percuta-t-elle en se redressant.

Elle se tira jambes les premières hors du filet, sur lequel elle jeta un regard défiant. Les mailles de ce dernier s'étaient resserrées pour tisser maintenant la trame d'un hamac. Le propriétaire des lieux avait espéré l'endormir avec ce confort pour mieux la soumettre à ses expériences, elle en était sûre !

La seule échappatoire en vue était l'énorme grille d'aération qui surplombait une porte blindée, sur sa droite. Éventrée par la silhouette de la porte itinérante, elle ne laissait aucun doute quant à la piste à suivre...restait à savoir comment y accéder !

Il y avait en face d'Alice une série d'étagères en fer montant jusqu'au plafond, sous lesquelles était glissée une rangée de coffres et des bacs remplis de masques brisés. Sur sa gauche, une cheminée monumentale occupait un large pan du mur, que dominait un portrait de la reine d'Angleterre. Derrière elle, enfin, ne se trouvaient que quelques armoires métalliques et un bureau à gradin orné d'une mappemonde, dont le coupon de cuir noir était recouvert d'une carte aux trésors, d'une longue-vue et d'un sextant. Aucune trace d'une échelle pour atteindre le conduit, donc !

« Le temps que je trouve un moyen d'y accéder, Dieu sait où se trouvera la porte itinérante », désespéra Alice. « Elle aura sûrement pris un tour d'avance ! De plus, le savant fou qui vit ici pourrait apparaître d'un instant à l'autre – si ce n'est la reine en personne ».

N'ayant pas échappé aux archers pour succomber à un quelconque « docteur Frankenstein », elle sortit de sa poche la boule de cristal...Las ! Fêlée sur toute une longueur et devenue toute noire, elle n'était plus susceptible de la téléporter où que ce fût.

— Mince ! Que vais-je devenir, maintenant ?

Alice leva des yeux désemparés vers la grille d'aération éventrée, qui lui parut plus haute que jamais. Un grincement irritant de balancelle se fit entendre dans un angle supérieur du mur.

« Ne me dîtes pas que le corbeau s'est trouvé un perchoir ici ? », craignit-elle en tournant la tête.

Éclairée à demi par l'une des lanternes, la face inexpressive d'un pantin pivota elle aussi en sa direction. Accrochée à ses fils, la créature était assise sur sa propre croix d'attelle, qui pendait du plafond au moyen de deux anneaux rouillés.

— *Je suis le pantin déficelé et ce repaire est notre terrain de jeu, à ma cocottecinelle et moi,* déclara-t-il.

Il tendit le bras et, tel un rapace, une coccinelle de la taille d'un ballon de rugby vint s'y poser, révélant après avoir atterri des élytres en forme de cocotte en papier.

Alice en resta bouche bée. Mais après tout : ces extravagances ne valaient-elles pas mieux que les terribles délires d'un savant fou ?

— Oh...fit-elle, je suis tellement contente de rencontrer quelqu'un ! Je m'appelle Alice, et je suis sur les traces de la porte qui a fait un trou dans cette grille d'aération. Sauriez-vous où je pourrais trouver une échelle ou une corde pour y monter ?

Le pantin dénoua en un tournemain l'un des fils et se laissa coulisser le long de l'autre jusqu'à la terre ferme.

— Je peux même mieux que ça : *je peux te libérer de cet endroit !* se réjouit-il en s'avançant vers la cheminée. Mais d'abord, j'aimerais beaucoup que tu joues à un petit jeu avec moi ; un jeu de ma conception...en fait, *j'y tiens énormément.*

— Bon...fit Alice en riant faussement ; je suppose que je n'ai pas le choix !

Le pantin s'empara d'une boîte d'allumettes sur le manteau de la cheminée puis frotta l'une d'entre elles contre son corps de bois.

— Ne le prends pas comme ça ! badina-t-il en lançant l'allumette embrasée dans le foyer, qui éclaira d'un seul coup la pièce tout entière. Je suis prêt à parier que tu l'adoreras ! Et puis...la vie n'est-elle pas faite pour s'adonner à toutes sortes d'expériences ?

Alice fronça les yeux.

— *À quel cheptel appartenez-vous ?*

— Ouh la ! feignit de frémir le pantin en s'en allant bondir sur le bord du bureau. Un « cheptel » ? *À quoi bon restreindre sa croissance en se confinant à un « cheptel » ?* A bien y réfléchir, chacun d'entre nous n'est-il une exception dans un monde de règles ? Une entité sauvage prisonnière d'une société absurde ?

— Sur ce point, je serais bien en peine de vous contredire...sourit Alice.

— *Chacun devrait être roi en son propre royaume : voilà ce que j'en dis !* insista le pantin en tapant du poing. N'est-ce pas le vœu que nous formulons tous devant le puits à souhaits ?

— Possible…concéda Alice en penchant la tête.

— Vous me direz peut-être que « l'Alice » n'est pas d'ascendance royale ? *La « lys » ? Vivant symbole de royauté ?*

— S'il-vous-plaît, ne perdons pas de temps. Comment se déroule-t-il, votre jeu ?

— C'est un jeu très libre ! expliqua le pantin en sautant de son appui. Les règles sont données au fur et à mesure par la cocottecinelle : il n'y a pas de contrainte, pas de but final...mais en fait c'est plus qu'un jeu : *c'est un état d'esprit !* Une initiation à être libre de faire n'importe quoi.

— *Bien ! Bien !* s'impatienta Alice. Et que faut-il faire ?

— Avant toute chose, il me ferait très plaisir que tu signes pour moi un petit « objet-souvenir »…une sorte de livre d'or des personnes ayant accepté de jouer avec moi...

Il sortit d'un tiroir un cahier usagé. Il y était très exactement écrit, en tête de la première page : « livre d'or des personnes réellement libres » – et, quoique le pantin se fût empressé de l'ouvrir à la dernière page, ce détail n'échappa guère à Alice, dont les yeux lancèrent des éclairs.

Toute l'opération s'apparentait de plus en plus à un traquenard...mais qu'avait-elle de mieux à faire ? Alice s'empara du porte-plume que lui tendait le pantin et ajouta son nom à la liste des signataires.

— « Lady d'Émerveille » ? s'efforça-t-il de déchiffrer.

— C'est le nom que m'a prêté un cheval après qu'une duchesse s'est moquée de moi, lui expliqua Alice en lui rendant l'instrument.

— Oh...oh...*parfait !* balbutia le pantin avec la mine hypocrite de celui qui n'ose critiquer.

» Si tu avais porté un masque de la Cheptel Company ou l'un des uniformes de leurs labels différences, je t'aurais maintenant enjointe à les détruire pour les jeter parmi les autres...mais il semblerait que tu as déjà fait plus de la moitié du chemin vers la liberté vraie !

— *Je suis prête*, indiqua Alice d'un ton sans appel.

Le pantin déficelé déposa délicatement la cocottecinelle sur le coupon en cuir du bureau. Manifestement faite à ce rituel, celle-ci étendit spontanément ses élytres en forme de cocotte en papier de sorte de lui permettre d'y accéder.

— Quel nombre choisis-tu, Alice ?

Elle haussa les épaules.

— Disons « huit »...

Le pantin ouvrit la cocottecinelle dans un sens, puis dans l'autre, jusqu'à ce qu'il eût atteint le chiffre demandé. Au terme de la manœuvre, le pliage creusait sur le dos de l'insecte comme une pyramide inversée, sur les quatre facettes de laquelle figuraient des enseignes de cartes à jouer, noires sur fond rouge.

— Lequel de ces quatre symboles choisis-tu ?

— *Le trèfle*, dit Alice sans trop hésiter.

Le pantin déplia l'encoche correspondant au trèfle. Il y était écrit quelque chose qu'il lut à haute et intelligible voix.

— *La cocottecinelle a dit : « Étale de la confiture sur le nez de ton partenaire ».*

Alice le regardant d'un air incrédule, il ajouta :

— C'est la première règle du jeu...*c'est parti !*

Il courut grimper sur une étagère pour y enduire ses doigts de confiture, tandis qu'Alice demeura un instant hébétée.

« Ah ! », se résigna-t-elle en soupirant. « *Puisque la « cocottecinelle » l'a dit…*»

Elle se dirigea sans entrain vers les étagères, agitant la tête de gauche à droite pour échapper aux assauts du pantin qui, déjà, en revenait en sautillant dans l'espoir de recouvrir son nez de confiture de fraise.

— Halte là, vilain garnement ! s'exclama Alice après avoir alimenté son propre index en « munitions ».

Elle saisit d'une main le petit poignet menaçant et, de son autre main, écrasa une pointe de confiture de myrtilles sur le petit nez empâté. Jamais victoire ne fut moins honorable ni plus facile.

— Ha, ha, ha ! se tordit de rire le pantin. Nous nous amusons comme des fous, n'est-ce pas ?... Viens ! À toi de me faire tirer la prochaine règle !

Ce ne fut pas sans répugnance qu'Alice glissa à son tour ses mains entre l'abdomen et les élytres de la cocottecinelle. Le pantin se choisit un chiffre, un symbole, puis vint le temps d'énoncer la règle.

— *La cocottecinelle a dit : « Mords l'oreille de ton partenaire »*…mais je préférerais choisir autre chose ! Je n'ai jamais trouvé très drôle de mordre l'oreille des gens...

— Et pourquoi pas ? s'étonna le pantin. Tes parents te l'ont interdit ? Au nom de quoi faudrait-il se priver de la liberté de mordre les oreilles des gens ?

— Je ne sais pas...je crois que c'est parce que cela me donne la désagréable impression de devenir leur boucle d'oreille ! répondit Alice, qui ne sut exprimer son dégoût plus directement.

— Dans ce cas laisse-moi te mordre l'oreille, puis nous passerons à la règle suivante ?

Alice fit grincer sa mâchoire inférieure de droite à gauche et de gauche à droite, méditant douloureusement la question.

— Soit...finit-elle par lâcher d'une voix blanche.

Le regard vide et le geste automatique, elle souleva le pantin par les aisselles afin de lui rendre accessible l'une de ses oreilles. Une ascension anormalement lente : Alice n'était pas sûre…

— *Ah*...soupirait par avance le pantin, en proie à quelque extase. Pour ma part *j'adore* mordre l'oreille des gens !

« C'était sûrement son intention depuis le départ », songea Alice : « il *connaît par cœur* la cocottecinelle ! ».

Lorsqu'il fut à deux doigts de croquer le petit lobe de son oreille...ce fut elle qui mordit la sienne : une oreille dure comme un os !

— Oh oh ! Bien joué, partenaire ! s'exclama sur le champ le pantin. On me laisse croire à la victoire pour mieux m'attaquer par-derrière : très ingénieux !

Son fair-play surprit beaucoup Alice sur le moment, mais très bientôt, elle n'y vit plus que l'hommage d'un perfide pour la perfidie.

En effet, c'est avec un petit rictus amusé que le pantin déficelé lut la prochaine « règle », après qu'elle eut opéré ses « choix » en matière de chiffres et de symboles.

— *La cocottecinelle a dit : « Sors un monstre d'un bocal de formol et enfonce le dans la bouche de ton partenaire ».*

Leurs yeux se croisèrent. Quoique ceux du pantin eussent parfaitement pastiché une sereine indifférence, une jubilation riante lui vibrait au fond de l'œil. Ce nouveau *gage* était pourtant abject ; autant abject qu'étaient angéliques ses joues rebondies sculptées, et ses grands yeux candides.

« En voilà un qui arracherait sa patte à un insecte en toute cruauté ! », songea Alice.

Cette réflexion la rappela à la promesse qu'elle avait faite au petit criquet, près de l'étang d'Anémone : la promesse de veiller à ne plus faire n'importe quoi.

— *Ça suffit !* trancha-t-elle. J'en ai plus qu'assez de faire n'importe quoi ! Respectez votre promesse, maintenant, et montrez-moi comment sortir d'ici !

— Allons, allons...Qu'est-ce que c'est que ces caprices ?

— J'ai assez joué, c'est tout.

— Tu faisais donc semblant de t'amuser, jusqu'à présent ?

— Je ne me suis pas amusée ! À aucun moment. Ça ne m'amuse pas, d'être obligée de faire n'importe quoi.

— Il ne s'agit pas d'être « obligée » à quoi que ce soit ! Il s'agit de respecter le vœu que tu as fait en sautant dans le puits... « être libre de faire n'importe quoi ». N'étais-tu pas d'accord ?

— Non ; et je n'ai rien souhaité du tout ! J'ai seulement voulu échapper aux archers pour rejoindre la porte itinérante.

— Ce qui *est* n'importe quelle chose ! De même que « noyer un chat » est n'importe quelle chose ! *Quand on est réellement libre, toutes les libertés sont bonnes à prendre*...je te renvoie à mon jeu !

Alice secoua la tête d'un air écœuré.

— *Vous, au moins, vous ressemblez à ce que vous êtes...*

— C'est à dire ? fit le pantin en haussant les sourcils.

Alice hésita puis, au terme d'une grande inspiration, dit ce qu'elle avait sur le cœur.

— *...un pantin, tiens !* Vous croyez vous être libéré de tout, mais vous êtes la marionnette de vos propres caprices ! Si vous saviez vraiment ce que vous voulez, la liberté de « faire n'importe quoi » ne vous attirerait pas tant...

— Ce que tu dis là n'est ni très tolérant ni très amical, Alice, et j'en suis fort contrit. Si nous n'étions pas amis, je m'imaginerais même que tu portes un jugement ! Il s'agit sans aucun doute d'un malentendu, mais, pour préserver nos bonnes relations à l'avenir, je te demanderai de respecter entre nous la convention suivante : *ne me juge pas...*

— Mais enfin, je ne…

Elle réalisa être sur le point de se contredire.

— *Bien sûr que je vous juge !* Tout le monde porte un jugement sur tout le monde ! Comment faire autrement ? *C'est humain !*

— Taratata...D'où te vient tout à coup ce langage autoritaire ? Pourquoi voudrais-tu « juger les autres » ? Pour satisfaire quel appétit dominateur ?

Alice haussa les épaules.

— Il faut bien juger les autres pour se faire une idée de leur valeur…savoir s'ils sont bons ou mauvais ; ou tout simplement les connaître !

— À t'entendre il y aurait d'un côté les personnes gentilles, et de l'autre les personnes méchantes ! ricana le pantin. *Comme j'aimerais pouvoir les reconnaître du premier coup d'œil…*

— *Mais on peut les reconnaître !* affirma Alice : les personnes bienveillantes inspirent la sympathie et le respect, alors que les personnes méchantes suscitent le rejet et le mépris...C'est comme ça depuis que le monde est monde !

— *Et bien évidemment, dans ton « monde » merveilleux, il n'y a que les horribles personnes qui fassent d'horribles choses...*

— *Oh...mais je n'en sais rien !...* Tout ce que je sais, c'est qu'on ne devient une horrible personne qu'en faisant d'horribles choses ! Il faut bien juger les autres pour ce qu'ils font ! Si tout se valait, je ne vois pas trop quel serait le mérite d'être « libre » ? Autant être un chien ; un cheval ou...un criquet !

Sa répartie laissa pantois le pantin.

— J'ai bien peur que tu ne comprennes jamais rien à la « Liberté avec un grand L »...grommela-t-il du bout des lèvres.

— Et moi j'ai bien peur de ne plus ressembler à rien à force de faire n'importe quoi ! Quel intérêt de vouloir rester libre de faire « d'horribles choses », ne serait-ce que par jeu ? Ce qui m'intéresse moi, c'est d'être libre de faire *ce que je veux*, pour devenir *une personne meilleure*...Tout n'est pas un jeu, dans la vie !

— Tu dis cela parce que tu t'obstines à vouloir « juger » les choses ! Mais soit...*je tolère ton désir de vouloir devenir une personne meilleure.*

Alice pouffa de rire.

— Tout ça pour conserver le droit d'arracher la patte d'un insecte, ou je-ne-sais quoi…

— Et alors ?... *Si l'insecte est d'accord ? Tu n'as pas pensé à cette éventualité !* Au nom de quoi voudrais-tu l'en empêcher ? *Si nous avons passé un contrat, lui et moi ?*

— Si deux êtres étaient assez fous pour passer un contrat pareil, je pense qu'ils ne devraient pas prendre leur cas pour une généralité et qu'il faudrait continuer à propager l'idée que c'est mal pour protéger les nombreuses personnes qui veulent conserver leur patte, ou leur bras ! Voilà ce que je leur dirais ! « Ne fais pas à ton prochain ce que tu ne voudrais pas qu'il te fasse » : c'est ma morale.

— Ah ! « La morale »...encore un conditionnement social qu'il faudrait éradiquer...Mais je ne te juge pas, Alice ! Tu as raison de croire des choses fausses si cela te fait du bien. C'est mon credo à moi : « ne juge pas ton prochain aussi longtemps qu'il ne te jugera pas ».

Alice secoua la tête d'exaspération.

— Comme si vous ne jugiez pas depuis le début de cette discussion en me traitant d'intolérante, tout ça parce que je ne veux plus jouer avec vous...

— C'est faux ! C'est faux ! *Je mets un point d'honneur*, dans ma conduite publique, *à m'abstenir de juger !* Je *condamne* parfois, mais c'est tout...

— Dans ce cas, vous êtes fou !

— Je suis *tolérant !* hurla le pantin en sautillant. Avec moi, tout le monde est libre de faire n'importe quoi ; tandis qu'avec des gens comme toi...

— *Avec des gens comme moi, tout le monde est libre de devenir une personne meilleure !*

— Quelle horrible restriction de la liberté, grimaça le pantin. *Il faudrait éradiquer les gens comme toi !*

Il mit quelques secondes à mesurer la violence de ses propos ; après quoi il se fendit d'un petit sourire gauche, quémandant à Alice un peu d'indulgence.

— Je...je crois que nous nous sommes un peu « emballés » ! fit-il en passant sa main sur son front sans transpiration.

Il soupira un grand coup et se rapprocha d'elle, agitant bien haut ses mains jointes, tel un apôtre de paix.

— À quoi bon se prendre la tête, hein ? *La vie est courte : autant la consacrer à des activités plaisantes !*

Alice avait déjà entendu ce refrain quelque part...

—D'après ma propre expérience il vaut mieux réfléchir un peu dans la vie, au contraire ! À chaque fois que l'on refuse de porter un jugement, quelqu'un d'autre le fait pour nous et prend des décisions à notre place. Et ce n'est pas ce que j'appelle « devenir adulte ».

— Bah ! fit le pantin avec un sourire jaune. Qui se soucie de devenir adulte ?

— *Moi !* s'exclama Alice avec un air de défi. Et pourquoi pas ? « Devenir adulte » est « n'importe quelle chose »...

Elle laissa se poser un silence acrimonieux, puis ajouta :

— Vous fricotez avec le chapelier, n'est-ce pas ? *Où est votre permis vous autorisant à faire ce que vous voulez ?*

Le pantin demeura interdit.

— Repartons de zéro : je vous offre un verre...*le pot de l'amitié !*

Il lui tourna le dos et déversa le contenu d'un tube à essai dans une fiole remplie d'un autre liquide, les membres tremblants.

— Vous êtes l'autre facette du chapelier, vous et votre satanée « liberté de faire n'importe quoi » : *voilà ce que vous êtes !* poursuivit Alice en le pointant du doigt. Je suis prête à parier que la Cheptel Company vous paie cher pour vous occuper des gens qui lui résistent ; tous ces gens qui refusent d'être réduits à un « label différence », ou d'attaquer ceux qui ne pensent pas comme eux ! Vous leur apprenez à se soumettre à n'importe quoi, avec vos « jeux » malsains et démoralisants...

Le pantin affecta un air navré et tendit à Alice une tasse de thé remplie de son breuvage.

— Je veux bien prêter une oreille compatissante à ton intolérance, Alice…mais tu ne peux pas m'abandonner : tu as signé mon livre d'or...Tu t'es *engagée* à jouer avec moi ! Tu t'en souviens, j'espère ?

— La seule raison pour laquelle vous m'avez fait signer un papier c'est qu'il est *impossible* de vous faire confiance, et vous le savez bien ! s'emporta Alice en jetant la tasse par terre.

En se brisant, celle-ci libéra dans l'air une image déformée de la porte itinérante dont la poignée, pour un instant, parut à portée de main...puis cette illusion en couleurs se dissipa, telle une colonne de fumée chassée par le vent.

« Voilà la fausse liberté à laquelle je viens d'échapper ! », comprit Alice.

— Comme il te plaira...soupira à nouveau le pantin déficelé. Si tu refuses d'être libre avec moi, je ne vois aucune raison de te retenir ici...

Il grimpa sur le gradin de son bureau et dévissa l'hémisphère nord de sa mappemonde, y dévoilant un gros bouton rouge en lieu et place du noyau terrestre, qu'il activa sans état d'âme.

— *Va ! Tu peux partir...* fit-il d'une voix vaincue.

Un mécanisme se mit en branle derrière les murs. Quelques secondes plus tard, un verrou se déclencha et la grosse porte blindée s'entrebâilla, d'où émanait un air très frais.

La chose parut un miracle à Alice. Le plus simplement du monde, voilà que le pantin la libérait de cette prison ! Elle courut découvrir l'envers de ce décor.

Ce que cachait cette porte de coffre-fort...c'était un pont de singe interminable qui, suspendu de part et d'autre d'un gouffre immergé de brume, montait, montait...et montait encore jusqu'à atteindre une gigantesque île flottante, au bord de laquelle s'érigeait une arcade fleurie formant les mots « PARC ROYAL » !

— *Vous vous moquez de moi ?* s'étrangla Alice. Qu'est-ce que c'est, ici ? « Retour à la case départ » ?

Mais le pantin ne répondit rien, qui, assis en tailleur sur son bureau, boudait ostensiblement, le corps tourné vers le mur opposé...

Alice observa le conduit d'aération éventré par le passage de la porte itinérante ; puis le pantin déficelé ; puis le conduit d'aération encore...Lui vint alors ce que l'on appelle « une idée ».

— Votre jeu est très bien fichu ! déclara-t-elle, non sans franchise. Si je ne réfléchissais pas, je m'imaginerais vraiment qu'il n'existe aucune alternative entre accepter d'être étiquetée par la Cheptel Company ou faire n'importe quoi en m'imaginant être libre. Mais je sais bien qu'il existe une troisième voie – et je vais vous le démontrer tout de suite !

Le pantin déficelé affectait toujours de ne pas l'entendre – pour son propre malheur...

Le fil le raccordant encore au plafond luisait telle une lame, sous l'éclairage parcimonieux de la cheminée. Sans mot dire, Alice le tira de toutes ses forces, arrachant avec l'anneau dont il était solidaire la dernière entrave l'empêchant de mettre son plan à exécution.

Le pantin, outragé, la toisa de haut en bas comme la dernière des sorcières.

— *Et ma balancelle ? Comment vais-je pouvoir retourner à ma balancelle ?* dit-il en la fixant dans les yeux, la nuque droite comme un râteau.

— Quel grappin préférez-vous que j'utilise ? demanda froidement Alice. Votre propre corps...ou votre « gouvernail de marionnette » ?

Mesurant le sérieux de son entreprise, le pantin rompit d'un coup de dent le dernier lien qui l'unissait encore à sa croix d'attelle, la rage au cœur.

Sous son regard renfrogné, Alice lança la croix d'attelle à l'intérieur de la grille d'aération, usant de coups de poignets à l'autre bout du fil pour la caler au mieux dans le coin libéré par la porte itinérante. Lorsqu'elle fut stabilisée, Alice grimpa le long du fil pour se hisser jusqu'au conduit.

Une fois perchée là-haut, elle fit coulisser la croix d'attelle jusqu'au pantin, déroulant sa corde de fortune ainsi qu'elle eût fait redescendre le seau d'un puits. Un sourire joyeux égayait ses commissures.

— Pourquoi es-tu incapable d'être une enfant comme les autres, Alice ? se lamentait le pantin au bas du conduit, qui ne la quittait plus des yeux. *Recherche tes plaisirs, fuis tes peurs, sois heureuse !* Quel est ton problème, à la fin ?

— Je ne laisserai jamais personne me diriger en manipulant mes plaisirs et mes peurs, *pantin.* Ce n'est un problème que pour les gens comme vous.

Le mystère n'en demeurait pas moins entier dans les yeux ronds du pantin, qui la fixaient toujours aussi intensément. » Pourquoi ? », « pourquoi ? »...l'interrogeaient-ils, comme hantés. C'était la seule question qui vaille ; la question cardinale de toute existence libre ; le passage obligé de tout devenir adulte...mais une énigme impénétrable pour quiconque se moque du bien, du beau et du vrai. Alice l'abandonna dans cette posture, pénétrant dans le conduit d'aération longeant le mur de droite.

À chacun de ses pas, la tôle se déformait en poussant des plaintes métalliques, semblables aux sons tirés d'une scie musicale. Alice s'orientait ainsi vers une faible lueur de lumière, à l'autre bout du conduit, qui semblait n'éclairer qu'une voie sans issue.

En cet endroit, les parois exiguës de son échappatoire remontaient en fait vers le ventilateur de l'étage supérieur, dont la grille avait été déchirée, elle aussi, par la porte itinérante. Alice s'y cramponna avec ses bras et ses jambes pour se hisser entre les pales de l'engin défectueux, puis traversa la grille.

Elle se retrouva au beau milieu d'une cuve immense, tâchée de rouille, où retombait d'une hauteur sensationnelle une lumière d'un bleu profond, que des scintillements faisaient danser comme sur une toile de cinéma le large des murs incurvés. Les innombrables barreaux d'une échelle fixe permettaient seuls d'y accéder, n'offrant pas la moindre sécurité ni la moindre garantie...on n'en voyait même pas le bout, tant était longue la distance à grimper et le halo éblouissant, tout là-haut.

« J'aurai finalement fait tout ce chemin pour rien ! », se dit Alice, dépitée.

Elle s'accroupit par terre et médita sa défaite, ses yeux cachés sous ses mains.

La conclusion était naturelle pour cette enfant atteinte de vertige, qui pour rien au monde n'aurait encouru de tels dangers, avant...

Puis elle songea à toutes ces mortes illusions qu'elle laissait derrière elle : toutes ces illusions qu'elle devrait retrouver ; avec lesquelles elle devrait composer et se compromettre au cours d'une vie de mensonges, si d'aventure elle se débinait.

Son vertige ne lui parut alors plus si grand : et c'est le cœur léger qu'elle se livra à la terrible ascension.

CHAPITRE XVI
Au diable, pays des merveilles !

De manière imperceptible d'abord, mais toujours plus évidente ensuite, les contours de la cuve ne cessèrent de rétrécir au fil de sa montée, si bien qu'Alice en vint à craindre de ne plus disposer d'assez d'espace pour elle et l'échelle, en fin de parcours. Arrivée aux ultimes échelons, elle fut soulagée de constater que le tuyau la contenant désormais était assez volumineux pour le passage de ses épaules et sortit sa tête dans le plus étrange des décors.

Une longue coursive étroite lui faisait face, qui, bardée d'un réseau de tuyauterie encombrant, était composée de parquets et de cloisons en tôles blanches, aux soudures visibles, pareilles à celles composant l'intérieur des sous-marins. Des hublots de la taille d'un homme, découpés les uns en regard des autres, y répandaient harmonieusement la douce clarté turquoise de la mer, ondoyante et mystérieuse…mais ce qu'il y avait de plus extravagant, ici, c'étaient ces sifflets à vapeur, ces klaxons et ces éléments d'instruments en cuivre, incorporés aux tuyaux longeant le plafond, dont les sons syncopés formaient les uns après les autres les syllabes d'une véritable phrase musicale, tels la fanfare mécanique censée égayer les membres d'équipage. Alice ne se souvenait pas avoir déjà vu pareille chose ailleurs. Alors qu'elle observait ce spectacle, une ombre passa sur son corps...un banc de poissons argentés se dispersait devant le plus proche hublot, ouvrant la marche à un requin gris.

« Alors c'est ça, ce que la duchesse appelait « le pays des merveilles » » ?

Elle glissa ses jambes hors du tuyau et, se réceptionnant malgré elle sur les touches noires et blanches d'un clavier, sursauta au barrissement instantané qu'elle fit naître chez lui. Ces tuyaux dorés qui la surplombaient...*c'étaient la sonorisation d'un orgue à vapeur !* L'imposant instrument clôturait ce côté de la coursive, tandis que l'autre extrémité de celle-ci débouchait sur une grande écoutille, munie d'une valve centrale, vers laquelle Alice se mit en chemin.

Il n'était pas aisé de se faufiler parmi cet enchevêtrement de plomberie où l'on risquait à tout instant de se cogner la tête, ou se prendre le pied. Alors qu'elle esquivait de son mieux poignées de valves et têtes de robinets, c'est sur une bonbonne de gaz qu'Alice faillit trébucher après s'être laissée distraire par un hublot. Elle se raccrocha in extremis à un cylindre vertical, fendu en son milieu par une encoche en biseau, et reçut en pleine figure un crachat de vapeur dont le sifflet lui vrilla les tympans...

— *Maudite machine !* s'écria-t-elle en frappant le cylindre.

Comme pour lui répondre, un pavillon de cuivre faisant office de haut-parleur lui déversa sa partition claironnante dans les oreilles...

Une méfiance noire s'empara d'Alice à la vue de la prochaine machine qui entravait sa route.

Formée d'un tube retombant du plafond, où elle coulissait dans une sorte de puits, celle-ci était munie de lentilles binoculaires ainsi que de poignées de contrôle latérales, lui arrivant à parfaite hauteur. Plus curieuse que rancunière, elle glissa ses yeux dans le dispositif.

Son champ de vision flottant au-dessus des vagues, elle vit à l'horizon une pointe rocheuse dominée par un phare peint de bandes rouges et blanches...celui-là même qu'elle avait aperçu à travers une longue-vue dans l'observatoire de la Montagne-Creuse !

Ayant vu ce qu'il y avait à voir, elle voulut se dégager de l'appareil...mais remarqua que celui-ci pivotait autour d'un axe vertical. Irrésistiblement, elle se demanda quelles autres surprises recelait la surface de l'eau...

...que croyez-vous qu'elle vît, en tournant la tête d'observation à cent quatre-vingts degrés ? Un visage qui à lui seul mesurait peut-être dix-mètres ; le visage austère et sentencieux de quelque Ursula vengeresse, marchant contre le courant maritime dans des vêtements trempés...*le visage de la reine de cœur*, encore et toujours à sa traque !

Alice se précipita maladroitement au bout de la coursive ; dévissa en toute hâte la valve de l'écoutille...*mais rien.* Il n'y avait strictement *rien* derrière l'issue espérée ! Ou plutôt si : un ciel d'azur moutonné de nuages blancs, au-dessus d'une pièce ronde sans plafond.

Alice fit volte-face ; chercha dans la coursive de quoi se propulser...

Un autre set de bonbonnes de gaz se trouvait par terre. Encapuchonnées de ballons soufflant dans des embouchures, via une série de soufflets en forme d'accordéon que des pompes dilataient ou contractaient à la même fréquence, elles assuraient les sons de trompette, de tuba et de cor au sein de la fanfare mécanique. L'un de ces soufflets, percé à sa base par un trou expulsant beaucoup d'air, donna une idée à Alice.

Elle l'arracha immédiatement à ses connections et se prépara à tester son hypothèse...bang ! Une soudure de plafond sauta et une dizaine de pupitres d'orchestre se déversa dans la coursive, depuis l'étage supérieur...au même instant, une mélodie détraquée s'enclencha : l'œuvre d'un orgue de barbarie, près d'Alice, qu'elle n'avait pas aperçu jusqu'alors. Des automates peints s'y dandinèrent gauchement, de part et d'autre de la machinerie, parmi lesquels elle craignit un instant reconnaître le sourire moqueur du pantin déficelé. *Était-il possible que ce drôle de sous-marin fût entrain de réagir à l'amputation qu'Alice venait de lui faire subir ?... S'agissait-t-il d'un protocole d'auto-réparation ?* Mieux valait se hâter.

Alice testa sa solution, bouchant les deux extrémités du « soufflet-accordéon » avec ses mains puis les contractant en même temps : l'air expulsé lui fit faire un petit saut sur elle-même. Entre-temps, les pupitres d'orchestre s'étaient recroquevillés, ayant pris la forme d'araignées mécaniques qui déambulaient dans sa direction !

Alice courut à toute vitesse vers la pièce à ciel ouvert où, battant de son accordéon comme l'oiseau bat des ailes, elle se donna par à-coups l'impulsion nécessaire pour s'élancer vers l'extérieur...Là, un vent marin la faucha en plein vol et la plaqua contre les barreaux d'une grue, à l'arrière d'un bateau, où son « instrument de sauvetage » lui échappa des mains et sombra parmi les flots.

Elle coulissa prudemment au bas de cette « échelle », puis s'accorda un moment de répit.

Venait-elle vraiment de s'échapper par cette cheminée de bateau à vapeur ? C'était à croire, dans ce pays de toutes les disjonctions logiques...

Le bâtiment était propulsé par de grandes roues à aubes, des deux côtés de la coque, qui lui conféraient un certain charme. Alice résolut d'aller voir le capitaine pour lui demander s'il avait vu la porte itinérante ou, dans le cas contraire, s'il voulait bien la déposer sur la terre ferme où elle fuirait plus rapidement la reine – qu'elle s'imaginait se débattre avec des tonnes d'algues gluantes, les pieds embourbés dans la vase…Elle éclata de rire.

Une main posée sur le garde-corps, elle éprouva quelques instants le soulagement de respirer l'air du large, parcourant le pont bâbord. Une falaise se dressait le long d'une plage de sable, au sommet de laquelle était incrustée une sorte de boule de cristal gigantesque...le dôme géodésique couronnant l'observatoire de la Montagne-Creuse !

Alice, bien sûr, eût alors pu se demander si le nom de « Montagne » Creuse n'était pas une faute de langage...mais à cette heure, elle ne se formalisait de rien. Il faisait si bon jouir de cette fraîcheur brutale ; de ce réveil des sens ; des effluves pénétrants de la mer qui à eux seuls incarnaient un appel vers l'aventure ; vers l'inconnu ; vers la conquête scientifique !

Cette pensée ramena Alice à la conscience du danger qu'elle encourait depuis quelques secondes, seule sur ce bateau ouvert aux quatre vents.

« Pourvu que le cor...-billard ne revienne pas ! » se dit-elle, craignant que la simple évocation de son prédateur ne le fît reparaître. Mais d'oiseau, il n'y en avait aucun. Pas une mouette ; pas un goéland ne sillonnait le ciel...

...Bien sûr à présent que je les ai mentionnés, *un tas d'entre eux sillonnait le ciel* – mais je veux dire que pas un seul de ces oiseaux ne présentait un plumage de nature à *inquiéter* Alice (ce qui importe beaucoup plus au lecteur).

L'un d'entre eux, néanmoins, présentait une incongruité interpellante. Pour commencer : il avait une tête de cerf...

— Oh ! s'enthousiasma Alice. *Avez-vous échappé à la vieille tantine, vous aussi ?*

L'étourdie n'avait pas vu que celle qui manipulait son ami, à l'autre bout de la ficelle, était *précisément* la vieille tantine. Chaussée de ses bottes Wellington, elle mettait dans ce loisir une application toute militaire.

— Eh eh...fit le cerf...*je suis devenu un cerf-volant !...*

La tête encastrée dans une structure volante, il semblait aussi à l'aise accroché au milieu des nuées qu'un chien à collerette suspendu à un fil à linge.

— Eh bien ! répondit Alice en forçant un sourire. *Quelle folle histoire !...*

Elle s'empressa de regarder ailleurs.

Non loin de ce duo tragicomique, une fille pleurait dans ses mains, agenouillée sur le sable. Vêtue d'une robe bleue et d'un tablier blanc, ses cheveux blonds coiffés en queue de cheval...c'était Alicia, l'alter ego qu'Alice avait cru sauver.

« Ne désespère pas ! Ose affronter tes peurs ! La vie est une aventure ! », voulut-elle lui communiquer...mais elle savait que c'était inutile.

Qu'était cette Alicia, sinon le mirage d'un avenir à éviter ? Sinon celle qu'elle pouvait encore devenir, si elle se laissait renoncer à ses idéaux d'enfant ?...

Alicia quant à elle eût bien voulu regarder cette enfant qui l'appelait en rêve, depuis le pont d'un bateau...mais lorsqu'elle retira ses mains, celles-ci découvrirent une tête sans visage, aveugle et muette.

« Aveugle à moi-même dans une nuit sans phare », se souvint silencieusement Alice...Et elle réalisa qu'en vérité le ciel couvrant la plage était noir comme de l'encre, tandis qu'éclairée par le phare, sa propre part du ciel brillait comme une journée d'été. Elle avait embarqué sur le bon navire ; elle tenait le bon cap !

— « Je guettais ta lumière / Ton amour en mémoire », poursuivit-elle à voix haute et rieuse en contemplant sa destination... « miroir, mon beau miroir »...

— ...*Pas mal !* siffla quelqu'un.

La voix provenait du pont supérieur.

Affalé sur un transat, un insecte de taille humaine y potassait un roman avec des yeux outrés, une serviette de bain enroulée autour de la taille.

— Monsieur Chenille ! s'exclama Alice. C'est bien vous ?

— *La deuxième intelligence du monde !* s'exclama à son tour son ami, qui, aussitôt, dissimula sa lecture sous sa serviette. Il est décidément impossible de lire à l'abri de *vos* regards indiscrets…

Débarrassé de son narguilé et de toute ride de fatigue, il ressemblait à ces repentis tardifs qui, en une seule cure purgative, espèrent résorber l'intégralité de leurs excès passés. Alice lui sourit.

— Comme vous avez grandi ! Comment se fait-il que vous ne soyez toujours pas devenu un papillon ?

— Oh...il m'est arrivé des choses fâcheuses ! *Des choses fâcheuses*...quant à devenir un jour un papillon...je crois, malheureusement, que je serai resté une larve toute ma vie !

La phrase amusa beaucoup Alice, qui réprima comme elle le put un rictus moqueur.

— Est-ce vraiment pour fuir « mes regards indiscrets » que vous avez embarqué sur ce bateau ?

— *Pas entièrement*, admit la chenille en dodelinant de la tête : je le dois aussi à un barbare de corbeau, qu'il me faut désormais fuir ! Le drôle s'était mis en tête de me croquer – imaginez-vous cela !… Je ne dus ma survie qu'à la pelletée de champignons rouges que j'ingérai sur-le-champ, à la faveur de mon génie instinctif : trop gros, je n'étais plus consommable, raisonnai-je ! Mais dorénavant je ne fais plus une larve en très bonne santé, et hélas !...hélas, je…

Il joignit ses pattes les unes contre les autres et se mordit une phalange en baissant la tête, l'air affligé.

— *Ne vous en faîtes pas*, lui dit Alice en caressant l'une de ses pattes : je suis sûre que c'est le sentiment qu'éprouve toute chenille, juste avant de se changer en papillon !

— Oh ! fit monsieur Chenille en s'essuyant une larme au coin de l'œil, « un papillon »…si seulement !...

C'était plus d'impudeur que son honneur n'en pouvait supporter. En quête d'une pirouette...il s'esclaffa.

— *Ah ! Vraiment, vous…vous n'y connaissez rien de rien !*

Il feignit l'hilarité en lui frappant dans le dos, déguisant sa petite émotion en larmes de joie. Alice, qui ne voulut pas l'indisposer, lui adressa un sourire de surface. Au fond, elle se souciait à nouveau de la reine, et des miles qui l'en distançaient encore…

Incapable de réprouver sa curiosité, elle se mit sur la pointe des pieds, cherchant à apercevoir quel genre de personne occupait la cabine du capitaine, au cas où il y aurait du vilain. « Naturellement », personne n'était à la barre !

— Vous semblez fébrile, quant à vous, nota monsieur Chenille...et peu concernée par le plaisir de ma conversation ! Que vous arrive-t-il donc ?

— La reine de cœur me poursuit, voilà ce qu'il m'arrive...et c'est devenu la créature la plus grosse de tout le royaume !

— Madame, enfin ! *Un peu de tenue.*

Alice s'interrogea une demi-seconde sur l'intérêt qu'elle aurait à tempérer ses propos.

— *C'est vrai !* insista-t-elle. Depuis qu'elle a mangé un bout de champignon, elle n'a fait que de grossir, encore et encore ! La dernière fois que je l'ai vue, elle marchait en pleine mer comme une sorte de « Poséidone », derrière le bateau.

L'anecdote eut le mérite d'écarquiller les yeux de monsieur Chenille. Songeait-il par avance à la difficulté de faire rembourser sa croisière ? Tenait-il Alice pour folle ?... *Avait-il faim ?*

— Il me semble que je serai bien inspirée de guetter l'arrivée de la porte itinérante en haut du phare, reprit Alice. Qu'en pensez-vous ?

Le pédante larve de lettres hocha savamment la tête.

— Depuis que je croupis au soleil sur ce transat, cette porte n'a cessé de m'incommoder avec sa boucle inlassable ! Nul autre que moi ne vous le dira mieux : le sommet du phare, tout comme ce bateau, fait *indiscutablement* partie de son itinéraire. Elle y fait une fois le tour de la balustrade, puis redescend d'une traite.

À la vue des espoirs que suscita cette information, il s'empressa d'ajouter :

— Mais il n'est pas encore né, celui qui mettra la main sur la poignée de cette porte – je veux dire du moins qu'il est loin d'être évident que votre seule détermination y suffise. Êtes-vous toujours certaine de vouloir rentrer chez vous par ce biais ?

— *Plus que jamais*, répondit Alice. Quant à vous, tenez : prenez cette pépite de champignon blanche. En plus de vous redonner la santé, elle pourrait vous aider à échapper à la reine, si d'aventure elle s'en prenait à vous après mon départ.

— *Eh bien, Madame*...s'étonna monsieur Chenille en plissant les yeux. Malgré d'incontestables lacunes en termes de sages grecs, vous êtes incontestablement une Lady !

Il crut nécessaire de se fendre d'un baisemain dont Alice, pour sa part, se fût largement passée.

Soudain, elle éprouva une très étrange impression. L'intuition d'une artificialité générale.

— Dîtes-moi, monsieur Chenille…est-il possible qu'en réalité vous ne soyez qu'un personnage créé par mon imagination et que je sache déjà tout ce que je vous fais dire ?

L'invertébré dandy, devant cette suggestion hérétique, se détendit dans toute son orgueilleuse hauteur.

— *Allons, allons...* Comment voudriez-vous que je sois un personnage créé par *votre* imagination si vous n'êtes que le *deuxième* cerveau de ce monde ?

Cet argument, dans l'exacte mesure où elle eût pu lui souffler, amusa beaucoup Alice.

— *Cela se défend*, lui dit-elle dans un demi-sourire.

Quelques remous firent chanceler leur embarcation autour de sa ligne de flottaison, mais ils n'y virent qu'un effet normal de la houle.

— J'aurais moi aussi une question à vous poser, lui dit Monsieur Chenille. Qu'avez-vous fait de ma suggestion de rendre un « service insigne » à la couronne, pour vous aliéner à ce point la reine ?

Alice n'eut pas l'occasion de lui répondre : une gigantesque vague s'amoncela derrière leurs têtes qui, pareille à un rouleau compresseur, inonda le pont supérieur, les balayant face contre terre. « Ce raz-de-marée ne peut être le fait que de la reine ! », se dit-elle en buvant la tasse. « Elle a dû courir dans l'eau pour me rattraper, ou je-ne-sais-quoi ! ».

Une deuxième vague leur roula dessus ; puis une troisième ; et une quatrième...précipitant à une allure toujours plus folle leur bateau sans bride vers la pointe de rochers. Les deux passagers n'eurent plus le loisir de se relever, qui se raccrochèrent comme ils purent au bastingage en espérant se maintenir à bord…

Lorsque le phare leur apparut haut comme une cathédrale et que la proue fendit les rochers, Alice n'entendit plus qu'un craquement de planches en détournant la tête…

Quelques instants plus tard, c'est étendue au pied du phare qu'elle reprit connaissance (« sans doute propulsée là par le choc », selon sa propre explication). Monsieur Chenille avait disparu. Quant au bateau à aubes, c'était pour ainsi dire devenu l'ornement d'un jardin de pierres et de mousses ; une épave semblant avoir toujours appartenu à ce décor, où Alice s'imagina voir s'ébattre des enfants. Au moins sa perspective de départ était-elle sauve. Elle jeta un dernier regard vers le sommet du phare et, le cœur rempli de stress et d'excitation, passa le seuil de la porte.

Le « donjon des mers » la déçut d'emblée par son vide intérieur…ce n'était qu'une banale tour de signalisation.

La bâtisse n'abritait en effet qu'un long cylindre carrelé, fendu à intervalles réguliers par de larges fenêtres carrées et enroulé par un escalier en colimaçon qui paraissait, d'ici, ne rencontrer pour obstacle qu'un lointain plafond. Alice en grimpa les marches quatre à quatre, fermement décidée à précéder la porte itinérante, tout là-haut, pour bondir sur sa poignée le moment venu.

« Cinq », « dix », « quinze », « vingt »…les chiffres indiqués sur la tranche des marches lui inspirèrent un peu de courage, au début. Mais ils atteignirent très vite des cimes étrangères à toute proportion et à toute suite logique, faisant se succéder « cent-sept », « mille deux-cent douze », « cinq millions trois-cent-cinquante mille », puis d'autres chiffres inépelables encore, dont la seule fonction semblait être de la décourager. Ne tenant plus aucun compte de cette numérotation fantaisiste, elle se consacra uniquement à son effort, se bornant à regarder ses pieds jusqu'à ce qu'elle atteignît son but.

Elle crut ce moment advenu lorsqu'elle vit la rampe d'escalier s'enfoncer derrière un pan du plafond, mais l'autre côté n'en donnait accès qu'au palier supérieur : une sorte d'étage minuscule rempli de caisses, de sacs et de toutes sortes de provisions, autour duquel l'escalier en spirale poursuivait sa rotation. Plusieurs paliers de cette sorte se succédèrent en enfilade.

Le suivant mettait en scène une petite cuisinière en fonte, un vaisselier et de quoi s'attabler.

Celui d'après n'était aménagé que par une série de lits superposés identiques, épousant la courbe des murs, où Alice nota qu'un poids incongru pendait par un trou.

Le troisième, comparable à ces cabanes d'affût d'où l'on observe les oiseaux, était meublé d'un bureau parsemé de livres de bords, de paperasses et de jumelles ; jonché de récipients à moitié renversés contenant de l'huile, du verre ou des lampes de rechange…et surtout était pourvu d'un mécanisme d'horlogerie qui, entraîné par le poids aperçu à l'étage inférieur, mettait en branle un plateau tournant, au centre de la pièce, responsable de la rotation du système optique, visible par une ouverture circulaire au milieu du plafond. Le phare était à deux pas ! Alice s'empressa de gravir la dernière volée d'escaliers menant au balcon d'observation.

Courant au-devant de la lanterne pour s'imprégner du panorama, elle coupa par mégarde l'ample cône lumineux qui, si étrangement, traçait à ses extrémités une frontière céleste entre jour et nuit. Un rayon noir se faufila un instant sur la mer, l'horizon et le ciel – le temps qu'Alice se rangeât du côté sombre du phare, qui donnait sur la plage.

« Quelle idiote ! », se dit-elle. « Voilà un indice pour la reine de cœur ! ».

On ne pouvait ignorer en effet que ce voile ombrageux était provenu du phare, où quelque distrait avait dû occulter la lumière émise par les lentilles…

Alice s'appuya contre la balustrade, guettant d'un œil d'aigle la position de sa Némésis. Sa silhouette indolente lui apparut bien vite, qui, la démarche bossue et le souffle court, marchait dans sa direction à travers les vagues.

« C'est bien elle qui a naufragé notre bateau en se dépêchant », jugea-t-elle.

Elle étendit son bras. Entre son pouce et son index, la propriétaire lésée du plus grand de tous les non-feux d'artifices mesurait un peu plus de cinq centimètres – ce qui lui laissait certes un peu de temps…mais assez ? La chose ne dépendait que de la porte itinérante…

Alice se plaça en un point idéal du balcon, d'où elle pouvait tout à la fois épier l'arrivée de la porte itinérante et avoir l'initiative dans leur face-à-face. Accroupie et prête à bondir, immobile et invisible, elle attendit là ce qui lui parut durer un long moment…quelques minutes, peut-être – mais au cours desquelles elle se sentit graduellement désemparée.

L'obscurité quasi-totale immergeant cet autre côté de la lanterne ne lui procurait aucun réconfort. Tout au contraire, elle lui faisait l'effet d'une niche ténébreuse où la reine n'eût qu'à glisser la main pour se servir, et l'empoigner. Cette impression lui était d'autant plus désagréable qu'elle pouvait cependant voir, depuis cette position, le corps de la géante émerger lentement de la surface de l'eau à mesure qu'elle se rapprochait de la côte, et les traits de son visage se préciser…et avec eux les contours d'un destin tragique ?

« Quelle bêtise de rester ici comme une proie désignée ! », pestait en elle-même Alice.

Mais à quel meilleur plan se fier ? Monsieur Chenille avait clairement stipulé qu'une fois arrivée en haut, la porte itinérante ferait un tour de balustrade et redescendrait « d'une traite ». S'il avait jamais valu la peine de venir jusqu'ici…il valait la peine de tenter le coup !

Alice veilla donc d'un œil résigné sur les marches de l'escalier, claquant ses talons contre le sol pour défouler ses nerfs. De temps à autre, ses yeux manquaient à leur vigie ennuyeuse, laissant dériver leur attention vers la lanterne du phare où se jouait un manège étonnant : dans son bocal octogonal, en effet, la gigantesque lentille à échelon vrillait sur elle-même, comme bloquée par un support de rotation détraqué.

« Ce doit être la raison pour laquelle l'ensoleillement du ciel est à moitié raté », se dit Alice.

L'œuf de verre extraterrestre que paraissait être cette lentille bourdonnante, à la fin, devint pour elle l'objet d'une curiosité hypnotique.

C'est à ce moment que se produisit « la chose »…

Alice surprit un rien ; comme un froissement dans l'air glissant derrière son dos. À peine eut-elle le temps de tourner la tête qu'un objet pointu perfora sa peau.

— Aïe ! s'écria-t-elle en se relevant, les muscles tendus par la douleur.

Elle prit connaissance de son agresseur. C'était cet augure de mort ; cette menace noire qui lui rôdait autour depuis le début…*c'était le corbeau !*

— Oh non…gémit-elle. Monsieur Chenille ! *Monsieur Chenille m'a trahi…*

Un chatouillement sur son bras attira son attention, pareil à une goutte ruisselant sur une vitre. C'était un filet rouge vif ; une coulée de sang chaud…

— *Monsieur Chenille n'est pour rien dans vos présentes turpitudes, Alice*, lui répondit le corbeau de sa voix grave et morose. *Celles-ci relèvent de la seule responsabilité de votre serviteur : le triste Hermès des êtres sacrifiés ; l'exécuteur des funestes besognes.*

Alice ne revenait pas de ce que le corbeau parlât ; de ce qu'il connût son nom ; mais plus encore…de la nouvelle qu'il avait à lui annoncer…

— *Alors je vais mourir ?...*

Elle tomba à genoux, ses yeux baignés de larmes.

Elle qui s'était crue immortelle, tout le temps de sa prime jeunesse ; elle qui avait encore tant à faire, encore tant à rêver…pendant que les enfants du monde entier continueraient leurs jeux, elle mourrait avec son insouciance au sommet de cette tour…

— …*Je ne veux pas !* protesta-t-elle en coupant un sanglot.

— *Je ne suis pas venu prendre ta vie, Alice – pas encore ; pas aujourd'hui. Je suis venu…t'offrir un avantage. Ou plutôt…t'adresser un « encouragement providentiel ».*

Le petit corbeau esquissa un rictus qu'il espéra chaleureux.

— *La chose a souvent été dite, a souvent été constatée : avoir frôlé la mort est l'ultime libération, pour qui désire vivre libre. À présent que le bec de la mort t'a piquée, ton âme pourra s'épanouir dans toute sa plénitude.*

Alice se releva doucement, comme revigorée par ces paroles qu'elle comprenait encore mal.

Elle était sûre d'une chose : quoiqu'il fût dispensateur de mort, cet ennemi était une menace mineure comparé aux vies aliénantes qu'avaient cherché à lui imposer le chapelier, le pantin ou la reine.

Posté sur la coupole coiffant la lanterne, en prévision de son départ, il lui lança un dernier regard en lui confiant ces mots :

— *Persévère, Alice ! La mort n'est qu'une impasse dont tu n'as rien à craindre ; mais ta jeunesse, en revanche !...ta jeunesse est une course contre un destin en fuite.*

Il se fendit d'un clin d'œil inexpressif, tourna la tête et prit son envol, passant devant la plage nocturne et la mer ensoleillée en quelques battements d'ailes, puis disparaissant à l'horizon.

Cette rencontre surnaturelle eût tôt fait de se clore qu'Alice aperçut un tas de feux-follets remontant des falaises. Mais ce n'étaient pas des feux follets : c'étaient les torches portées par des hommes-cartes qui, leur fusil en bandoulière, couraient dans sa direction en flot constant, tels les participants d'une battue.

Ponctuant la ligne de crête de centaines, de milliers, d'un nombre incalculable de points lumineux, ils se jetaient les uns à la suite des autres sur le sable où, sans s'interrompre, ils couraient prendre position sur le rivage ou se rapprocher davantage. Penchée par-dessus le vide, Alice vit les premiers d'entre eux pénétrer dans le phare…

— Montrez-vous, péronnelle ! tonna une voix familière. *Votre reine vous parle.*

L'arc de ses sourcils longeait la courbe de la balustrade, tant Son Altesse était devenue monumentale ! Éblouie par le puissant cône de lumière, elle ouvrait à-demi un œil pour tenter d'y voir quelque chose. Il eût été ridicule de se tenir plus longtemps dans l'ombre.

— Ah ! Je vois que même au sommet du phare, « insolente en robe bleue », on néglige de porter son fard ! Ha, ha !... *Riez, sujette !* Ne serait-ce que pour m'être agréable.

Alice ne pipa mot, se contentant de faire un pas de côté pour l'asperger de cette lumière que son corps occultait.

— Bien ! fit la reine en masquant à deux mains ses yeux aveuglés. Je vois que vous ne voulez *pas* m'être agréable...

Un tir fusa tout près d'Alice, trouant l'un des panneaux de verre encadrant la lanterne.

— Pas encore, fusilier précoce ! *Je veux être magnanime…*

Alice secoua la tête, navrée de constater que la reine déléguerait jusqu'au bout sa propre violence. Du rivage à la falaise, une formidable armée d'hommes-cartes la tenait désormais en joue – et des renforts permanents affluaient encore…

— J'ai un marché à vous proposer, incendiaire récalcitrante. Si vous daignez me rédiger dans un anglais impeccable une lettre d'excuse dûment signée de votre main, et à porter enfin le masque seyant à votre cheptel d'insolente – ou un quelconque fard *soulignant ce trait* – je consentirai à vous consacrer lauréate officielle du concours royal de poésie. Vous pourrez en outre vous mouvoir comme bon vous semble au sein de mon royaume, *comme si rien de tout cela n'était jamais arrivé.*

— *Et la porte itinérante ?* dit Alice en fronçant l'œil. L'arrêterez-vous pour moi ?

La reine roula des yeux en secouant la tête, signifiant par-là qu'elle pouvait toujours rêver.

Alice pouffa.

— Vous ne m'avez décidément pas comprise. Je me fiche de votre concours de poésie...je me fiche de me faire accepter par un monde pareil. Je veux uniquement *vivre libre*, en accord avec ce que je crois vrai !

— *Ah, cette fille est folle : ça ne fait aucun pli !* se tourmentait la reine en agitant les mains.

Des bruits de bottes retentirent dans l'escalier. Un peloton d'hommes-cartes se dispersa en arc de cercle autour d'Alice, pointant ses canons sur elle.

Au même moment dans le dos de la reine, la masse grouillante qu'était devenue son armée se déversa littéralement dans la mer, submergée par trop de recrues. Néanmoins du haut des falaises, le débit continu d'hommes-cartes se perpétuait de même, épaississant à chaque seconde la flaque des corps répandus. On pensait au charnier laissé par une bataille nocturne…à l'aberration entretenue d'une violence illégitime. Alertée par l'expression d'Alice, la reine se raidit.

—Eh oui, « péroniaise » : j'ai droit de vie et de mort sur mes sujets ! Et alors ? *Dois-je vous rappeler que cette règle vous concerne ?*

C'est possible, se dit Alice…mais que vaut l'épouvantail de la mort face à une vie humiliée, une vie dévoyée, une vie intoxiquée par l'encouragement de la soumission à tous les déshonneurs, l'inversion permanente de toutes les valeurs, la tyrannie du faux sur le vrai ?

Elle s'approcha de la reine, impavide et tranquille, et vit au pied du phare comme une tornade s'extraire de la cheminée du bateau, qui vrilla dans les airs et entra à l'intérieur…

Elle sourit.

— À quoi bon disposer d'autant de pouvoir, si c'est pour appliquer la morale du chapelier ?...d'autant que votre pouvoir ne s'étend pas à tout ! Vous n'avez aucune autorité sur les pensées, par exemple ; ni sur les imaginations. Et la porte itinérante...vous ne pouvez pas l'arrêter ! Vous ne pourrez jamais l'empêcher de tourner, ni empêcher ceux qui la traversent d'échapper à votre monde de fous.

— Ah, parce que vous croyez cela ? Vous croyez que cette « porte itinérante » n'est pas sous ma *bienveillante protection*, elle aussi ? Eh bien regardez…regardez ce qui arrive aux insolents qui menacent l'ordre de notre merveilleux pays !

Elle pointa un doigt titanesque en l'air et la porte itinérante, qui telle une patineuse venait de se réceptionner sur la balustrade, s'immobilisa net, comme sous le coup d'un enchantement…et tomba dans le vide telle une vulgaire planche de bois.

Alice bondit par-dessus la balustrade sous les postillons de la reine qui, hors de tout contrôle, s'écriait « feu ! », « feu ! », « feu ! »…

— *Au diable votre « pays des merveilles » !* cracha-t-elle à son tour en s'élançant du balcon sous les feux croisés des fusiliers.

Tout entière tendue vers la porte itinérante, elle caressait l'espoir fou de l'attraper dans sa chute ; se sentit l'effleurer du bout de ses doigts…

Et lorsqu'une seconde avant l'impact elle en saisit le cadre…

CHAPITRE XVII
« Quelque chose d'aimable »

…elle ouvrit les yeux, prise d'un haut-le-cœur ; se découvrit entrain de pousser les portes de son armoire et s'écraser contre le sol de sa chambre ! Essoufflée, transpirante…elle soupira de soulagement, allongée à plat ventre.

—Ha ha ! rit-elle, surprise par un coup de langue sur sa joue. *Et toi, Dinah : que t'est-il arrivé ?*

La chatte poussa un drôle de ronronnement en se frottant contre sa figure, lui communiquant sans doute le récit de ses propres aventures.

— *Ouh la !* fit Alice en se redressant.

Un fin filet noir formait une croûte le long de son bras, qui remontait vers un point rougeâtre.

« Le bec du corbeau ? ».

Elle s'accroupit pour jeter un œil à l'intérieur de l'armoire, mais aucune écharde, aucun objet ne s'y trouvait qui pût infliger ce genre de piqûre. Il fallait se satisfaire d'explications mystiques…

Soucieuse de ne laisser aucun indice de sa mue spirituelle, Alice gratta la croûte qui, en se désagrégeant, laissa ici et là des traces de sang liquide sur son bras, dont elle dilua les rougeurs suspectes au moyen d'un doigt recouvert de salive.

On frappa à la porte de sa chambre.

— Apprête-toi, Alice ! Nos invités arrivent dans une minute.

C'était sa sœur, éternelle commissionnaire des ordres de sa mère. Alice se releva tant bien que mal, la tête engourdie par des vertiges.

— Quelle heure est-il ?...fit-elle d'une voix confuse.

— Seize heures vingt-cinq. Nous t'attendons en bas.

Sa sœur resta à sa porte une poignée de secondes, puis s'éloigna.

— *Seize heures vingt-cinq ?* Je croyais que le goûter était pour seize heures !

Un soupir amusé lui parvint de l'escalier.

— Pour seize heures *trente*, Alice ! Le goûter était fixé pour seize heures *trente*…

Cela ne faisait pas encore « une minute d'ici à l'arrivée des invités » – mais enfin, Alice s'était habituée à composer avec ce genre d'approximations…

— N'oublie pas de te coiffer, tête de linotte !

Alice s'assit machinalement devant le miroir ovale de sa table à maquillage.

« Je me demande bien à quoi ressemble une linotte », songea-t-elle en s'y mirant, l'air endormi. « Évidemment ce n'est pas en me regardant dans le miroir que je serai plus avancée ! »

Elle dénoua sa queue et commença à se brosser les cheveux, pleine de cette application inefficace que suscite la rêverie.

« …En tout cas si c'est quelque chose d'aimable, je ne verrais aucun inconvénient à lui ressembler ! »

Elle repensa inévitablement à son aventure au pays des merveilles. Songea au « miroir » mentionné par le poème d'Anémone, auquel semblait faire écho le sien ; aux paliers successifs de l'escalier, qui apparentaient un peu la maison de ses parents au phare de son rêve – tout en mettant le plus grand soin à se grimer en « l'Alice des photos de famille »…

« *Vraiment ?* », vous étonnez-vous. « *Elle se plie au règlement familial après s'être rebellée contre la reine, et la Cheptel Company ?* »… Alice pensait à cela aussi.

Oh ! Il n'y avait rien à garder du concept de cheptel, et son étiquetage réducteur des individus en troupeaux conditionnés…Toutefois, il y avait une différence de taille entre sa mère et la reine de cœur, et Alice la voyait désormais avec une acuité particulière.

Où la reine avait été une femme totalitaire, égoïste et hystérique, ne cherchant qu'à tirer la couverture à elle le jour de son propre anniversaire, sa mère avait toujours été une femme dévouée et aimante. À sa propre manière excessive, la seule œuvre de sa mère avait consisté à lui transmettre le meilleur des enseignements de sa propre vie, pour protéger sa vulnérabilité d'enfant des poisons de ce monde. Au surplus, loin de vivre sous l'influence d'un homme pervers et puissant tel que le chapelier (et de sacrifier pour lui l'intégrité de ses enfants, l'intégrité de son prochain, l'intégrité de son pays) sa mère régnait sur son foyer en bonne intelligence avec cet homme simple, avec cet homme doux et tempérant qu'était son père.

Il fallait pardonner les excès de sa mère. Vivre loin d'eux un jour ; mais les lui pardonner. *Sa mère n'avait rien à voir avec la reine de cœur.*

Soulagée à cette pensée – et pas mécontente de son « déguisement » – Alice se réjouit par avance de la fantaisie qu'elle déploierait à distraire ses invités.

Elle se leva de sa chaise et, fidèle à ses rituels, jeta un coup d'œil à sa fenêtre avant de quitter sa chambre. Un magnifique papillon y passa, qui s'envolait en direction des toits. Elle se plut à croire que c'était un clin d'œil de Monsieur Chenille. Monsieur Chenille ne serait jamais bien loin, elle en était sûre. Ni Bill. Ni Jack…ni l'inénarrable casse-noisette !

Prête à rejoindre ses convives, elle se laissa une dernière fois retenir par l'instant. Posa seulement sa main sur la poignée de porte, qui ne s'enfuirait pas. Se vit en imagination descendre les marches de l'escalier, puis trouver rassemblées autour de la table les mines réjouies de son cousin Brian, de sa tante Agatha, de son grand-père Fernand – et tous ces visages familiers qui, ni de près ni de loin, n'étaient intervenus au cours de son rêve.

Cet instant, elle le savait, contenait la meilleure version de ce que serait jamais son goûter d'anniversaire…mais il contenait aussi la seule version d'entre elles qui fût condamnée à rester un rêve – et cela faisait toute la valeur des scènes à venir.

C'était derrière cette porte, c'était en ce monde que florissaient les libertés réelles – loin des slogans faciles promus par des menteurs ; loin des rêves spectateurs cultivant l'impuissance. Ainsi, quoique son enfance eût été traversée par le pressentiment précoce du tragique…il tardait à Alice d'avoir l'âge de se battre ; de vieillir pour défendre le bien, le vrai, le beau. La jeunesse n'est-elle pas « une course contre un destin en fuite » ?...

Elle ouvrit la porte, un sourire aux lèvres…

Ce qui suivit relève de l'œuvre de sa vie.

FIN

ANNEXE

Easter eggs / clins d'œil à l'œuvre originale[5]

CHAPITRE I

p.33 : *« — Dinah ?...*Ouste ! *susurra Alice en se redressant d'un bond. »*
La chatte d'Alice s'appelle Dinah dans les deux contes originaux.

p.33 : *« — Un corbeau ! sursauta Alice, qui fit plusieurs pirouettes en arrière à travers le meuble tout en dégringolant. »*
Menace d'un seul instant dans le chapitre 4 de *DLCDM*, où il fait fuir Tweedledum et Tweedledee, le corbeau apparaît dans cette revisite à intervalles réguliers en tant que figure allégorique.

p.36 : *« — Je ne vois pas ce qu'il y a d'enchanteur à parler à un chat perché ! répondit le chat du Cheshire en posant sur Alice un regard méprisant. Il y en a des tas, par ici... »*
Cette allusion par le chat du Cheshire à la folie des personnages environnants, de même que les conseils abscons donnés en fait d'itinéraire, revisitent le dialogue présent dans le chapitre 6 des *AAAPDM*.

CHAPITRE II

p.44 : *« C'était deux cartes ; deux authentiques cartes de jeux affublées d'une tête et de membres d'hommes, qui, palettes de peinture en mains, se disputaient au pied d'immenses échelles adossées à des pins. »*

---

[5] Par commodité, les *Aventures d'Alice au pays des merveilles* et *De l'autre côté du miroir* sont désignés ici par les sigles « *AAAPDM* » et « *DLCDM* ». Il faut également noter que cette liste n'est probablement pas exhaustive et n'énumère pas -sauf exceptions- les personnages empruntés à Lewis Carroll.

Au diable, pays des merveilles !

Les trois cartes rencontrées dans cette séquence (Cinq, Sept et Deux) sont tirées du chapitre 8 des *AAAPDM*, où elles se chamaillent en peignant des roses.

CHAPITRE III

p.51 : *« « J'espère que la Terre n'est pas plate, dans ce monde-ci », songea-t-elle au fil de sa course rectiligne, « ou je ferai une sacrée gamelle en arrivant de l'autre côté ! ». »*

Allusion à la chute d'Alice dans le chapitre 1 des *AAAPDM*, où la jeune fille s'imagine surgir à l'autre bout du monde et voir des gens marcher la tête à l'envers.

p.53 : *« — J'ai ordre de la reine de surveiller la mèche de lancement* du plus grand de tous les non-feux d'artifices. »

Le « non-feux d'artifices » fait appel à une logique analogue au « unbirthday » utilisé par Humpty Dumpty dans le Chapitre 6 de *DLCDM.*

p.55 : *« D'ailleurs mon manuel de français commence par la phrase « où est ma chatte » ?*...Comme un fait exprès, quand on connaît mon amour pour Dinah ! »

Alice cite la même phrase issue du même manuel de français dans le chapitre 2 des *AAAPDM*. C'était une référence culturelle réelle de la part de Lewis Carroll, le manuel en question ayant été publié en 1804 sous le nom *La Bagatelle: Intended to introduce children of three or four years old to some knowledge of the French language.*

CHAPITRE IV

p.71 : *« Cela ne faisait aucun doute : cette salle n'était que la réplique grandeur nature d'un plateau d'échecs ! »*

Cette configuration rappelle l'environnement découvert par Alice dès le chapitre 2 de *DLCDM*, véritable plateau d'échec naturel.

p.77 : « *Debout sur le poêle à charbon, Alice fut stupéfaite de voir à travers ce cadre les étendues verdoyantes de prés ensoleillés où, au milieu de fleurs hautes comme des tours de guet aux pétales pareilles à des hélices (...)* »

La vue de ce jardin magnifique mais inaccessible rappelle celui du chapitre 1 des *AAAPDM*.

CHAPITRE V

p.81 : « *Quand elle eut enfin fini, elle s'assit sur son tabouret à trois pieds et, sans plus se préoccuper d'Alice, reprit le tricotage d'un ouvrage en laine laissé dans un panier en osier posé par terre.* »

Ce tabouret du personnage de la « tantine » est le même que celui de la duchesse dans le chapitre 6 des *AAAPDM*.

CHAPITRE VI

p.91 : « *Alice descendit hors de sa boîte et s'aperçut que cette dernière reposait sur une minuscule table à trois pieds en verre massif (...).* »

Cette table à trois pieds en verre massif est reprise du chapitre 1 des *AAAPDM*, où il y était posé une clé d'or.

p.92 : « *Rêvant à quelque passage secret menant à quelque château merveilleux, elle inspecta tour à tour quatre portes et quatre rideaux mais, à chaque fois, fit face à un nouveau trompe-l'œil ou à un nouveau mur de briques.* »

Cette série de fausses issues renvoie aux portes fermées à clé du chapitre 1 des *AAAPDM*.

p.93 : « — *Mais, mais*...où est passée la longue-vue, pendant que je regardais dedans ? *s'écria-t-elle.* »

Clin d'œil à une réflexion d'Alice dans le chapitre 1 des *AAAPDM*, où elle voudrait pouvoir rentrer en elle-même telle une longue-vue.

p.99 : « — *Je suppose que si je la traversais, j'aurais au moins le sentiment d'aller autre part, ce qui serait déjà un début...* »

Ce dialogue rappelle celui d'Alice avec le chat du Cheshire dans le chapitre 6 des *AAAPDM*, où ce dernier lui répondait qu'elle était sûre d'arriver quelque part, pourvu de marcher assez longtemps.

p.100 : *« Le lapin se retourna brièvement et sursauta à sa vue, comme électrisé par l'apparition d'un fantôme – sous le coup de la surprise, son éventail lui échappa même de la patte ! »*

L'éventail perdu par le lapin blanc est une référence au chapitre 2 des *AAAPDM*. Dans le conte original, Alice lâche l'éventail, perçu comme la cause de son rapetissement.

p.101 : *« Ce n'est pas tous les ans que nous fêtons son nanny-versaire… »*

Variante du « un-birthday » utilisé par Humpty Dumpty dans le Chapitre 6 de *DLCDM* (pour évoquer un cadeau offert « hors anniversaire »), le jeu de mots repose ici simplement sur l'homophonie créée par la liaison, distinguant un anniversaire ordinaire d'un « nanny-versaire » grandiloquent et pénible.

p.102 : *« — Rendre son éventail au lapin blanc...*et surtout retrouver la porte itinérante dans l'espoir de fuir ce monde ! *Même si ce bon vieux Bill a déclaré la chose impossible...»*

Le nom du caméléon, Bill, est emprunté au lézard rencontré par Alice dans le chapitre 4 des *AAAPDM*. Le jeu de mots original avec la note en papier (« bill ») est perdu, mais j'ai gardé le prénom non seulement en clin d'œil à l'œuvre de Lewis Carroll, mais aussi en clin d'œil à l'un de mes propres personnages, à découvrir dans une publication future.

CHAPITRE VII

p.113 : *« Lorsqu'enfin elle se retourna pour s'informer du danger qui provoquait tant d'émoi dans la communauté de ses congénères, elle vit qu'un chiot titanesque sautillait dans sa direction. »*

Ce passage avec un chien démesuré est une reprise (un peu plus spectaculaire) d'une scène présente dans le chapitre 4 des *AAAPDM*.

CHAPITRE VIII

p.118 : *« — Allez où bon vous semble, jeune fille (…) La vérité c'est que je meurs « d'envie de vous parler » et, qu'à cause de vous, je passerai une « journée » épouvantable…! »*

Le départ d'Alice et son rappel par la chenille font écho à la scène analogue du chapitre 5 des *AAAPDM.*

p.124 : — *« Un service-un cygne » ! s'exclama Alice. Et à quoi cela m'avancerait-il, de rendre un service contre un oiseau à une couronne ? »*

En relisant le chapitre 5 de *DLCDM* tel que traduit par Henri Parisot, j'ai pu y noter la présence d'un jeu de mots similaire sur l'adjectif « insigne » (« hein cygne ? »). Cette partie de mon dialogue reflète donc peut-être un souvenir de lecture inconscient.

p.125 : *« — Manger les pépites blanches vous fera rétrécir, lui enseigna-t-il avec cérémonie ; quant aux morceaux rouges, ils vous feront grandir. »*

C'est également la chenille qui enseigne Alice quant au bon usage des champignons dans le chapitre 5 des *AAAPDM.*

p.126 : *« J'imagine », élucubra-t-elle, « que si les champignons ont un goût de poisson, en ce monde, les poissons doivent y avoir un goût de champignon ? ».*

Le jeu sur l'absence de correspondance évidente entre les champignons et leur goût renvoie aux nombreuses saveurs contradictoires que découvre Alice lorsqu'elle goûte la bouteille portant l'étiquette « bois-moi » dans le chapitre 1 des *AAAPDM.*

CHAPITRE IX

p.138 : *« Une petite tête de cochon émergea hors du landau, dont les yeux noirs débiles parurent émerveillés. »*

Dans le chapitre 6 des *AAAPDM*, la duchesse berce violemment un bébé d'apparence ambiguë qui, dans les bras d'Alice, se révèle en fin de compte définitivement un cochon. Cette plaisanterie désobligeante est reprise ici, sans métamorphose mais avec un effet de suspense.

p.141 : *« (…) tandis qu'un cheval tenait entre ses dents l'anse d'un panier en osier, un crapaud et le cochon de la duchesse en ressortaient (…) une bouteille de limonade ou encore une assiette de pain perdu parfumé au beurre salé qu'ils transmettaient sitôt à une souris, un dodo et un castor (…). »*

Personnification de Lewis Carroll alias Charles Dodgson dans le chapitre 2 des *AAAPDM*, le dodo, dont le nom peut faire allusion à un léger bégaiement de l'écrivain, ne pouvait qu'apparaître dans cette revisite en clin d'œil à l'auteur original d'Alice au pays des merveilles.

CHAPITRE X

p.147 : « — *Nous sommes des lupins tutti-frutti*, chuchota l'une d'elles en écartant les épis à sa pointe, telle une cocotte en papier. »

Des fleurs parlent également dans le chapitre 2 de *DLCDM*. Le choix de cette espèce particulière est un clin d'œil au prénom de deux de mes propres personnages, à découvrir dans une publication future.

p.153 : *« Elle voulut franchir le portail mais hélas, deux valets de pied en livrée en entravaient le passage (…). »*

Ces personnages sont empruntés au chapitre 6 des *AAAPDM*.

p.155 : *« (…) tous ces trous menaient à « Autochtone » – sauf un, extraordinairement grand, qu'on avait planté au pied de l'arbre-monde, marqué du mot « Autochtones » en capitales d'imprimerie. »*

Cette signalisation équivoque est inspirée des deux poteaux indicateurs indiquant des directions opposées, menant l'une à Tweedledum et l'autre à Tweedledee, dans le chapitre 3 de *DLCDM*.

CHAPITRE XI

Easter eggs / Clins d'œil à l'œuvre originale

p.161 : *« — (…) Je ne me souviens pas vous avoir conviée à vous « asseoir » ? Je vous ai simplement demandé de « vous joindre à nous ». »*

Cet « accueil » paradoxal réservé à Alice par le groupe des encartés peut rappeler celui du même groupe de personnage dans le chapitre 7 des *AAAPDM*.

p.165 : *« — (…) Puisque vous êtes là, servez donc les membres du club ! Un encarté a soif. »*

Comme dans le chapitre 4 des *AAAPDM*, le lapin blanc confond Alice avec sa bonne. Dans le conte original, cette confusion se justifiait par l'empressement du lapin blanc et s'appuyait sur le prénom « Mary Ann », utilisé à l'époque pour désigner les servantes en général. Ici, la confusion du lapin blanc s'explique par sa lourde chute et s'appuie sur le prénom « Wendy », qui est un autre de mes personnages, à découvrir dans une publication future.

p.169 : *« — À mon avis, la coupable d'un tel crime mériterait un « biscuit magique » sans magie, sans biscuit mais avec une délicieuse crêpe au chocolat. »*

Allusion parodique au « couteau de Lichtenberg » inventé par l'écrivain du même nom au 17ème siècle (« un couteau sans lame, auquel manque le manche »), cette pirouette d'Alice peut être également vue, par ricochet, comme une allusion parodique au chat du Cheshire qui, dans le chapitre 6 des *AAAPDM*, voit son corps et son sourire disparaître de façon dissociée par la magie du langage.

CHAPITRE XII

p.178 : *« — Nous vous attendions, jeune fille, fit une vieille brebis en levant les yeux lorsqu'ils l'approchèrent. »*

Ce choix d'animal pour incarner la tenancière du grand magasin de la Cheptel Company est un pur clin d'œil à la vieille brebis tricotant dans une petite boutique sombre dans le chapitre 5 de *DLCDM*.

p.180 : *« Il lui revint en mémoire ce jour où, venues à la maison pour goûter, Ada et Mabel avaient porté exactement la même tenue qu'elle ; cette robe bleu azur et ce tablier blanc qu'elle arborait si souvent. »*

Les camarades d'Alice portaient le même nom dans le chapitre 2 des *AAAPDM*. Il est à noter que ces prénoms furent imaginés à l'époque de la publication des *AAAPDM* par Lewis Carroll, qui dut trouver des prénoms de substitutions aux réels prénoms des cousines d'Alice Liddell (Gertrude et Florence) citées lors du premier récit de l'histoire.

CHAPITRE XIV

p.202 : *« — La morale qu'il faut en tirer, continua la duchesse, c'est que l'on n'est jamais mieux servi que par soi-même ! »*

Le changement d'humeur quasi schizophrénique de la duchesse et sa promptitude à chercher une morale à tout sont à rapprocher de ceux constatables dans le chapitre 9 des *AAAPDM*.

p.205 : *« (…) le temps, c'est ce qu'il subsiste d'une flamme quand « la chandelle est morte », qu'« il n'y a plus de feu » !... »*

Ce passage de la tirade du casse-noisette vantant les mérites d'Alice donne une réponse à l'interrogation de cette dernière dans le chapitre 1 des *AAAPDM*, où elle se demande ce qu'il subsiste d'une flamme lorsqu'une bougie est éteinte.

p.209 : *« (…) le lapin blanc « mit ce temps à profit » pour (…) changer son éventail en un paravent et en ressortir vêtu des « atours » d'un héraut. »*

Cette représentation du lapin blanc en « maître de cérémonie » est tirée du chapitre 11 des *AAAPDM*.

p.219 : *« Appliqué à votre cas personnel immédiat, cela veut dire : « ah ! voilà une attitude de nature à jeter un discrédit sur les liens que vous vous flattez d'entretenir avec le chapelier, vile pendarde ! ». »*

Ces sens nombreux et précis attribués à un seul mot sont à mettre en parallèle avec les sens nombreux attribués au mot « impénétrabilité » par Humpty Dumpty dans le chapitre 6 de *DLCDM.*

p.219 : *« Les mots sont mes chiens : je les dresse à servir mon usage personnel. »*

Cette récusation des liens convenus entre signifiant et signifié, afin d'attribuer aux mots un sens personnel et arbitraire, compatible avec ses propres desideratas, est aussi revendiquée par Humpty Dumptry dans le chapitre 6 de *DLCDM* (« quand j'utilise un mot (…), il signifie exactement ce que je veux lui faire dire »).

CHAPITRE XVI

p.246 : *« « (…) le ciel couvrant la plage était noir comme de l'encre, tandis qu'éclairée par le phare, sa propre part du ciel brillait comme une journée d'été. »*

Cette cohabitation du jour et de la nuit est inspirée de la première strophe du poème *Le morse et le charpentier* récitée par Tweedledee dans le chapitre 4 de *DLCDM* (« Le soleil brillait sur la mer (…) Il faisait de son mieux pour rendre les vagues lisses et brillantes – et c'était étrange car c'était le milieu de la nuit »).

p.249 : *« — (…) monsieur Chenille…est-il possible qu'en réalité vous ne soyez qu'un personnage créé par mon imagination et que je sache déjà tout ce que je vous fais dire ? »*

Dans le chapitre 4 de *DLCDM*, Tweedledee et Tweedledum affirment similairement à Alice qu'elle ne serait qu'un produit de l'imagination du roi rouge entrain de rêver.

www.ingramcontent.com/pod-product-compliance
Lightning Source LLC
LaVergne TN
LVHW091116080826
845145LV00008B/1941

* 9 7 8 2 9 6 0 4 2 0 6 0 9 *